TRAQUE SUR GORTAVOR

DANS LA MÊME SÉRIE

1. *Traque sur Gortavor*

À PARAÎTRE

2. *Le Prince de Cristal* (juin 2002)

RAINER CASTOR

TRAQUE SUR GORTAVOR

ATLAN — 1

Fleuve Noir

Titre original :
DER KRISTALLPRINZ

Traduit et adapté de l'allemand
par Pierre Monneret, Timour Blary et Jean Garsztka
sous la coordination de Jean-Michel Archaimbault

ISBN : 2-265-07360-1

« IL Y A LONGTEMPS, DANS UN AMAS STELLAIRE LOINTAIN, TRÈS LOINTAIN… »

En 1962, la série de S.F. allemande PERRY RHODAN existe depuis déjà un an et fête son cinquantième épisode – dont l'action se déroule en 2040 après J.-C. – avec l'entrée en scène de l'Arkonide Atlan qui, très vite, va s'imposer avec succès comme second personnage principal de la saga « rhodanienne ». Cinq ans plus tard est lancée une série spécifique exclusivement consacrée à ce héros auréolé de mystère et qui révélera entre autres, à partir de 1973, les origines de ce fascinant immortel né plus de huit mille ans avant Jésus-Christ au cœur d'un fabuleux empire galactique. Bien entendu, les auteurs qui participeront à ATLAN seront en majorité ceux qui ont déjà fait leurs preuves dans l'équipe rédactionnelle de PERRY RHODAN.

Ce sont précisément les aventures de jeunesse d'Atlan que vous allez vivre à travers les volumes de cette nouvelle série pour laquelle l'écrivain de S.F. Rainer Castor (né en 1961) a remanié en profondeur – et en connaisseur accompli – les textes des épisodes initiaux. *Le Prince de Cristal*, paru en Allemagne en octobre 2000, comporte ainsi la reprise des titres suivants :

- chapitres I à IV : *Dans le Désert aux Arachnes* (Ernst Vlcek, 1973),
- chapitres V à VII : *Fuite hors du Tarkihl* (Clark Darlton, 1973),
- chapitres VIII à X : *Chasse à travers les Contrées Pâles* (Hans Kneifel, 1973),

– chapitres XI à XIII : *Le Prince de Cristal* (Karl-Herbert Scheer, 1973),
– chapitres XIV à XVII : *Les Conjurés d'Arkonis* (Harvey Patton, 1975).

Pour des raisons purement éditoriales, sa version française est composée de deux tomes intitulés *Traque sur Gortavor* et *Le Prince de Cristal* (qui paraîtra en juin prochain), la séparation intervenant au milieu du chapitre IX du volume original. Nous avons néanmoins choisi de faire figurer dans chacun d'eux le « Petit Glossaire Arkonide » qui recense toutes les notions essentielles pour entrer dans l'univers d'Atlan.

Partons dès à présent pour l'an 10496 *da Ark*, dix mille ans avant notre époque, à la découverte de mondes baroques en compagnie de l'adolescent Atlan qui s'apprête sans le savoir à entamer un véritable périple initiatique…

NOTE PRÉLIMINAIRE

Tous les textes composant la biographie d'Atlan, dont le présent volume constitue le premier tome, ont été recueillis et consignés entre 3561 et 3565 après J.-C. par l'historien et philosophe Cyr Abaelard Aescunnar lors de la convalescence de l'immortel Arkonide sur Géa, planète-capitale du Nouvel Empire Einsteinien dissimulée au sein du nuage sombre de Provcon-Faust.

L'histoire d'Atlan commence dans un lointain passé, vers l'an 8000 avant J.-C., dans l'amas globulaire M 13 de la constellation d'Hercule. M 13 ou plutôt Thantur-Lok, dans la langue du Taï Ark'Tussan, le Grand Empire arkonide qui s'y est développé et traverse alors une douloureuse période de guerre contre des êtres à métabolisme hydrogéno-ammoniaqué, les Maahks aussi appelés Méthaniens.

Pour une compréhension plus aisée, le professeur Aescunnar a privilégié la plupart des unités de mesure du système terranien usuel à l'exception de celles relatives à l'écoulement du temps et à la chronologie. Tous les événements seront donc datés selon le calendrier arkonide tel qu'on le trouve explicité dans le glossaire en fin de ce volume. Par ailleurs, celui que l'on dénomme à juste titre le « chroniqueur d'Atlan » a jugé opportun d'utiliser assez fréquemment la terminologie terranienne lorsque le sens des concepts évoqués et de leur contexte s'en trouvait plus direct à visualiser.

CHAPITRE PREMIER

FARTULOON, L'ARRACHEUR D'ENTRAILLES

Aux marches du Grand Empire, Gortavor, seconde planète de l'étoile du même nom, était un monde sauvage où la civilisation arkonide et la nature indomptée s'étaient amalgamées en une sorte de symbiose ; ce n'était pas pour rien si elle avait été baptisée le Combat de Tavor, *en hommage à celui qui l'avait découverte pour ensuite y périr dans le Désert aux Arachnes. Comme les Arkonides n'avaient aucun intérêt particulier à mettre cette planète en culture ou à entreprendre sa colonisation systématique, la zone entourant l'astroport était l'unique secteur important d'activité, avec le seul soutien d'une industrie minimale et des installations technologiques les plus indispensables. D'après leurs contrastes de couleurs, les cartes de Gortavor indiquaient de vastes régions et des terres inconnues où aucun Arkonide ne s'était jamais hasardé, notamment sur le continent septentrional, Bargak et sur le continent insulaire situé dans l'hémisphère boréal, Byshlurag.*

Bien que la civilisation au sens usuel n'ait jamais pris pied par ici – ou peut-être au contraire pour cette raison – la planète connaissait un vif afflux d'immigrants et de colons ressortissant des peuples et races les plus variés en provenance de tous les coins du Grand Empire, aussi bien que de régions encore plus reculées et ignorées de la Galaxie que les Arkonides appelaient l'Île Solitaire. Il s'agissait presque exclusivement d'aventuriers en mal d'émotions fortes, d'inadaptés frustrés, de marginaux à la dérive et de vagabonds louches de tout poil. C'étaient eux qui avaient forgé à Gortavor sa réputation et son image, en faisant une plaque tournante pour les contrebandiers et les trafiquants, un paradis pour les voleurs et les escrocs, un asile pour les meurtriers, les hors-la-loi et tous ceux qui fuyaient autant la justice que les épreuves de la vie.

La position de ce monde sur la frange du Taï Ark'Tussan, à 25 753 années-lumière du système d'Arkonis, était une des raisons pour lesquelles Fartuloon s'y était établi. Orbanaschol III, souverain régnant sur l'Empire arkonide, avait le bras très long, mais apparemment pas assez pour l'y atteindre. Du moins jusqu'à présent, Fartuloon était resté à l'abri hors de sa portée. Comme médecin personnel d'Armanck Declanter, il jouissait d'un grand prestige et d'un certain degré d'immunité. Declanter, le Tato de Gortavor – titre officiel donné à tous les administrateurs planétaires arkonides – le protégeait en effet de tous les dangers.

*
* *

Sous son réseau de câbles d'argent, l'immense terre désolée du Désert aux Arachnes s'étalait devant nous. Les nerfs tendus, j'étais assis aux commandes du Vagabond des dunes. Fartuloon avait pris la place à côté de la mienne. Le visage sans expression, mon mentor et père adoptif fixait un point indistinct à travers la coupole transparente. J'aurais donné cher pour savoir quelles pensées pouvaient bien s'agiter sous son crâne chauve. Je lui jetai un regard en coin et il dirigea un instant sur moi ses yeux à l'éclat jaune. Aucune émotion ne s'y lisait.

— C'est à l'appel au secours que tu penses ? demandai-je simplement pour dire quelque chose.

— Non. Je pense que ces gens là-bas ont des ennuis et que nous devons les aider.

Je m'abstins d'insister. Le silence ne me dérangeait pas. Au contraire, j'étais plutôt heureux de pouvoir me concentrer sur la conduite. Le Tarkihl, qui évoquait toujours en moi l'image d'un grossier empilement de plateaux, avait depuis longtemps disparu derrière l'horizon. Gigantesque malgré son altitude assez moyenne, il se dressait à la lisière du Désert aux Arachnes. Son emprise au sol avait la forme d'un triangle aux sommets arrondis, mesurant dix kilomètres à la base pour six de hauteur. On racontait qu'il s'agissait d'une très ancienne forteresse mais nul ne savait qui l'avait jadis édifiée. Son matériau constitutif, extérieurement semblable au bronze, paraissait brut. D'innombrables saillies, proéminences et bossages convexes brisaient la continuité de ses murailles.

Fartuloon m'avait expliqué que l'essentiel de l'ouvrage était caché sous la surface et que personne ne s'y aventurerait probablement jamais. S'il n'avait cessé de me sermonner, nul doute que je me serais bien plus souvent risqué à suivre l'une des milliers de ses galeries secrètes. À l'exception de sa partie souterraine, je connaissais assez bien le Tarkihl. J'y avais passé mon enfance, le début de mon adolescence et y avais joué avec la fille du Tato. Il était inévitable que Farnathia et moi découvrions en permanence de nouveaux couloirs et des portes camouflées. Nous tentions de nous imaginer dans quelles conditions les bâtisseurs inconnus de l'immense construction avaient pu y vivre, se guettant les uns les autres ou observant les environs depuis des recoins bien dissimulés…

Chassant ces souvenirs, je me concentrai à nouveau. Conduire un Vagabond des dunes était censé constituer un jeu d'enfant. Le véhicule à chenilles était surbaissé, pas beaucoup plus haut qu'un homme et presque aussi large pour une longueur avoisinant les six mètres. Grâce à sa tenue de route remarquable, il pouvait pratiquement négocier n'importe quel obstacle. Le Vagabond était donc particulièrement adapté pour affronter les sables du désert. Et pourtant, c'était une entreprise assez osée que d'utiliser un tel engin pour quitter la bordure et s'aventurer loin vers l'intérieur du Désert aux Arachnes de Taïgor, le continent du Grand Combat.

Outre d'innombrables dangers inconnus, il planait sur cette contrée la menace permanente qui lui avait donné son nom. À une hauteur moyenne de deux mètres au-dessus du sol, d'un bout à l'autre de l'immensité désolée, courait un prodigieux réseau de câbles argentés de la grosseur d'un bras, soutenus par des sortes de poteaux disposés de façon anarchique. Nul ne savait qui avait déployé là ces rets titanesques, ni pour quelle raison. On supposait cependant qu'il s'agissait des mêmes êtres que ceux qui avaient édifié le Tarkihl. Sur quelques centaines de kilomètres à partir de la périphérie du désert, les brins d'argent restaient éloignés les uns des autres de cent mètres ou davantage. Plus on allait vers le centre, plus les mailles se resserraient et plus la trame devenait dense.

Si de nombreux audacieux avaient tenté leur chance pour percer les énigmes de ce phénomène, bien peu d'entre eux étaient revenus vivants. Tavor lui-même, qui avait catalogué ce système planétaire en l'an 9326 *da Ark*[1], avait ici trouvé la mort. Le réseau d'argent gardait pour lui seul tous ses mystères.

À son sujet, je savais une seule chose : de temps à autre, cette trame à l'aspect infini et indépendant du monde environnant se mettait à vibrer et à bourdonner. Il en résultait un son sinistre, spectral qui plongeait tous les êtres vivants dans une sorte de transe, leur causant

1. La datation arkonide se base sur l'année-clef de fondation du Taï Ark'Tussan, le Grand Empire, désignée comme l'an zéro *da Ark*.

des hallucinations qui avaient été fatales à tant d'aventuriers du désert.

Je n'avais moi-même jamais été confronté à la complainte insidieuse de cette toile d'arachne et ne m'imaginais pas comment quelqu'un pouvait se laisser envoûter s'il y résistait de toute la force de sa volonté.

— Beaucoup en sont devenus la proie, Atlan, des plus vieux et plus aguerris que toi.

Telle avait été la réponse de Fartuloon lorsque je lui avais fait part de mes réflexions. J'avais réagi avec agacement : ses mots me donnaient à penser qu'il sous-estimait mes capacités. Cela ne datait cependant pas d'hier et mon mentor paraissait avoir depuis lors révisé quelque peu son opinion à mon égard. Encore quelques périodes et j'atteindrais mes dix-huit ans arkonides. À présent, j'avais souvent l'impression qu'il me considérait presque comme son égal.

Ainsi ce matin – nous étions le 7ème prago de la Coroma de l'année 10496 *da Ark* – lorsque l'appel au secours lancé de quelque part dans le désert avait atteint le Tarkihl. Fartuloon n'avait rien objecté à mon désir de prendre les commandes du Vagabond. Cela m'était apparu comme une forme de reconnaissance silencieuse qui m'avait rempli de fierté. J'avais donc décidé de ne pas décevoir sa confiance en moi et de mener sans encombre notre véhicule à destination – jusqu'aux ruines de Marauthan, à exactement quatre cents kilomètres du Tarkihl.

— Il fait chaud là-dedans ! maugréa Griffe-de-Glace derrière moi. Avec cette température, je vais finir par me liquéfier.

Je ne pus m'empêcher de ricaner. Le Chrektor affichait une crainte maladive des extrêmes de chaleur et de froid. Je lui fis néanmoins la faveur de pousser la climatisation même si, au début de notre voyage, il s'était plaint de la température basse et m'avait ainsi conduit à activer le système de chauffage.

— Est-ce à votre goût, noble seigneur ? m'enquis-je, sarcastique.

— Merci, Atlan, dit Griffe-de-Glace sans se formaliser de l'intonation de ma voix. Je sens déjà ma structure corporelle retourner à l'état solide !

Soudain surgit une dune de sable qui touchait presque le filet argenté déployé au-dessus de nous.

— Attention ! Contourne-la ! s'écria Fartuloon.

Je me contentai d'éclater de rire.

— Le Vagabond va n'en faire qu'une bouchée pour son petit déjeuner !

Nous atteignîmes l'imposant obstacle et j'enclenchai les buses de succion, de gros tubes montés en déport des chenilles de notre engin. Elles servaient principalement à araser des dunes telles que celle-ci. Je réduisis encore notre vitesse tandis que le système d'aspiration commençait à hurler et à attaquer la masse dressée devant nous. Des conduites acheminaient le sable jusqu'aux tuyères d'expulsion situées à l'arrière du Vagabond.

Soudain, nous entendîmes un bruit de ferraille et le mugissement des réacteurs se transforma en un vrombissement qui fit vibrer notre véhicule.

— Qu'est-ce que c'est ? m'écriai-je, surpris, interrogeant Fartuloon du regard.

Avant qu'il ait pu me répondre, je distinguai, à travers le voile de sable pulvérulent, plusieurs silhouettes aux contours indistincts qui s'approchaient de notre machine. Je compris tout à coup. Des Zagoriens ! La dune n'était qu'un piège tendu par les habitants du désert.

Sans réfléchir davantage, je passai la marche arrière du Vagabond et lui fis décrire un virage à angle droit en l'extrayant complètement de l'obstacle. Puis je m'éloignai à toute vitesse. J'avais hélas à peine émergé de la brume de poussière tourbillonnante qu'une autre dune surgit droit en travers de notre chemin. En manœuvrant pour l'éviter de justesse, je percutai accidentellement un habitant du désert qui était soudain apparu devant le véhicule. Son large manteau s'écarta, flotta un instant et je vis tout à fait nettement son visage torturé avant qu'il plonge sous les lourdes chenilles. Le Vagabond lui roula dessus et nous atteignîmes un terrain dégagé. Face à nous, il n'y avait plus de barrière. Mais j'accélérai comme si j'avais eu à mes trousses tous les Sombres She'Huhan du Royaume Inférieur.

— Tu peux ralentir à présent, murmura Fartuloon. Le danger est passé.

Je m'exécutai et le gratifiai d'un regard furieux :

— Pourquoi ne m'as-tu pas averti plus tôt ? jetai-je avec mauvaise humeur. Tu savais que la dune était un traquenard des Zagoriens, qu'ils avaient caché tout un tas de déchets de ferraille dans le sable afin d'encrasser nos réacteurs de succion. Pourquoi ne me l'as-tu pas signalé ?

— Je pensais que tu aurais éventé le piège par toi-même, répliqua calmement Fartuloon.

Il n'avait pas parlé sur le ton du reproche, pourtant je pris sa réponse comme une réprimande.

— Très bien, concédai-je, je n'ai pas deviné tout de suite mais j'ai réagi correctement quand la situation est devenue critique. Sans aucune aide de ta part, j'ai réussi à arracher le Vagabond à la zone dangereuse.

— Ce qui te vaut reconnaissance et respect absolu de ma part, assura-t-il. Plus encore, même : j'ai retiré de l'incident quelque chose qui est pour moi une consolation.

— Que veux-tu dire ? ripostai-je, agressif.

— Le fait que l'élève ne surpasse pas encore tout à fait son maître.

Nos regards se croisèrent un instant et nous éclatâmes de rire. Jusqu'alors, j'avais seulement considéré Fartuloon comme mon mentor, mon protecteur, voire parfois une sorte de père. Mais je notai à ce moment précis que la nature de notre relation avait changé. Elle s'était muée en une véritable camaraderie entre deux hommes.

— J'ai froid, se plaignit le Chrektor depuis le siège arrière. Je crains que mon corps ne se solidifie bientôt en un unique bloc de glace !

Je soupirai, épongeant la sueur de mon front, et basculai le climatiseur en mode chauffage. Le rire de Fartuloon monta encore d'un cran.

*
* *

— Regarde, là ! s'exclama soudain le Carabin en pointant un doigt en avant.

Le soleil qui avait franchi le zénith projetait les brins argentés du filet sous forme d'ombres complexes sur le sable aveuglant du désert surmonté d'un air trouble, et cela me brouillait la vue. Persuadé que mon compagnon avait aperçu un nouvel obstacle, je ralentis brutalement. C'est alors que je remarquai ce qu'il me signalait.

Je pus discerner la forme d'un immense oiseau de proie juché sur un de ces câbles gros comme le bras : un oluzga qui atteignait les dix mètres d'envergure. Il était mort, déjà pas mal blanchi et desséché, ainsi que plus ou moins momifié.

Je fis passer le Vagabond en dessous.

De telles curiosités n'étaient pas inhabituelles dans le Désert aux Arachnes. Sans pour autant avoir été soumis moi-même aux effets hypnotiques de ces cordes étincelantes, j'avais bien sûr vu beaucoup de créatures victimes de la Toile d'une façon ou d'une autre. Ces filins brillants dissimulaient une sinistre puissance de mort. Qui ou quoi que ce fût, entrant en contact avec eux, était irrémédiablement perdu. Le sang des victimes se volatilisait à la vitesse de la pensée et il n'en restait plus qu'un cadavre vidé de tout fluide. Une façon de mourir rapide, mais néanmoins horrible.

Je me surpris à songer à ce qui pourrait arriver à Griffe-de-Glace s'il venait à toucher la Toile. Les serres du Chrektor possédaient un pouvoir similaire à celui du filet au-dessus de nous.

— As-tu chaud ou froid maintenant ? lui demandai-je.

— Ni l'un ni l'autre, répondit-il à ma grande surprise. La température est juste comme il faut.

Je fis un mouvement pour l'apercevoir mais je dus rapidement détourner mon regard. Bien que je fusse déjà accoutumé à l'aspect du Chrektor, ce bref coup d'œil ne me permit pas de distinguer ses traits à cause de la transparence cristalline de sa tête.

Son surnom de Griffe-de-Glace n'était pas seulement dû au fait que toutes les substances organiques qu'il touchait avec ses mains pareilles à des serres se transformaient en glace. Il semblait aussi avoir été littéralement sculpté dans un bloc de cette matière. Son crâne, son corps et ses membres étaient totalement translucides, si bien que son anatomie apparaissait comme un surprenant labyrinthe coloré de muscles, de fibres nerveuses, d'artères et d'organes vitaux. De plus, il n'était pas facile pour les proches de son entourage de deviner son humeur ou de décoder ses expressions simplement en scrutant son visage. Car la transparence de sa tête trompait suffisamment l'observateur pour qu'il lui soit difficile de déterminer si ses divers organes sensoriels étaient internes ou externes.

Son allure était plus ou moins arkonide, bien que chétive. En se redressant complètement du haut de son mètre trente-cinq, il m'arrivait à peine à la poitrine.

Bien que cela paraisse incongru, Griffe-de-Glace aimait la chaleur. Plus elle montait, et plus il devenait agile. Pourtant, il craignait la canicule car il redoutait que cela ne le fît fondre. D'un autre côté, sa peur des températures très basses était au moins aussi grande car il croyait que la plus légère secousse suffirait à le faire exploser sous forme d'éclats et de cristaux de glace, s'il était exposé à de telles conditions.

Il vivait en permanence avec sa phobie du chaud et du froid, c'était le défaut de sa cuirasse. Il n'osait même pas porter de vêtements, sauf si c'était absolument nécessaire. De plus, justement parce qu'il ne maîtrisait pas cette peur, il en parlait continuellement et – autant que les circonstances le permettaient – exigeait sans cesse de nouveaux ajustements de la climatisation.

Comme le Chrektor n'avait pas de nom – et qu'il ne voulait pas s'en donner un – nous l'avions simplement appelé Griffe-de-Glace.

— La température est-elle à ta convenance ? m'inquiétai-je.

— Oui, tout à fait. Je me sens à présent dans une excellente forme, répliqua-t-il brusquement. Mais pourquoi me le demandes-tu sans arrêt ? Te moques-tu de moi ?

Je levai les mains dans un simulacre de geste défensif. Cependant, avant que j'ai pu rétorquer quelque chose, Fartuloon intervint :

— Es-tu sûr de la route, Atlan ?

— Absolument !

Le Carabin resta silencieux. Il se pouvait qu'un détail ait attiré son attention et m'ait échappé. Je vérifiai donc à nouveau les différents instruments sans pour autant détecter quoi que ce fût indiquant que nous ayons dévié de notre chemin.

— Nous nous dirigeons bien vers les ruines de Marauthan, lui confirmai-je.

Il ne répondit pas mais garda son regard braqué droit devant lui. Je haussai les épaules et l'examinai du coin de l'œil. Fartuloon ne mesurait qu'un mètre soixante-cinq et était assez corpulent. À la première impression, il paraissait même franchement replet et pataud. Mais celui qui le connaissait ne savait que trop bien à quelle vitesse et avec quelle agilité il se déplaçait si les circonstances en dépendaient. Ce qu'on prenait pour de la graisse était en réalité de la masse musculaire qui lui conférait une force peu commune, comme je l'avais amèrement appris à mon corps défendant. Sa calvitie brillait sous la lumière solaire, accentuant d'autant le contraste avec sa barbe noire foisonnante. Ses yeux jaunes et intelligents étaient dissimulés entre de gros bourrelets et disparaissaient presque à l'intérieur. Mon mentor appréciait la bonne chère et était très attiré par les jolies femmes minces.

Il n'attachait pas beaucoup d'importance à la façon de s'habiller. Si l'on se livrait à une comparaison entre lui et les aristocrates arkonides qui s'affichaient dans le Tarkihl avec un luxe ostentatoire, il pouvait être considéré comme vêtu de façon pitoyable. Il portait une éternelle armure, un plastron cabossé et lustré par le temps. Contre un radiant énergétique, un tel gilet de tôle ne servait en principe à rien, bien qu'il soit fait du même acier d'Arkonis que les carapaces des Chevaliers du Grand Empire, les Dagoristes. Mais Fartuloon renonçait rarement à ce singulier accoutrement qui avait manifestement été forgé un grand nombre d'années auparavant. Quand on lui demandait pourquoi il ne s'en séparait jamais, il rétorquait simplement que la cuirasse était un souvenir de ses meilleurs jours.

Même entre quatre yeux, j'étais incapable de soutirer de mon mentor le moindre détail à ce sujet. J'avais depuis longtemps renoncé à l'idée de l'inciter à raconter son histoire. S'il ne se décide pas de lui-même à révéler son secret, il peut le laisser enterré où il est. Dans le Tarkihl, les rumeurs les plus folles circulent sur Fartuloon, pensai-je. Bien que beaucoup d'entre elles ne relèvent que d'effarantes absurdités, d'autres contiennent sûrement des parcelles de vérité. Personne sur Gortavor ne sait d'où il est venu ou quelles activités il a autrefois pratiquées. Mais il ne se cache en rien du fait d'avoir été jadis un valeureux gladiateur et même d'avoir manifestement participé aux Kaymuurtes. En rapport avec ces jours anciens, il m'a fait part de récits des plus incroyables.

C'est probablement pour cette raison qu'il ne se séparait jamais de son épée dagorienne, que je supposais déjà depuis mon enfance nantie de forces mystérieuses. Elle était courte, dotée d'une large lame et d'un pommeau qui m'avait toujours considérablement fasciné. Son étrange motif semblait avoir été travaillé dans de l'argent, mais même une inspection approfondie ne permettait pas d'en distinguer clairement les détails. Au contraire, plus on l'étudiait soigneusement et plus ses contours apparaissaient flous. Je m'étais même battu avec Skarg – c'était le nom que Fartuloon avait donné à son arme – mais je n'avais rien pu découvrir de particulier sur elle en dehors du fait que je l'avais parfaitement bien en main. Si la sculpture n'avait pas été là…

Quand j'étais gamin, j'étais si émerveillé que je m'étais juré de suivre les traces de mon maître et même de surpasser ses actes d'héroïsme. Bizarrement, il prenait très au sérieux le serment que j'avais prêté à l'âge d'environ dix ans. Aujourd'hui encore, je pouvais toujours me rappeler une de ses remarques qui m'avait durablement impressionné :

— Un jour, quand tu auras grandi, Atlan, avait-il déclaré, tu me seras supérieur en tout point, j'en suis sûr. Tu seras plus courageux et plus intelligent, tu auras une volonté et une énergie encore plus fortes. Et tu auras terriblement besoin de toutes ces qualités car le chemin qui t'attend est un parcours dangereux, parsemé d'embûches. Mais tant que ce sera en mon pouvoir, je t'aiderai à t'endurcir et à t'entraîner à affronter les missions de ta vie future.

Jusqu'à aujourd'hui, je ne savais pas ce qu'il avait derrière la tête avec ces allusions mystérieuses. Il avait cependant tenu sa promesse et s'était révélé pour moi un excellent instructeur. J'étais toujours convaincu qu'il n'y avait personne dans la galaxie qui en savait plus que lui. Mais, naturellement, il ne maîtrisait pas toutes les disciplines. Pour cette raison, des savants d'élite de mon peuple avaient à plusieurs reprises été mes professeurs dans le plus grand secret, des hommes mystérieux qui venaient au Tarkihl et disparaissaient de nouveau après un certain temps sans révéler leur véritable identité. Mon existence avait été déterminée par Fartuloon. Il s'était ingénié à me faire recevoir, au cours des dernières années, un enseignement supérieur de très haut niveau.

Je n'avais pu fréquenter une grande école officielle, comme par exemple l'Académie Galactonautique d'lprasa, car il n'en existait pas sur Gortavor. Ce fut donc pour moi un heureux concours de circonstances qu'une vieille loi arkonide permette non seulement un enseignement privé, mais aussi décerne officiellement le diplôme à un candidat présumé qui réussirait à l'examen. Je ne déçus pas Fartuloon, lui et ses amis m'avaient toujours préparé d'excellente façon.

Ses connaissances médicales étaient si vastes et ses succès thérapeutiques si stupéfiants qu'il était devenu le médecin personnel et l'homme de confiance du Tato. Il était non seulement « l'arracheur d'entrailles », mais aussi un savant et un philosophe qui donnait déjà depuis longtemps des cours aux jeunes nobles. Son influence sur Gortavor était considérable et ne le cédait en rien à celle du Tato. Mon mentor m'avait si bien transmis son savoir que j'avais pu devenir son assistant dans le Tarkihl, et il m'avait enseigné comment me battre en utilisant mon intelligence.

Cependant, dès qu'il s'agissait de choses précises, il gardait le silence. Je lui étais redevable de m'avoir recueilli chez lui à l'âge de quatre ans – en temps standard d'Arkonis – et de m'avoir élevé. Mais je ne pouvais ni ne voulais croire qu'il ignorait tout de mes origines. Il affirmait que j'étais orphelin de père et mère quand il m'avait trouvé ici sur Gortavor, et s'empressait l'instant d'après de faire des allusions mystérieuses.

J'ai toutefois dépassé l'âge où je le harcelais avec mes questions, pensai-je. De temps en temps malgré tout, dès que l'opportunité se présentait, je tentais à nouveau de lui tirer adroitement les vers du nez par des ruses détournées. *Mais même quand il n'évente pas la supercherie, il reste aussi muet que le Désert aux Arachnes.*

On prétendait que Fartuloon était incroyablement riche, avec des relations jusque dans les cercles de la haute noblesse du lointain Monde de Cristal au cœur de l'amas globulaire Thantur-Lok, mais il n'existait pas plus de preuve de cette supposition qu'il n'y en avait pour toutes les autres histoires qu'on racontait à son propos. Il y en avait même qui soutenaient qu'il n'était pas Arkonide, ce qui, compte tenu de sa corpulence râblée et de ses yeux jaunes, n'était pas entièrement invraisemblable. Toutefois, Fartuloon ne faisait qu'en rire et n'objectait rien à ces allégations. Il avait soi-disant à présent dans les cinquante-cinq ans arkonides, dans la chronologie standard du Taï Ark'Tussan.

— J'ai chaud ! lança de nouveau Griffe-de-Glace en m'arrachant à mes pensées.

Machinalement, je réglai le climatiseur.

Devant nous s'étalait le paysage de sable monotone, toujours couvert par l'ombre sans fin de la toile de câbles d'argent. Cependant, son aspect avait changé dans l'intervalle. Un vent fort s'était levé et avait créé des tourbillons de poussière ainsi qu'une brume de sable devant nous. La visibilité avait diminué en même temps que l'éclat de l'étoile de Gortavor, devenu rougeâtre à travers les nuages sombres.

— Le vent augmente, annonçai-je, soucieux. Je crois qu'il ne faudra pas longtemps avant qu'il ne se transforme en tempête de sable.

— Tu pourrais bien avoir raison, concéda Fartuloon. Dès que tu le souhaiteras, je te relaierai aux commandes.

Je lui fus reconnaissant de sa proposition. Pas par manque de confiance en moi pour guider le Vagabond même à travers la tempête, mais juste parce que ma puissance de concentration était quelque peu émoussée après le long trajet, et que me relaxer un moment me serait bénéfique.

J'arrêtai l'engin et sortis pour en faire le tour. Subitement, le sol se déroba sous mes pieds. Je tâchai de m'accrocher aux chenilles tractrices du véhicule bien que je sois déjà enlisé jusqu'à la taille.

Le visage cristallin de Griffe-de-Glace surgit alors de l'écoutille de la cabine. Il se pencha au-dehors et s'inclina vers moi, tendant les serres qui lui servaient de doigts. J'hésitai, inquiet de sa capacité à geler toute matière organique à son contact. Toutefois mes craintes étaient bien sûr sans fondement car, à cet instant, le Chrektor contrôlait son étrange pouvoir. Hélas, le temps de me raisonner, je m'étais encore davantage enfoncé et ne pouvais plus atteindre sa « main ».

Soudain, un grincement crissant et sonore monta d'en bas et le Vagabond des dunes prit de la gîte. Le sol acheva de se dérober sous moi et je fus entraîné dans les profondeurs à travers un nuage de poussière.

*
* *

Je chutai dans le sable mou, réussissant à amortir l'impact avec mes jambes. Mais de nouvelles masses pulvérulentes me dégringolèrent dessus. Je protégeai mon visage, tout en respirant dans la saignée de mon coude, et me dirigeai à pas lourds vers la caverne voûtée qui se trouvait devant moi. Du haut naquit un bruit ressemblant à un craquement. En levant les yeux, je vis l'ombre énorme du Vagabond venir s'affaisser un peu plus loin dans l'ouverture de la zone éboulée. Pris d'une quinte de toux, je trébuchai en avant alors que le poids du véhicule était susceptible à tout moment de provoquer un nouvel effondrement du plafond.

Si je pus échapper à ce danger imminent, ce fut pour me précipiter contre un autre obstacle à cause de la visibilité très réduite. C'était un mur dur comme du verre et hérissé d'innombrables arêtes tranchantes sur lesquelles je m'éraflai la main. Il y eut alors un autre crissement perceptible et le Vagabond glissa en partie à travers la trouée du sol avant d'aller s'encastrer le nez contre la paroi.

Quand le calme fut revenu, hormis le hurlement de la tempête, je perçus l'appel de Fartuloon :

— Atlan !

— Je suis ici, en bas, répondis-je. Tout va bien, je ne suis pas blessé.

— Cela me rassure.

Juste sur ces paroles, son corps puissant se faufila à travers une fissure faiblement éclairée. Pendant un instant, ses jambes courtes et musclées gigotèrent en l'air, puis sa silhouette fantomatique tomba jusqu'au fond. Derrière lui surgit ensuite une forme mince et translucide : Griffe-de-Glace.

— Où sommes-nous donc ? s'enquit le Chrektor en toussant.

— Je suppose qu'il s'agit d'une sorte de cache souterraine qui pourrait avoir été aménagée par des chercheurs de trésors, dis-je en passant avec circonspection mes mains au-dessus du mur de sable fondu. La cavité m'a tout l'air d'avoir été découpée avec des radiants Luccott.

— Pas étonnant que le plafond n'ait pu supporter le poids du Vagabond, grommela Fartuloon. (Dans sa main, une lampe-torche perçait de son faisceau clair la brume de poussière tourbillonnante et illuminait la grotte.) À présent, nous sommes dans de beaux draps. Nous ne sommes pas capables de remonter seuls notre véhicule.

J'examinai la caverne. Sans tenir compte de la partie qui s'était écroulée, il y avait encore assez de place pour vingt hommes debout. Moyennement large et allongée, elle se terminait sur une galerie qui partait sur notre gauche.

— Au moins pouvons-nous patienter à l'intérieur jusqu'à ce que l'ouragan se calme au-dehors, commenta Griffe-de-Glace. (Après avoir marqué une pause, il ajouta avec satisfaction :) En tout cas, il fait agréablement frais ici.

— Cette tempête de sable peut durer toute la journée, riposta Fartuloon avec humeur. Nous ne pouvons pas attendre. Après tout, nous ne sommes pas venus ici faire une promenade, mais secourir des chercheurs de trésors qui ont demandé de l'aide.

— Un Carabin mort ne leur servira pourtant pas beaucoup non plus, répliquai-je. Tu ne penses pas que nous devrions nous accorder un petit moment de repos ? La tourmente semble avoir atteint son point culminant, ce serait un suicide de partir dans le Désert aux Arachnes dans ces conditions. Tu disais toi-même que la friction charge le sable d'électricité statique et le transforme en conducteur pour les forces qui circulent dans les cordes d'argent.

— Bien sûr, tu as raison, Atlan. Nous devons malgré tout attendre que la tempête perde de sa virulence. Alors, seulement, il sera possible de continuer à pied.

— Jetons donc un coup d'œil à cet endroit, suggérai-je, empruntant la torche de Fartuloon avant d'aller jusqu'à l'extrémité de la caverne.

Éclairant l'étroit corridor latéral, je fus déçu de découvrir qu'il se prolongeait seulement de dix pas, aboutissant à un autre mur de sable fondu et solidifié. Fartuloon me rejoignit. Il m'écarta et s'engagea dans le tunnel si resserré que le Carabin en frôlait presque les parois avec ses épaules. Une fois parvenu à son extrémité, il sortit son épée et frappa plusieurs fois la surface vitrifiée. Quelques fragments de la taille d'un poing s'en détachèrent. Soudain, il bondit prestement en arrière, remit Skarg dans son fourreau et braqua droit devant lui son Luccott de forte puissance. Au début, son action m'intrigua car son corps épais me bouchait la vue, mais j'aperçus ensuite les fissures par lesquelles un flot de sable meuble s'engouffrait dans le passage.

Fartuloon fit feu, le faisceau d'énergie de l'arme réglé en éventail large. Je pensais qu'il tentait simplement de faire fondre le sable pour construire une nouvelle barrière et empêcher ainsi que d'autres masses s'échappent dans le couloir. Cependant, il ne s'en contentait pas. Il vaporisait totalement l'obstacle. La chaleur excessive nous obligea à reculer mais, quand il reposa enfin son radiant à impulsions, je vis qu'il avait dégagé une ouverture donnant sur une seconde caverne. Concentrant alors le pinceau lumineux à travers la trouée, j'aperçus un sol et des murs lisses qui avait été façonnés dans un matériau inconnu à l'aspect mat.

— Zagooth, le labyrinthe perdu ! murmura Fartuloon.

Je l'interrogeai du regard mais il ne me donna aucune explication. Sans gaspiller la moindre parole, il se faufila dans la brèche et se laissa glisser de l'autre côté sur le talus sablonneux.

*
* *

Cette caverne était plus vaste et s'étendait plus profondément sous la surface que le refuge de sable vitrifié que nous avions traversé pour parvenir jusqu'ici. Deux passages séparés, de hauteur double de celle d'un homme et quasiment aussi larges, partaient l'un sur la droite et l'autre sur la gauche.

— Que signifie Zagooth ? demandai-je à Fartuloon. Je n'en avais jamais entendu parler auparavant.

— J'en ai moi-même appris l'existence pour la première fois il y a seulement quelques années par un chercheur de trésors, expliqua-t-il. Il est connu depuis longtemps que le Désert aux Arachnes abrite un dédale souterrain de galeries, mais jusqu'ici seules de rares portions à moitié enterrées en avaient été découvertes. Ce chercheur de trésors à l'agonie avait cependant affirmé qu'en enquêtant sur le secret du réseau mortel de filins argentés, il était tombé par hasard sur des cartes établies par les occupants originels de ce monde. C'est sur cette base qu'il avait calculé et dessiné un plan partiel des labyrinthes. Mais il n'avait pas pu en poursuivre l'exploration car il était tombé entre les mains d'habitants du désert et n'avait réussi que difficilement à leur échapper, à l'article de la mort, pour regagner le Tarkihl.

— Tu ne m'avais jamais rien dit de tout cela auparavant, lui lançai-je d'un ton légèrement réprobateur.

Cela fit naître un faible sourire sur ses lèvres, presque comme s'il essayait de me dire qu'il y avait des choses bien plus importantes que celle-là et sur lesquelles il avait gardé le silence. Je pouvais l'accepter mais j'étais agacé par l'idée même qu'il ne puisse se confier à moi pour un détail aussi insignifiant que cette histoire de chercheur de trésors. Bien sûr, il était possible qu'il n'ait pas jugé utile de le mentionner, puisqu'il était courant que ceux qui s'aventuraient dans le désert étaient attaqués soit par des Zagoriens, soit par des Ooths.

— J'y suis ! m'écriai-je tout à coup. Le mot Zagooth est en fait la contraction des noms des habitants du désert – Zagoriens et Ooths. Toutefois, pourquoi les labyrinthes ont-ils été baptisés ainsi ? Après tout, ils ont été construits par les plus anciens des indigènes !

— Oui mais ces deux ethnies vivaient ici, déclara Fartuloon. (Puis il indiqua le tunnel qui s'ouvrait vers la droite.) Si nous avons de la chance, peut-être que les galeries ne sont pas bouchées sur de grandes distances et que nous arriverons à couvrir un bon morceau du chemin menant aux ruines de Maurathan. Avec la localisation par satellite, nous pouvons nous orienter sans avoir à craindre de nous égarer. Atlan, peux-tu retourner au Vagabond et nous rapporter quelques provisions avec une partie de notre équipement ? Nous avons seulement besoin du strict minimum : de l'eau, de la nourriture et ma trousse de premiers secours.

J'escaladai le tas pulvérulent et me hâtai de traverser la grotte jusqu'au lieu de l'éboulement. La tempête y avait soufflé davantage de sable mais le Vagabond ne s'était pas enlisé plus profondément. Je me hissai sur les bandes de roulement des chenilles et me protégeai la tête du vent tournoyant, réussissant finalement à grimper à l'intérieur de l'habitacle. Cela ne me coûta que quelques instants pour rassembler le matériel et pas beaucoup plus pour le fourrer dans un sac à dos que je chargeai sur mes épaules. Mon regard accrocha alors une autre torche électrique. Je m'en saisis et l'emportai avec moi, ainsi qu'un deuxième radiant Luccott à impulsions.

Lorsque je ressortis de la cabine de pilotage, il me sembla que la tempête avait redoublé d'ardeur. Le sable me fouettait férocement le visage, me forçant à fermer les yeux et à retenir ma respiration. Je pris pourtant le soin de verrouiller le Vagabond. Je n'osai inspirer une bonne bouffée d'air qu'après être redescendu dans la caverne. Mais après quelques pas à l'intérieur de l'étroit passage, je marquai une halte. Devant moi, c'était l'obscurité. Pourquoi Fartuloon avait-il éteint sa lampe ?

Prudemment, je cherchai mon chemin à tâtons jusqu'à l'ouverture située à l'extrémité du tunnel. J'écoutai alors. J'avais l'impression d'entendre un bruissement furtif, ou peut-être un grattement, comme si quelque chose s'approchait. J'allumai soudain ma torche. Dans son faisceau, j'aperçus deux Ooths qui rampaient dans ma direction et venaient juste d'atteindre la pente sablonneuse devant moi. Quand la lumière tomba sur eux, ils reculèrent par à-coups et brandirent leurs mains osseuses en un geste protecteur devant leur visage.

Les Ooths étaient des Arkonides qui avaient subi des mutations. On les disait être des descendants de chercheurs de trésors, dont la physiologie avait été altérée à cause des radiations émises par la toile argentée. Ils ressemblaient aux cadavres momifiés entrés en contact avec les câbles. Leurs visages évoquaient des masques déformés dépourvus de nez, d'yeux et d'oreilles. Leurs dents, dans leurs vastes bouches sans lèvres, étaient assez puissantes pour sectionner le bras d'un homme d'une simple morsure. Ils remontaient à la surface seulement durant la nuit car le soleil les aveuglait et conduisait leur structure corporelle à se décomposer. Les ténèbres étaient leur élément. C'étaient des créatures nocturnes qui se guidaient par ultrasons.

Dès que j'eus reconnu la nature de mes adversaires, je n'eus qu'à braquer sur eux le faisceau lumineux de ma torche pour les faire déguerpir. Ils se mirent à pousser des cris quand l'intense pinceau photonique les éclaira et, saisis de panique, ils battirent en retraite dans le passage de gauche. J'attendis jusqu'à ce que le bruit de leur course effrénée s'évanouisse, après quoi je franchis le monticule de débris et descendis dans la grande caverne. Il n'y avait trace ni de Fartuloon, ni de Griffe-de-Glace.

Je me rendis à l'entrée du tunnel qui menait aux ruines de Marauthan.

— Fartuloon ! criai-je.

Toujours aucune réponse. En projetant le faisceau de ma torche plus loin dans le passage, j'entrevis une ombre qui s'engageait dans un autre couloir latéral. Un Ooth… Je ne pouvais imaginer que Fartuloon avait été vaincu par ces mutants, ceux-là même qui ne craignaient rien davantage que la lumière. Qu'était-il arrivé ici pendant mon absence ?

Je ne distinguai aucune trace de lutte, aussi je bifurquai vers la galerie de droite. Si Fartuloon avait trouvé une raison pour quitter cette caverne, il avait dû emprunter ce boyau-là puisqu'il aboutissait aux ruines vers lesquelles nous nous dirigions. Le tunnel courait en ligne droite mais je parvins bientôt à une intersection. Je braquai en hâte le pinceau de ma lampe alternativement dans les deux directions, et je vis d'autres Ooths esquiver promptement les rayons agressifs pour regagner la sécurité de la pénombre.

Toujours aucune trace visible de Fartuloon ni de Griffe-de-Glace. À l'embranchement suivant, l'expérience précédente se répéta. Trois Ooths s'étaient postés en embuscade, mais de nouveau le faisceau de ma torche les fit détaler avec des cris perçants.

— Fartuloon !

Toujours aucune réponse.

Je commençais à m'inquiéter. Je n'arrivais pas à comprendre comment le vieux Carabin et le Chrektor avaient pu simplement se volatiliser. Je n'étais pas parti assez longtemps pour qu'ils aient eu le temps de couvrir une plus grande distance dans la galerie. Ils auraient dû entendre mes appels !

Tout à ma perplexité, j'empruntai un passage latéral.

Cependant, au lieu d'aller tout droit, celui-ci serpentait tant et si bien que je ne pouvais rien distinguer au-delà de quelques pas. Il me semblait percevoir des sons devant moi mais ils s'éloignaient au fur et à mesure de ma progression. Du coup, je me mis à accélérer l'allure.

À ce moment précis, peu m'importait de savoir qui pouvait être devant moi – cela ne faisait aucune différence, que ce soit un Ooth ou un Zagorien. *Je vais m'emparer de lui et essayer de lui soutirer ce qu'il sait sur ce qui est arrivé à Fartuloon et Griffe-de-Glace !*

Une fois parvenu au virage suivant, je vis que le couloir sinueux s'arrêtait brusquement. En face de moi se dressait un Ooth qui tentait désespérément d'escalader le mur lisse, s'y employant avec ses jambes et ses bras. Il avait même réussi à progresser quelque peu mais il glissa soudain en arrière.

Il réalisa alors qu'il était acculé et me fit front, décidé à se battre. Protégeant de ses mains son visage hypersensible à la lumière, il se tourna vers moi et s'accroupit, prêt à bondir pour attaquer.

Je m'adossai contre le mur sans possibilité de fuir tout en tenant ma lampe loin de moi. Puisque l'éclat de ma torche l'aveuglait et qu'il ne pouvait pas me situer, l'Ooth devait concentrer son offensive dans cette direction, me croyant encore au milieu du passage.

Au moment où l'être se préparait à sauter, une main surgit de derrière le mur et me tira d'un coup sec. En réalité, ce n'était pas des doigts mais des serres qui se plaquèrent sur ma bouche. L'obscurité m'enveloppa soudain. Pourtant, étrangement, le tunnel que je venais de quitter était toujours éclairé par ma torche électrique. Comme à travers un mur transparent, je vis l'Ooth bondir et étreindre le vide.

J'entendis alors un hurlement qui me glaça jusqu'au sang. Il résonna comme un cri humain, un cri jailli des lèvres d'une femme.

CHAPITRE II

FARTULOON, L'ARRACHEUR D'ENTRAILLES

Fartuloon se plaisait à jouer l'homme entouré de secrets. Son rôle était celui d'un bon vivant qui ne manquait jamais de jeter un coup d'œil appréciateur au passage de jolies femmes, ou celui d'un gastronome et gourmet pour qui la bonne chère et la boisson faisaient partie intégrante de son style de vie. Et pourtant, le comportement qu'il affichait dans le Tarkihl vis-à-vis des aristocrates n'était qu'une façade.

Il n'y avait encore personne sur Gortavor qui ait percé à jour le vrai Fartuloon, pas même Atlan en la présence duquel il tombait pourtant souvent le masque, mais seulement jusqu'à un certain point. Il en faisait juste assez pour que le jeune Arkonide ne puisse deviner son identité réelle.

Bien qu'il vécût dans une sécurité relative déjà depuis presque treize années d'Arkonis, sa vigilance ne s'était pas relâchée. Sa vie était hantée par les ombres du passé et par des souvenirs qui le minaient constamment, avec la persistance obsédante d'une bombe à retardement. Et, un jour, celle-ci allait exploser. Toutefois, l'instant n'était toujours pas venu pour que ce passé resurgisse. Son secret devait encore rester enfoui pendant un moment. Mais combien de temps ? Des pragos, des périodes, des années ?

Non ! De cela il était certain : avant que se termine cette année, la 10 497ème dans la chronologie arkonide, il aurait à révéler la vérité à Atlan. Car l'instant d'agir était imminent ; les premières mesures avaient déjà été prises, ils quitteraient bientôt Gortavor pour toujours.

*
* *

— Silence ! Il y a des Zagoriens par ici ! me chuchota quelqu'un.

Et je reconnus la voix de Fartuloon. J'éprouvai un indicible soulagement d'avoir retrouvé le vieux Carabin. Griffe-de-Glace retira sa main froide, qu'il m'avait plaquée sur la bouche, et éteignit la torche à laquelle je me cramponnais encore solidement. J'étais figé par la surprise.

Ce fut seulement à ce moment que j'eus l'occasion d'examiner les alentours. Je me tenais dans une caverne gigantesque. Derrière moi, il y avait un mur qui semblait engloutir toute la lumière qui l'atteignait. Au-dessus de ma tête se dessinait un grand plafond en forme de voûte que j'avais plutôt l'impression de deviner que de réellement voir, tant il paraissait constitué de cette même matière totalement sombre. Malgré cela, il régnait ici une luminosité agréable, dépourvue d'ombres, qu'on eût dit ne provenir d'aucune source particulière et qui pourtant jaillissait de partout.

La salle ressemblait à un amphithéâtre – ou à une arène – s'évasant de haut en bas comme un entonnoir renversé. Cependant, à la place de rangées de sièges à l'intérieur du cercle, se dressaient des éminences bosselées de la hauteur d'un homme, surmontées de protubérances pareilles à des mamelons. Accroupies sur ces buttes se trouvaient des créatures grandes et minces à l'allure de lézards, enveloppées de vêtements amples. Des Zagoriens !

Ils devaient bien être une vingtaine, assis sur les monticules et scandant une sorte de chant composé de sons inintelligibles tout en battant la mesure sur le sol avec leurs lances et leurs armes blanches. Leurs grands yeux qui ne cillaient pas brillaient d'une fantomatique lueur verdâtre et ils étaient braqués sur la jeune femme qui se tenait au centre du cône.

Le cri de douleur que j'avais entendu avait dû provenir d'elle.

Elle était étendue sur le sol, respirant avec difficulté. Ses vêtements pendaient en lambeaux autour de son corps, une sagaie était plantée dans la terre près de sa tête. La fille saisit la hampe avec ses mains, prenant appui dessus pour se relever lentement. Pendant ce temps, son regard apeuré parcourait le groupe d'êtres semblables à des lézards qui l'observaient avec une attention de prédateurs. Soudain, elle tenta de s'échapper de l'arène. Elle grimpa sur la première rampe, évita un Zagorien qui pensait la bloquer, s'engouffra par une brèche laissée ouverte dans leurs rangs et escalada le « gradin » suivant.

Une des créatures l'avait suivie et, quand la jeune femme parvint à sa portée, lui décocha une lance hérissée de dents. Celles-ci s'accrochèrent dans sa cape déjà en loques, la tirant brutalement en arrière. Le tissu lâche se déchira et la fille glissa à la renverse, retombant du premier niveau des monticules jusque dans l'arène centrale en poussant un hurlement empreint d'une terreur mortelle.

Les Zagoriens se ruèrent sur elle des deux côtés, lui portant des coups avec des dagues, des épées et des lances. Sans même égratigner la peau de leur victime. Dès qu'elle s'allongea de nouveau calmement, les êtres reptiliens la laissèrent tranquille.

— Nous ne pouvons pas rester passifs alors que ces monstres torturent cette femme ! dis-je en me préparant à l'action.

Griffe-de-Glace me retint par le bras.

— Fartuloon prétend toujours que tu ne perds jamais

la tête et que tu gardes ton sang-froid en toutes circonstances, me murmura le Chrektor. Mais il me semble que ce n'est pas vrai dès qu'il s'agit d'une fille !

J'évacuai l'importun d'un air maussade. Son allusion m'avait déplu et éveillé en moi l'image de Farnathia.

— J'aiderais tout être humain, quel qu'il soit, dans un cas comme celui-ci, déclarai-je.

— Sans aucun doute, confirma Fartuloon, mais ne penses-tu pas que l'on pourrait attendre un moment plus favorable ?

Je me repris. Bien sûr, tous les deux avaient raison. Cela ne rendrait pas service à la jeune femme si l'on chargeait les Zagoriens tête baissée. Nous devions adopter une tactique plus subtile. Ces créatures ne se laisseraient pas intimider aussi facilement que les Ooths. Elles ne fuyaient pas devant la lumière, pas plus qu'elles ne craignaient les armes énergétiques.

— Que suggères-tu, Fartuloon ? demandai-je.

Il me regarda d'un air étonné en répliquant :

— Et que proposes-tu, toi ?

L'espace d'un instant, je fus surpris qu'il me laisse décider. Je ne m'appesantis cependant pas longtemps sur sa réaction. Au lieu de cela, je me mis à réfléchir à ce que nous pourrions tenter pour aider la fille.

C'était une femme arkonide – ce qui était facilement reconnaissable – et elle devait avoir été belle avant que ces brutes l'aient ainsi maltraitée, sans ces sévices au niveau des bras, des jambes et du visage.

Je me remémorai ce que je savais sur les Zagoriens. Assez primitifs, ils ne possédaient que des armes blanches, comme des épées et des lances. Au début, ils avaient vécu dans les jungles de Taïgor, situées au sud du Désert aux Arachnes, mais ils avaient migré vers ce secteur aux côtés des chercheurs de trésors. Ils subsistaient essentiellement de rapines et de leurs raids de pillages. Avec eux, aucune caravane commerciale des divers groupes de contrebandiers trafiquant entre les différentes agglomérations dispersées autour du désert ni aucune expédition n'était en sécurité.

S'ils faisaient des prisonniers, c'était seulement pour les sacrifier ensuite aux cordes d'argent de la Toile dans lesquelles ils semblaient percevoir leur divinité. Le rituel associé était aussi simple que cruel. D'abord ils pourchassaient leur victime jusqu'à briser sa résistance, puis ils l'exposaient aux forces mortelles du filet.

Je frémis à l'idée que nous avions échappé nous-mêmes de peu à ce destin. Car c'étaient des Zagoriens qui avaient enterré dans les dunes de sable des débris dangereux, avec le dessein de mettre hors d'usage notre véhicule. S'ils avaient réussi à nous arrêter, nous serions à présent réduits à l'état de momies décolorées.

C'était le sort qui attendait maintenant la fille si nous ne parvenions pas à la libérer.

— Combien de temps avant qu'ils ne la sacrifient ? demandai-je.

— Elle est à bout de forces, dit Fartuloon avec un geste vague de la main. Dans des conditions normales, il y a un moment qu'ils l'auraient traînée à la surface. Ils attendent probablement la fin de la tempête.

J'acquiesçai d'un signe de tête, frappé par la même idée.

— Cela pourrait sans doute nous donner assez de temps pour mettre mon plan au point.

— Que projettes-tu donc ? s'enquit Fartuloon.

Je ne lui fournis pas d'élément. C'était agréable, pour changer, de renverser les rôles et de le laisser dans l'ignorance sur mes intentions. Au lieu de répondre, je le questionnai encore :

— Cette porte dérobée par laquelle tu m'as tiré, fonctionne-t-elle aussi dans l'autre sens ? Penses-tu que Griffe-de-Glace pourrait retourner dans le passage d'où je venais ?

— Pourquoi pas, répondit Fartuloon en fronçant pensivement les sourcils. Il a bien réussi à t'attraper à travers. Hélas, ce n'est pas exactement une porte secrète. Ce serait plutôt un « projecteur de matière » qui agirait comme un rideau absorbant la lumière et les sons, mais à l'aspect solide…

— Ça me suffit, l'interrompis-je en me tournant vers le Chrektor. Je veux que tu repartes dans le tunnel et que tu y rassembles autant d'Ooths que tu pourras en trouver. Prends les deux torches électriques. Avec elles, tu devrais les conduire devant toi comme du bétail. Crois-tu en être capable ?

— Le climat est plaisant dans Zagooth, répliqua Griffe-de-Glace. Ici, je me sens au mieux de ma forme.

Et il disparut littéralement dans le mur à l'allure impénétrable.

*
* *

Les Zagoriens tambourinaient à une cadence infernale avec leurs armes, essayant à l'évidence d'effrayer leur victime. Cependant la fille restait prostrée sur le sol, pantelante, et ne bougeait pas. Quand elle remua la tête, les reptiles poussèrent un cri de triomphe. Mais dans la foulée, ils se mirent à bougonner de dépit quand ils virent qu'elle était vraiment trop faible pour se relever.

— Fartuloon, sais-tu combien il y a de sorties ? demandai-je.

Il haussa les épaules.

— J'en ai repéré deux, à l'opposé de nous, entre les rangées de bosses. Les Zagoriens y ont posté des sentinelles, toutefois il doit probablement exister d'autres issues.

Je fis un signe de dénégation en commençant à me déplacer.

— Ce n'est pas si important. L'essentiel est de savoir

quel trajet emprunter une fois que nous aurons libéré la fille. Dans tous les cas, nous devrons nous diriger de l'autre côté de cette salle. Par ailleurs, comment avez-vous réussi à vous introduire dans cet endroit ?

— Quand tu es retourné au Vagabond, les lézards se sont montrés, me raconta-t-il. Ne souhaitant pas engager le combat avec eux, nous nous sommes retirés dans la galerie pour nous cacher. Voyant cependant qu'ils avaient une prisonnière avec eux, nous les avons suivis. C'est alors que notre retraite a soudain été coupée à cause d'un second groupe de Zagoriens qui arrivait par-derrière. Nous avions brusquement atteint l'extrémité du passage sinueux ; mais puisque les indigènes qui nous précédaient n'avaient pu s'évaporer dans l'air, j'ai cherché cette issue secrète jusqu'à ce que je la trouve.

« Sous le couvert des monticules en forme de bosses, nous avions presque atteint le côté opposé de la caverne quand nous avons entendu la fille lâcher un cri perçant. En jetant un coup d'œil en bas dans l'arène, j'ai eu le temps d'apercevoir un Zagorien sauter devant la jeune femme et ouvrir un pan de son propre manteau pour se saisir d'une épée. Si je savais qu'il n'avait pas l'intention de la tuer, j'étais sûr qu'il allait lui infliger de nouvelles souffrances en l'aiguillonnant avec la pointe de son arme.

Ce que je ne pouvais tout simplement pas admettre. Avant que Fartuloon ait pu m'en empêcher, je dégainai mon radiant, visai le reptile et fis feu. Le mince pinceau d'énergie étincela le temps d'un battement de cil et pénétra dans le crâne du lézard. Celui-ci s'écroula, comme frappé par la foudre. Les autres restèrent abasourdis quelques instants puis ils se mirent à pousser de hauts cris. Ils brandirent leurs armes comme pour se défendre contre un ennemi invisible, et plusieurs d'entre eux examinèrent leur compagnon mort.

— C'était un acte insensé, me réprimanda Fartuloon en se grattant la barbe.

— Pas du tout, rétorquai-je. Tu sais pourtant bien qui m'a enseigné le truc pour ajuster un rayon fin comme une aiguille, que personne ne remarque sauf la victime.

Si le Carabin avait une autre objection sur le bout de la langue, il se retint de l'exprimer. Nous atteignîmes finalement l'autre côté de la cavité. Les Zagoriens s'étaient à nouveau calmés. Cependant, aucun d'eux ne s'était approché de la fille.

Je pouvais voir à son regard terrifié qu'elle n'aurait rien tant aimé que de s'enfuir de cet endroit, mais elle se sentait à présent trop affaiblie pour essayer.

— J'espère que Griffe-de-Glace ne s'est pas perdu dans le labyrinthe ! murmurai-je.

Fartuloon se contenta de secouer la tête.

Les Zagoriens recommençaient à tambouriner sur le sol avec leurs armes. La jeune femme s'enfouit la tête entre les mains et se boucha les oreilles, ce qui encouragea les créatures reptiliennes à redoubler leur vacarme. Leurs cris inintelligibles devinrent encore plus forts et plus sauvages. Deux d'entre eux bondirent soudain de leurs places pour atterrir dans l'arène. Quand la fille aperçut l'éclat de leurs armes, elle se leva et se prépara à fuir, ce qui était exactement l'objectif recherché par ses tortionnaires. J'avais serré les poings, craignant une reprise de leur rituel. Mais cette fois ci, il ne se reproduisit pas. De l'autre côté de la caverne, là où précisément Griffe-de-Glace avait franchi la projection matérielle qui simulait un mur, il y eut de l'agitation. Un visage apparut, puis un autre, un troisième et encore de nouveaux. Bientôt, il y avait dix Ooths qui se bousculaient entre les rangées de structures saillantes en haut de l'amphithéâtre.

Quand ils se virent enveloppés par cette lumière sans ombre, ils cherchèrent à reculer mais d'autres de leurs congénères arrivèrent et bloquèrent leur retraite, les forçant même à avancer. Le Chrektor surgit alors à son tour, tenant dans ses mains les deux torches électriques allumées et rendant aux Ooths tout retour impossible. Ceux-ci n'avaient pas d'autre choix que de descendre les « gradins » pour chercher une autre issue.

— C'est le moment, dis-je. Prêt, Fartuloon ?

— Oui.

Entre-temps, les Zagoriens avaient découvert les mutants. Ils se détournèrent de la fille et se jetèrent sur leurs agresseurs présumés. Cependant, plutôt que de regrouper leurs forces en vue du combat, les Ooths tentèrent uniquement leur chance dans la fuite. Le flot de lumière affaiblissait leurs sens et leur infligeait une véritable douleur physique. Ils ne cherchaient qu'à se soustraire à cet environnement lumineux et à replonger dans la sécurité de l'obscurité. Ils continuaient à courir en se cognant contre les murs dont la noirceur absorbait cette lumière, toujours sans trouver la moindre issue.

— Maintenant ! m'écriai-je de nouveau.

Je bondis hors de ma cachette jusqu'à la rangée supérieure, sautant d'une bosse arrondie à l'autre, et j'atteignis le sol de l'arène tout près de la fille qui, à moitié redressée, observait avec ahurissement l'étrange bataille entre Zagoriens et Ooths.

— N'aie pas peur ! lui lançai-je. Nous allons te sortir de là !

Elle pivota vers moi et poussa un cri perçant. Sa réaction me laissa perplexe, me demandant en quoi je pouvais bien l'effrayer. Je compris alors qu'elle fixait un point situé derrière moi. En me retournant, j'aperçus un Zagorien qui me fondait dessus en brandissant son épée. À l'instant précis où la lame atteignit le sommet de sa course, le reptile tomba en arrière, terrassé par un tir de Fartuloon.

— Continue à me couvrir, Carabin ! lui criai-je, faisant

une fois de plus face à la fille et l'aidant à se remettre sur pied.

— Peux-tu marcher toute seule ? lui demandai-je

Elle avança d'un pas et s'écroula dans mes bras. Je la soulevai avant de la hisser sur mon épaule.

Fartuloon était venu se placer à mes côtés, le regard brillant. Il avait rangé son radiant et dégainé Skarg avec laquelle il parait déjà une attaque de deux Zagoriens. L'un d'eux fut abattu d'un rapide coup d'estoc de côté tandis que l'autre mordait la poussière, brutalement frappé à l'épaule.

— On se replie, Griffe-de-Glace ! hurlai-je à pleins poumons.

Je n'avais pas vu le Chrektor depuis son retour, mais j'espérais qu'il avait pu se débrouiller tout seul dans la bagarre.

Fartuloon atteignit une ouverture à hauteur d'homme entre deux structures ressemblant à des piliers. La sentinelle vint alors directement s'empaler sur son épée. Le vieux Carabin me fit un signe de la main et disparut dans la brèche.

J'avais juste atteint cette sortie quand j'entendis un cri bestial derrière moi, et soudain quelque chose m'agrippa la jambe. Je perdis l'équilibre mais réussis à pivoter en tombant, sans pouvoir éviter à la jeune femme de heurter le sol. La créature qui se cramponnait à moi leva sa lance pour me porter un coup mortel. Une forme mince et menue lui chut alors sur le dos et deux bras cristallins lui enserrèrent le cou. Un tremblement traversa le Zagorien qui s'effondra par terre et resta immobile.

— Merci, Griffe-de-Glace, dis-je.

Le Chrektor avait tué le reptile simplement en le touchant. Je me relevai, chargeant à nouveau sur mon épaule la fille qui avait perdu connaissance avant de me hâter vers la sortie. Griffe-de-Glace continuait de nous couvrir sur le flanc arrière mais les Zagoriens ne nous suivaient pas. Ils étaient probablement bien occupés avec les Ooths. Devant nous s'étendait une longue halle qui brillait dans la clarté sans ombre. Le sol semblait présenter un relief ondoyant, fait d'un motif incohérent de grandes et petites bosses qui tapissait également les murs et le plafond. Entre ces mamelons, à intervalles irréguliers, béaient des ouvertures aux formes singulières. L'aspect mystérieux de la salle, suggérant une sorte de croissance organique, me provoqua des vertiges. Je perdis soudain la notion du haut et du bas. Les monticules et les déclivités du sol et des murs, associés à l'étrange lumière, toutes ces impressions perturbaient mes sens à un degré tel que je fus totalement désorienté et privé d'équilibre.

— Par ici ! entendis-je crier Fartuloon.

Mais je ne pouvais plus le voir. Les contours de mon environnement dansaient devant mes yeux. Je secouai la tête jusqu'à ce que le visage du Carabin apparaisse dans mon champ visuel trouble. Fartuloon se tenait dans une des ouvertures non éclairées, me tendant sa main puissante. Je m'en saisis et fus rassuré par la force avec laquelle il me tira vers lui.

— Que m'arrive-t-il ? haletai-je alors qu'il me soulageait du fardeau de la fille.

— Tu as été victime d'une hallucination, expliqua-t-il. J'ai subi le même sort. L'illusion m'avait presque fait croire que j'avais trouvé une sortie, alors qu'en réalité j'étais sur le point d'avancer d'un pas pour choir dans un puits béant. Mais cette forme architecturale hypnotique ne semble avoir de fâcheuses conséquences que pour des yeux d'Arkonides. En tout cas, Griffe-de-Glace a traversé tout droit d'un pied sûr.

— Il faisait cependant un peu trop chaud pour moi, ajouta le Chrektor.

— J'ai moi-même sacrement transpiré, confessai-je.

J'étais reconnaissant à Fartuloon de m'avoir délesté

de la jeune femme, car j'étais déjà copieusement chargé avec le sac contenant les équipements.

— Nous prendrons ce chemin, dit-il en s'engageant dans un tunnel tubulaire qui se perdait déjà dans l'obscurité absolue au bout d'à peine quelques pas. Puisqu'il n'est pas éclairé, les Zagoriens ne doivent pas l'emprunter. Et il est peu probable que nous rencontrions des Ooths dans cette partie du labyrinthe. Tu es d'accord, Atlan ?

— Au moins sur le principe.

— Et qu'est-ce qui te dérange dans ma suggestion ?

— Le fait que ce soit une suggestion et non une décision, répondis-je.

Il m'apparaissait clairement que, durant ces derniers jours, il m'avait souvent laissé la responsabilité des choses. Ceci représentait en fait un honneur, car c'était le signe qu'il reconnaissait en moi un homme à part entière. Mais d'un autre côté, je devais m'interroger sur le but caché qui se dessinait derrière tout cela.

*
* *

Nous avions couvert une distance considérable dans les labyrinthes de Zagooth et progressé dans la direction de la cité en ruines en nous fiant aux indications du récepteur-bracelet qui captait les impulsions du satellite. Mais l'endroit dissimulait tant de secrets et d'effets mystérieux que je ne pouvais avoir totale confiance dans l'instrument. Fartuloon semblait partager mon opinion car il ne souleva aucune objection quand je suggérai que nous devrions remonter à la surface à la première occasion.

Nous fîmes une halte pour nous reposer après que mon mentor se fut heurté par hasard à une autre projection matérielle, derrière laquelle se trouvait une caverne sphérique auto-luminescente qui nous offrait un espace suffisant. Pendant que le Carabin s'occupait des blessures de la fille, Griffe-de-Glace partit en reconnaissance à la recherche d'un chemin vers la surface. Afin de ne pas s'égarer, il utilisait des « marques froides » pour baliser l'itinéraire. Sa technique ne laissait aucune trace visuelle, mais ces indices pouvaient être aisément suivis par le Chrektor grâce à leur très basse température.

La jeune femme avait repris connaissance et, après que Fartuloon lui eut prodigué des soins, elle avait rapidement recouvré ses forces. Elle répondit alors volontiers à nos questions.

— Comment t'appelles-tu ?

— Azhira.

— Azhira, demandai-je, comment es-tu arrivée dans les labyrinthes ?

— C'est Vafron, ce monstre ! cria-t-elle haineusement. Il m'a livrée aux Zagoriens !

— Et qui est Vafron ?

— Lui et quatre hommes ont pris contact avec moi il y a deux pragos, répondit-elle. Je l'ai détesté dès que je l'ai vu, et les autres ne le portaient pas non plus dans leur cœur.

Je levai la main pour l'interrompre :

— Pourquoi ne me raconterais-tu pas tout depuis le début ? Cela m'intéresserait d'apprendre où tout ceci a eu lieu et d'où tu viens.

Elle écarta une mèche de cheveux d'un blond tirant sur le blanc et sourit en expliquant son attitude :

— Tu m'excuseras si tout cela ne semble pas avoir beaucoup de sens. C'est juste que je ne sais plus où j'en suis et que je me sens passablement bouleversée. Ce que ces espèces de reptiles m'ont fait subir est difficile à oublier…

— Tu nous en parleras plus tard, dès que tu en auras envie…

Elle secoua la tête et me prit la main.

— Je n'ai pas l'intention de garder le silence, reprit-elle. Pouvez-vous me conduire à mon père ?

Dès que j'eus promis de le faire, elle se lança dans son récit.

— Nous nous étions joints à un groupe de chercheurs de trésors qui avaient établi leur campement dans les ruines de Marauthan. Il y avait aussi d'autres bandes qui rivalisaient constamment entre elles. Les actes de violence n'étaient pas rares, cela allait même jusqu'à des confrontations sanglantes entre les différentes factions...

Je l'interrompis à nouveau.

— Je suis au courant de la situation en ces lieux. Raconte-nous juste ta propre histoire.

Nous apprîmes comment Vafron et ses quatre comparses avaient débarqué dans les ruines quarante tontas auparavant. Après avoir négocié avec les autres bandes du secteur, ces hommes avaient contacté son père. L'individu avait proposé de fonder une organisation rassemblant tous les chercheurs de trésors qui s'étaient établis ici – en en revendiquant naturellement le poste de chef. Le père d'Azhira, qui n'était en aucun cas un aventurier mais un Laktrote s'intéressant aux vestiges des premiers habitants de Gortavor, avait chassé Vafron après s'être assuré que les autres membres du groupe n'étaient en aucune manière enclins à cette fusion.

Cependant, le lendemain, profitant du fait que l'ancien s'était éloigné du camp avec la plupart des autres hommes, Vafron avait pénétré par la force dans leur « citadelle » et s'était emparé d'Azhira. Alors qu'ils étaient en route vers un autre site en ruines, ils avaient été attaqués par des Zagoriens. Un des sbires du traître avait pu parlementer avec eux et, apprenant qu'ils exigeaient une victime humaine pour un sacrifice, Vafron leur avait livré Azhira. Ce n'était pas une histoire inhabituelle. Des incidents de cette nature étaient le lot plus ou moins quotidien de la vie au sein des vestiges de Marauthan. Bien sûr, cela avait été plutôt irresponsable de la part de son père de l'avoir embarquée dans cette expédition, mais je ne le lui dis pas à haute voix.

— Pouvez-vous me ramener là-bas ? demanda-t-elle.

— Nous sommes en chemin, déclarai-je. Au Tarkihl, nous avons capté un signal de détresse qui devait provenir de ces ruines.

Elle s'accrocha soudain à mon bras.

— J'espère qu'il n'est rien arrivé à mon père !

— Tu ne devrais pas sauter tout de suite aux pires conclusions, répondis-je.

— Mais Vafron…

— Tous les hommes dans ces parages ne valent pas mieux que lui, lançai-je avec dédain. Il est peu probable que l'appel au secours soit lié à l'incident que tu as décrit. Il l'est par contre beaucoup plus que ton père ait demandé de l'aide parce qu'il s'inquiétait pour toi.

Je crus deviner qu'elle jugeait cette dernière éventualité sans doute la moins plausible. Par chance, cependant, je fus sauvé d'avoir à inventer autre chose pour la consoler. Griffe-de-Glace était de retour.

— J'ai repéré une sortie, annonça-t-il.

***

Nous commencions à craindre que le Chrektor ne parvienne plus à découvrir l'accès dont il nous parlait. En tout cas, il nous avait rendu nerveux en affirmant que la température de l'air avait réchauffé ses « marques froides » à un point tel qu'il ne pouvait en détecter la trace pour nous orienter.

— Nous ne trouverons jamais le chemin de la sortie, se lamenta Azhira.

En la voyant trembler de peur, je me demandai comment elle avait pu supporter cette rude existence au milieu des ruines. Elle ne me donnait pas l'impression d'être le type de fille qui s'accommode facilement de la vie et des coutumes barbares de cette planète sauvage. Mais elle était belle, et peut-être pensait-elle que sa beauté lui permettrait de mener par le bout du nez n'importe quel bandit aux manières rudes sillonnant le Désert aux Arachnes.

— Nous sommes dans la bonne direction, déclara Griffe-de-Glace qui avait pris la tête du groupe.

Nous éteignîmes nos torches électriques et nous nous aperçûmes que le passage dans lequel nous étions débouchait sur une vaste salle faiblement éclairée par une source indistincte. Le sol était recouvert d'une couche de poussière, de l'épaisseur d'un doigt, qui avait dû s'infiltrer de la surface par une ouverture quelconque.

— La lumière du jour ! s'écria Fartuloon en indiquant la direction droit devant lui.

Je discernai alors également l'étroit rai de clarté oblique qui tombait dans la caverne. Un gros amoncellement de sable atteignait pratiquement la trouée qui était suffisamment large pour laisser passer deux Arkonides à la fois. Il y avait un courant d'air assez puissant pour faire tourbillonner les grains de poussière qui nous pénétraient dans le nez et la bouche. Azhira toussa. Je la tirai instinctivement vers moi pour la protéger et elle enfouit son visage contre ma poitrine.

— Il ne serait pas prudent du tout de sortir à présent dans le désert, fit remarquer Griffe-de-Glace.

— Et pourquoi donc ? demandai-je, étonné. La tempête semble calmée et même être devenue supportable.

— C'est vrai, mais là-haut il fait encore chaud. En fait, ce sera intolérable jusqu'à ce que le soleil se couche.

Fartuloon rit et attrapa sa trousse à pharmacie. Il tendit au Chrektor un bâton réfrigérant.

— Si tu ne peux pas supporter la chaleur, frictionne-toi avec ça !

Avant de quitter le labyrinthe, nous bûmes tous quelques gorgées d'eau. Quand je débouchai à la surface, j'aperçus immédiatement la cité délabrée qui s'élevait entre les cordes d'argent visibles sur le ciel crépusculaire.

— Nous avons réussi ! m'écriai-je, soulagé, en aidant Azhira à grimper par l'ouverture. Les ruines sont toutes proches. Nous devrions pouvoir les atteindre avant le coucher de l'astre.

À travers les mailles du réseau argenté au-dessus de nos têtes, la jeune femme contempla les constructions à moitié écroulées qui relevaient de la conception traditionnelle arkonide en forme d'entonnoir. Quand elle se mit à parler, ses lèvres tremblaient légèrement.

— D'ici, elles ont l'air sinistre. On dirait une ville fantôme, mais elles sont habitées par des criminels de toutes sortes.

— Si tu as une si piètre opinion des chercheurs de trésors, lui demandai-je, pourquoi as-tu choisi leur compagnie ?

— Je ne voulais pas laisser mon père seul, répondit-elle doucement. Il est si… vulnérable, si ignorant du monde. Il a besoin de quelqu'un pour prendre soin de lui. En outre, comment pouvais-je savoir qu'il y avait des hommes capables de choses si terribles ?

— C'est bon, Azhira, coupa Fartuloon en me lançant un regard lourd de reproches. Atlan n'avait pas l'intention de te blesser.

J'avais envie de le questionner sur ce que j'avais pu dire à la fille pour qu'il soit soudain si protecteur, mais je me retins de le faire. Quand il s'agissait des femmes, on ne savait jamais où il fallait s'arrêter avec le vieux Carabin. Je m'éloignai alors d'un pas si appuyé que cela souleva du sable derrière moi. Je ne m'occuperais plus d'Azhira. À partir de maintenant, pensai-je, Fartuloon pouvait se charger d'elle.

Griffe-de-Glace me rattrapa.

— Il fait chaud ! gémit-il.

Il continuait à se frotter sans cesse avec le bâton réfrigérant. J'espérais que les Zagoriens ne nous détecteraient pas. Je n'aurais pas non plus été très fringant au combat avec cette canicule !

— Nous y sommes presque, dis-je, tentant de lui remonter le moral.

Fartuloon restait légèrement en retrait derrière nous et soutenait une conversation animée avec Azhira. J'avais beau essayer de ne pas écouter, je ne pus néanmoins m'empêcher d'en capter quelques bribes. Ce fut suffisant pour clarifier un peu plus l'attitude de mon mentor. Je souris intérieurement. Le vieux Carabin rondouillard s'était entiché de la fille !

— Je suis en train de fondre, s'écria Griffe-de-Glace, au supplice.

— C'est à cause de tes jérémiades incessantes, rétorquai-je. Quand ta bouche s'agite, les cristaux de ton corps reçoivent un surcroît d'énergie calorifique !

— Si c'est supposé être de l'humour, Atlan, il est plutôt insipide ! commenta le Chrektor.

Soudain, il s'arrêta et me posa la main sur l'avant-bras. La froideur de ses serres fut suffisante pour me faire ressentir un choc et m'obliger à me figer brusquement. Je m'emparai machinalement de mon arme tout en réalisant alors que je n'en avais nul besoin.

À environ vingt pas devant nous se trouvait un des rares points d'ancrage de la Toile. Des douzaines de cordes scintillantes convergeaient ici, constituant ainsi une sorte de plate-forme au sommet d'un pilier. Les cadavres blanchis de trois individus d'origine arkonide étaient exposés là. Leurs cheveux autrefois argentés et tombant à hauteur d'épaule étaient d'un gris terne et flottaient dans le vent.

J'entendis Azhira pousser un cri derrière moi.

— Ne les regarde pas, lui dit Fartuloon.

— Que vas-tu faire d'eux, Carabin ? demandai-je. Il est clair que ce sont des victimes des Zagoriens.

— Une des offrandes sacrificielles à leur dieu bourdonnant qui hante la Toile d'argent, précisa-t-il en fronçant les sourcils et en secouant la tête d'un air songeur. Je n'aime pas ça du tout. À chaque fois que ces créatures partent en campagne à la recherche de victimes pour leur rite macabre, c'est qu'une décharge des énergies qui parcourent le réseau est imminente.

Je hochai la tête en signe de compréhension. Fartuloon avait souvent évoqué le fait que l'on pouvait observer, de temps à autre, une montée en puissance des vibrations hypnotiques issues du filet argenté coïncidant avec les moments où les Zagoriens pratiquaient un nombre inhabituel d'offrandes humaines à leur divinité. On soupçonnait que les êtres reptiliens possédaient un moyen de prévoir les éruptions d'activité de la Toile.

— Sais-tu quelque chose sur ces hommes, Azhira ? demandai-je.

Tout en sanglotant, elle se pressa contre Fartuloon.

— Je ne peux pas les regarder ! s'exclama-t-elle.

— Il est cependant possible, dit-il, qu'il s'agisse de chercheurs de trésors que tu saurais reconnaître. Risque juste un coup d'œil, tu peux le supporter, j'en suis sûr.

Craintivement, Azhira releva la tête et entrouvrit les paupières afin de scruter les trois corps blanchis et momifiés. Elle fixa son regard sur eux, comme fascinée, semblant ensuite incapable de le détourner.

— Oui, murmura-t-elle doucement. Je les connais… enfin au moins l'un d'entre eux. Il appartenait à l'organisation de Lay Manos. C'était un criminel sans scrupules…

— Avançons, la pressa mon mentor en passant son bras autour des épaules de la fille.

Peu après, nous atteignions les ruines. Celles-ci

offraient l'aspect de huit édifices en forme d'entonnoirs, le plus grand avoisinant les cent mètres de hauteur. Jadis, le Tato Marauthan, un prédécesseur d'Armanck Declanter, avait ordonné leur construction pour y fonder une colonie arkonide. Mais cette tentative pour créer un autre bastion de sa civilisation avait été brisée par la puissance souveraine du Désert aux Arachnes.

À présent, la plupart des bâtiments en cônes renversés étaient détériorés. Cependant, les signes de délabrement ne pouvaient être attribués aux seuls effets du vent et des tempêtes. La plus grande partie des dommages avait été causée par les Zagoriens et les chercheurs de trésors. Leurs batailles incessantes mobilisant tous les moyens disponibles pour en prendre le contrôle avaient causé des ravages. Les cicatrices de cette guerre étaient visibles partout.

Et pourtant, la vie foisonnait dans ces vestiges. C'était une existence misérable, constamment menacée par l'imminence de la mort mais néanmoins stimulée par le rêve illusoire de richesses incalculables. Les hommes et les femmes qui venaient dans le Désert aux Arachnes avaient généralement une idée très médiocrement arrêtée de ce qu'ils cherchaient. Ils n'avaient aucune ligne de conduite définie. Il leur importait peu de tomber, dans les labyrinthes oubliés de Zagooth, sur les trésors d'une culture disparue depuis des lustres, de trouver la veine principale d'un gisement de métal précieux, voire de découvrir dans les ruines la chambre au trésor du Tato Marauthan lui-même. Ils aspiraient à la richesse, quelle que fût sa forme.

Mais les rêves d'une ridicule poignée d'entre eux s'étaient concrétisés. Seul un très faible nombre d'aventuriers était revenu, et parmi eux, de très rares avaient véritablement connu la fortune. Pour la plupart, le désert lui-même avait servi de tombeau.

Telles étaient les ruines de Marauthan : une petite

oasis d'âmes échouées dont les efforts ne menaient nulle part et dont les désirs restaient inassouvis.

Les constructions étaient reliées en de nombreux points par des structures en matériau synthétique ainsi que par des ponts suspendus primitifs. Sur certaines s'accrochaient des cellules plus petites en forme de paniers, qui servaient de logements aux chercheurs de trésors. D'autres résidents avaient utilisé toutes sortes de résidus pour ériger de véritables forteresses aux endroits les plus inaccessibles de la cité délabrée. Avec le temps, les types les plus bizarres de structures improvisées avaient surgi des maçonneries tombantes, tels une poussée d'ulcères.

D'après Azhira, beaucoup de ces édifices à l'allure fantastique étaient vaillamment défendus et attaqués avec autant d'acharnement.

À l'heure actuelle, cependant, la ville antique paraissait morte. Seul le hurlement du vent résonnait entre les bâtisses et aucun signe de vie ne se laissait distinguer.

— Azhira, demanda Fartuloon qui observait attentivement les constructions éventrées, où se trouve le refuge du groupe de ton père ?

— Nous habitons au dernier étage de cet édifice dont juste une partie de la paroi extérieure est encore debout, répondit-elle en tendant la main vers la gauche.

La bâtisse qu'elle désignait culminait à cinquante mètres de hauteur, telle le squelette de quelque monstre préhistorique. Au niveau le plus élevé, une structure informe était adossée à la face externe du mur voûté.

— Une forteresse aisée à défendre, observa mon mentor.

Il fronça les sourcils et ajouta pensivement :

— Mais le chemin qui y conduit passe par d'autres ruines où nous allons être des cibles faciles pour les bandes rivales.

J'étais d'accord avec le Carabin. Bien sûr, nous étions neutres, toutefois la présence d'Azhira parmi nous pouvait induire en erreur les ennemis de son géniteur et leur laisser penser que nous représentions de nouveaux adversaires.

— Nous devons pourtant tenter de nous frayer un passage jusqu'au père d'Azhira, déclarai-je. Après cela, nous essaierons de découvrir qui a envoyé l'appel de détresse.

— Il y a quelqu'un ! hurla tout à coup Griffe-de-Glace en indiquant la base de l'édifice le plus proche, qui n'était pas à plus de cent pas de nous.

Une créature humanoïde à la peau verte apparut et nous fit signe de ses quatre mains. Je me rendis compte qu'il s'agissait d'un Manolian, un nain vêtu du manteau à capuche des habitants du désert.

Au moment où l'individu s'écartait de quelques pas de la protection des murs, le désert en face de nous revint subitement à la vie. En de nombreux endroits, le sable se mit à bouger et des Zagoriens surgirent. Ils devaient s'être glissés jusqu'à la cité en ruine à la faveur de la nuit et s'être terrés ensuite dans le sable pour guetter les chercheurs de trésors.

À la vue des reptiles, le Manolian se retourna pour fuir, mais une lance vint se ficher dans son dos avant qu'il ait pu se mettre à l'abri.

Un dernier regard à la créature à la peau verte au moment où elle s'effondrait, puis je me concentrai sur les Zagoriens qui nous faisaient face, prêts au combat.

*
* *

L'instant d'après, il n'y avait déjà plus que quatre agresseurs sur les huit. Fartuloon en avait tué deux et j'en avais autant à mon crédit. Je les avais abattus d'une rafale appuyée de mon radiant. Le reste d'entre eux se rua sur nous.

Je ne pus alors ajuster un autre tir mais je réussis à esquiver un Zagorien qui me menaçait avec sa lance. La violence de sa charge le propulsa derrière moi et je le frappai à la nuque avec le canon de mon arme. Bien que le choc ne l'ait pas assommé, il avait été suffisant pour ralentir ses réactions. Je fondis si rapidement sur la créature qu'elle n'eut pas le temps d'esquisser le moindre mouvement défensif avant que je ne lui décoche, du tranchant de la main, un coup en travers du larynx. Elle poussa un dernier râle et s'écroula.

Alors, seulement, je pus m'intéresser à mes compagnons. Toutefois ils n'avaient déjà plus besoin de mon aide. Fartuloon se tenait debout les jambes écartées, soupesant Skarg prête à sévir. À ses pieds gisait un Zagorien ensanglanté. Un autre était étendu dans une position pas très naturelle. Comme il n'affichait aucune blessure visible, je supposai que Griffe-de-Glace s'était occupé de lui de la même manière qu'avec le suivant. Car alors que je regardais le Chrektor, celui-ci relâcha son étreinte mortelle sur un autre reptile devenu inerte.

Soudain, Azhira poussa un cri d'avertissement.

En me retournant, je vis d'autres Zagoriens qui s'avançaient depuis le désert.

— Réfugions-nous dans les ruines ! ordonnai-je en lâchant quelques tirs de radiant un peu au jugé sur les nouveaux attaquants, avant de prendre la main d'Azhira et de courir avec elle jusqu'au bâtiment le plus proche en forme d'entonnoir.

Au moment précis où je pensais que nous avions réussi à nous mettre en sécurité, la fille cria et chancela. Je bloquai de justesse sa chute en agrippant son bras, puis quelque chose de chaud et humide suinta entre mes doigts : du sang !

Je la tirai à l'abri d'une avancée de la maçonnerie.

Elle contempla les yeux grands ouverts et avec perplexité son bras ensanglanté. Elle fixa ensuite le nain à la peau verte, allongé non loin de là avec une lance fichée dans le dos. Il bougeait encore.

— Fartuloon ! appelai-je. Occupe-toi du Manolian !

Le robuste arracheur d'entrailles saisit la créature à quatre bras et la transporta sous la protection du mur en saillie.

Entre-temps, j'avais de nouveau sorti mon radiant et m'étais tourné vers nos agresseurs mais les Zagoriens battaient déjà en retraite. Ils avaient dû se rendre compte qu'ils ne pourraient pas nous prendre par surprise et, apparemment, ils craignaient par ailleurs que d'autres habitants des ruines puissent nous venir en aide.

— Tout va bien à présent, annonçai-je avec soulagement. Nous sommes hors de danger… Griffe-de-Glace, surveille le désert pendant que je soigne la plaie d'Azhira.

Fartuloon avait couché le Manolian sur le côté et inspectait son dos meurtri. Cependant, la sagaie avait pénétré si profondément qu'il ne pouvait l'extraire sans risquer d'aggraver la blessure. Alors que je croisais le regard de mon mentor, celui-ci secoua légèrement la tête.

J'examinai la lésion de la jeune femme.

— Ce n'est pas grave, la rassurai-je en faisant glisser mon sac à dos de mes épaules.

— Je… j'ai senti un coup atroce quand cette lance m'a frappée. Je pensais qu'elle m'avait carrément transpercé le bras, dit Azhira d'une voix faible.

Son visage était anormalement pâle.

— Ce n'est qu'une plaie superficielle, elle n'a touché que la chair, lui dis-je. Je vais la panser et te donner un sédatif. Après, tu te sentiras mieux, Azhira.

Le Manolian ouvrit les yeux et promena autour de lui un regard vitreux.

— Qu'est… qu'est-il arrivé ? demanda-t-il dans un arkonide haché.

Il remuait ses quatre bras et cherchait à se palper le dos.

— Reste tranquille, ordonna Fartuloon en lui repliant les membres vers l'arrière. Tu as besoin de repos, l'ami !

— Qui m'a abattu ? questionna-t-il d'une voix éteinte.

Une bave verdâtre s'échappait de la commissure de ses lèvres.

— Les Zagoriens t'ont touché avant que tu ne puisses te mettre en sécurité, répondit le vieil Arkonide.

— Ah oui… les Zagoriens. Je me souviens…

Après m'être occupé de la légère blessure au bras d'Azhira et lui avoir administré un sédatif, je pus reporter mon attention sur le Manolian.

— Nous les avons repoussés, précisai-je. Ils ne constituent plus une menace pour nous.

Son visage grimaça.

— Ils représentent… un danger constant. Ils cherchent des victimes pour leur dieu bourdonnant. Je…

J'inclinai la tête alors que ses yeux vitreux se tournaient vers moi.

— Nous avons vu trois hommes de Lay Manos qui étaient tombés entre leurs mains. Fais-tu partie de la même bande ?

Le Manolian acquiesça avec difficulté.

— Je suis… le second de Lay Manos. Quand il vous a aperçus, il m'a envoyé ici pour… vous conduire à lui. Êtes-vous… ?

— Nous sommes venus du Tarkihl suite à un appel de détresse qui semblait émaner de ce secteur, répondis-je.

Trois de ses membres se mirent à remuer par saccades en tâtonnant vers l'avant. Les mains qui les terminaient tâtèrent mon bras droit et se refermèrent autour. Leur étreinte était vraiment très faible.

— Vous devez aller trouver Lay… Il veut vous parler.

— Est-ce lui qui a émis cet appel ? demandai-je.

Le nain relâcha sa prise sur mon bras et tenta de se redresser sur ses quatre mains.

— Je vais vous…

Il s'effondra.

— L'appel venait-il de Lay ? répétai-je.

Mais il n'y eut pas de réponse du Manolian.

— Il est mort, constata Fartuloon.

Il ferma les yeux du nain et retira par à-coups la lance de son dos.

— Et nous ne savons toujours pas ce qui se passe ici, déclarai-je.

— Tu as raison, répliqua le Carabin, scrutant le désert en plissant les paupières. En tout cas, nous avons compris pourquoi ces ruines paraissent abandonnées. Ses habitants sont effrayés par les Zagoriens qui cherchent des « offrandes ».

J'acquiesçai. Normalement, les êtres reptiliens se contentaient d'attaquer les voyageurs qui s'aventuraient depuis le spatioport près du Tarkihl ou qui étaient en chemin pour s'y rendre. Mais dès que l'ivresse du sang s'emparait d'eux, ils se regroupaient en grandes formations guerrières et s'attaquaient même aux cités. En de tels cas, personne n'était en sécurité, y compris dans les ruines de Marauthan. La seule chose qu'ils craignaient était le bourdonnement et les vibrations des cordes argentées, car même eux n'étaient pas immunisés contre les influx hypnotiques qu'elles engendraient.

— Je suggère que nous cherchions tout d'abord ce Lay Manos et que nous découvrions ce qu'il nous veut, dis-je. Il est possible qu'il soit à l'origine de l'appel au secours.

— Mais qu'arrivera-t-il à mon père pendant ce temps ? objecta Azhira, se remettant vivement debout.

Comme nous ne lui répondions pas, elle prit sa propre décision.

— Si vous ne m'accompagnez pas, je me débrouillerai toute seule pour aller le rejoindre !

— Tu ne feras rien de la sorte, ma jolie, lança une voix qui provenait de derrière nous.

Je me retournai brusquement et contemplai les quatre archers qui se dressaient entre deux murs éboulés.

Trois d'entre eux étaient des Arkonides et le dernier un Manolian qui braquait deux arcs à la fois. Leurs flèches étaient pointées droit sur nous.

— Ne bougez surtout pas de là, avertit un des hommes.

Il arborait une longue chevelure d'un blond argenté. Celle-ci encadrait son visage à la manière d'un casque et descendait artistiquement par vagues sur ses épaules, s'étalant jusqu'à la poitrine et au bas du dos.

— Nous tirerons au moindre geste suspect !

Azhira cria et s'enfuit en courant.

— Azhira ! s'exclama Fartuloon.

Il était sur le point de la suivre mais le Manolian lui barra le passage. Les quatre archers n'esquissèrent cependant aucun mouvement pour poursuivre la jeune femme. En altitude, au-dessus de nous, résonna un croassement rauque alors qu'une ombre puissante plongeait en piqué vers le sol. C'était un oiseau de proie, un oluzga gigantesque qui fondit sur notre compagne, l'agrippa entre ses serres et la souleva à travers les airs d'un lourd battement d'ailes. Il disparut avec elle dans la trouée d'un mur extérieur éventré de l'édifice en forme d'entonnoir.

L'Arkonide à la coiffure singulière ricana.

— Nous allons maintenant vous enlever vos armes et vous conduire à Lay Manos, dit-il. Si vous tenez à la vie, je vous recommande de ne pas résister !

Fartuloon lui rendit son sourire :

— Vous nous faites vraiment une faveur, car nous étions de toute façon en route pour le rencontrer !

*
* *

Les ouvrages en forme d'entonnoir étaient des chefs d'œuvre de l'architecture arkonide. En règle générale, ils étaient uniquement accessibles par des entrées aménagées à leur base, ou avec des glisseurs. Les diverses pièces et quartiers d'habitation étaient disposés en terrasses sur le rebord intérieur du cône inversé, si bien que le « cratère » central de chaque structure était libre pour recevoir des plantations qui étaient la plupart du temps agencées en parcs paradisiaques et en jardins.

Mais ce faste et cette magnificence n'étaient plus d'actualité depuis longtemps dans les ruines de Marauthan. Les espaces paysagers intérieurs s'étaient détériorés avec les constructions, et les plantes exotiques étaient mortes depuis des lustres. Seules les espèces les plus robustes et dotées des plus grandes facultés d'adaptation rampaient encore parmi les fragments et débris à chaque niveau.

En réaction aux conditions environnementales différentes de leurs biotopes d'origine, certaines avaient même évolué vers des variétés mutantes.

L'Arkonide à la coiffure impressionnante se présenta alors que nous grimpions jusqu'aux niveaux supérieurs par des puits d'accès et des escaliers à moitié effondrés.

— Mon nom est Ardelo. Il se pourrait bien que vous ayez à traiter avec moi dans un proche avenir.

— J'espère que tu ne regretteras pas plus tard d'avoir fait notre connaissance, Ardelo, répliqua ironiquement Fartuloon.

Et il lui donna nos noms ainsi que la raison de notre venue ici.

L'autre s'esclaffa.

— Lay Manos sera ravi d'avoir un Carabin comme invité ! Quand il découvrira que tu es responsable du bien-être du Tato de Gortavor, il en sera doublement impressionné !

Nous atteignîmes le sommet des escaliers. J'estimai que nous devions nous trouver à vingt étages au-dessus du désert. Par un vide dans le mur extérieur, je pus apercevoir la grande Toile loin en dessous de nous, scintillant sous les derniers rayons du soleil couchant.

Ardelo s'arrêta devant un trou, ou plutôt un abîme, qui mesurait vingt pas de large et s'enfonçait de plusieurs niveaux dans les profondeurs. De l'autre côté du gouffre se dressait un mur envahi par des plantes aux immenses feuilles jaunes.

— Hé, vous dormez, là-bas ? lança l'Arkonide par-dessus le vide. Envoyez-nous le pont-levis !

À peine avait-il parlé qu'un pan de la paroi s'escamota dans un bruit de cliquetis, dégageant une ouverture de la largeur d'un bras. Tout de suite après, une rampe soutenue par deux chaînes en fer s'abaissa pour enjamber l'abîme.

— Allez, traversons, ordonna Ardelo.

Je fus le premier à me risquer sur l'étroite passerelle. Fartuloon et Griffe-de-Glace me suivirent. De l'autre côté, nous fûmes accueillis par trois Manolians. La partie du bâtiment où nous avions pénétré était remarquablement bien conservée, bien qu'il n'y subsistât rien de l'aménagement d'origine. Il restait encore sur les murs quelques fragments de ce matériau auto-luminescent qui avait été utilisé dans les diverses parties des labyrinthes de Zagooth.

Un désordre considérable régnait en ces lieux. Des ballots de marchandises et des boîtes étaient entassées pêle-mêle parmi les machines, les provisions alimentaires et les armes. Mais je remarquai immédiatement que celles-ci se déclinaient pour la totalité en épées, lances, gourdins et autres moyens primitifs. Aucune trace de radiants ou d'engins aussi modernes. Même les hommes de Lay Manos ne portaient que ce type d'attirail rustique.

Cela me fit craindre que nous ayons une chance vraiment faible de revoir un jour nos armes énergétiques.

Ardelo s'éclipsa avec son groupe dans un passage latéral et nous laissa aux mains des trois Manolians. Ceux-ci nous escortèrent jusqu'à une grande salle au plancher garni de fourrures sur lesquelles étaient éparpillés des oreillers bariolés de toutes formes et de toutes tailles. Le long d'une cloison était alignée une série de meubles représentant un luxe inhabituel pour ceux qui vivaient sur le site de Marauthan.

Une autre paroi, éventrée en plusieurs endroits, offrait une bonne vue sur les ruines au-dessous. À environ cinquante ou soixante mètres de ces fenêtres improvisées, un mince fragment de muraille s'élevait dans le ciel. Sur le pinacle de ce pilier, on distinguait une assez grande plate-forme où plusieurs oluzgas avaient construit leurs nids. À cet instant, j'eus l'occasion d'en voir un s'y poser avec un Zagorien entre les serres. Les cris déchirants et les caquètements qui s'ensuivirent me firent frémir ; je me détournai de l'horrible spectacle.

Non loin du milieu de la salle se dressait une chaise ressemblant à un trône sur laquelle siégeait un Manolian d'une taille peu commune. Sur le grand dossier était perché un de ces dangereux oiseaux de proie.

— Je vous souhaite la bienvenue, nobles seigneurs, annonça l'homme vert dans un arkonide irréprochable, en écartant les bras dans un geste extravagant. Mes vassaux m'ont rapporté que vous veniez du Tarkihl. C'est excellent, cela devrait se révéler avantageux pour mes plans. Après tout, Prontier sera probablement plus enclin à négocier avec des gentilshommes qu'avec des individus d'origine indéfinissable.

Fartuloon avança de quelques pas rapides en direction du Manolian mais il s'arrêta quand l'énorme volatile juché sur la chaise commença à agiter nerveusement ses ailes et à ouvrir son bec acéré.

— Je suis Fartuloon, médecin personnel du Tato Armanck Declanter, dit le Carabin avec une dignité ostensible. Dois-je déduire de vos paroles que vous avez envoyé un message de détresse dans le seul but de m'attirer ici et d'exploiter mes services au profit d'un de vos sombres desseins ?

Le Manolian manifesta de la surprise. Cependant, il se ressaisit rapidement, en apparence satisfait.

— Alors, comme ça, vous êtes le Carabin privé du Tato ? Je peux donc m'attendre à ce que vous soyez un homme de raison plutôt qu'un faible qui se laisserait emporter par des impulsions inconsidérées. De par votre spécialité, vous devez juger sacrée toute vie intelligente. Aussi j'espère que vous ferez tout votre possible pour sauver Azhira !

Je me rapprochai de mon mentor tout en gardant un œil méfiant sur le féroce volatile qui semblait nerveux, avant de répliquer :

— Vous n'avez toujours pas répondu à la question de Fartuloon, Lay Manos. Êtes-vous celui qui a lancé l'appel au secours ?

Le visage du Manolian à la peau verte exprima un mélange de surprise et de colère.

— De quoi me parlez-vous ? Quel message de détresse ? Je n'ai même pas d'émetteur-récepteur radio. Et pourquoi devrais-je demander de l'aide ? Je peux me débrouiller tout seul dans n'importe quelle situation !

— Si c'est vrai, alors vous n'avez pas besoin de nous, rétorquai-je. Laissez-nous partir afin que nous puissions assister ceux qui ont envoyé l'appel.

— Ça suffit ! hurla Manos, explosant de colère.

L'oluzga jaillit de son perchoir comme sur un ordre muet et se dirigea vers moi, mû par ses ailes géantes. J'eus juste le temps de plonger au sol pour me mettre hors de sa portée avant qu'il ait pu me saisir avec ses serres. J'étais à peine relevé que la bête avait déjà regagné sa place en haut du trône.

— C'était un simple avertissement. La prochaine fois que je t'enverrai Ayff, ta rapidité ne te sera d'aucun secours. Qui es-tu donc, d'ailleurs, pour prendre de grands airs avec moi ?

— Je suis Atlan, l'assistant de Fartuloon, répondis-je.

Le Manolian remarqua alors le Chrektor et demanda :

— Et toi, qui es-tu ?

— Griffe-de-Glace.

Manos ricana.

— Un nom bien approprié ! Tu ressembles à un glaçon ambulant qui se serait égaré dans le désert. (Il tapa sur les bras de sa chaise avec deux de ses quatre mains.) Il est clair que je vais avoir à vous parler franchement. Fondamentalement, il m'est indifférent de savoir de qui vous dépendez ou ce que vous voulez faire ici. Il est même possible que vous ne sachiez rien d'Azhira et de son père. Toutefois le destin vous a réunis avec la fille, si bien que vous vous en sentez responsables.

— Lay Manos, vous n'avez pas les moyens de nous contraindre… commença Fartuloon.

Mais l'autre l'interrompit d'un geste d'impatience de ses multiples mains.

— Parlons sans détour, Carabin, nous ne sommes pas au Tarkihl ! Je sais que tu feras tout ce qui est en ton pouvoir pour sauver la vie de la fille. Si tu te plies à mes exigences, tu seras un homme libre et tu pourras t'acquitter de ton devoir à ta convenance. Mais avant que tu aides ceux qui ont envoyé l'appel de détresse, tu devras me rendre un service.

— Qu'exiges-tu donc de nous ? demanda Fartuloon, changeant de ton.

Le Manolian poussa un soupir de soulagement.

— Tu t'exprimes enfin comme un homme raisonnable. Je veux que vous trouviez Prontier et que vous lui disiez que sa fille, Azhira, est ma prisonnière. Il pourra la récupérer dès qu'il m'aura livré les trésors qu'il a remontés de Zagooth. S'il refuse, elle mourra.

— Et pourquoi nous choisis-tu pour être tes médiateurs ? voulut savoir Fartuloon. Pourquoi n'envoies-tu pas un de tes propres hommes ?

— C'était mon intention initiale, répondit le Manolian, mais j'ai décidé qu'aucun d'entre eux n'était suffisamment habile pour arriver à mener cette négociation avec Prontier. Tu conviens beaucoup mieux pour cela. Et tu devrais être heureux que je te confie cette mission. J'aurais facilement pu vous faire exécuter tous les trois, un point c'est tout.

— Je te l'accorde, admit le Carabin, mais n'espère pas trop de nous. Nous ne pourrons pas forcer le père d'Azhira à accepter l'échange.

— Il cèdera à mes conditions, énonça Manos avec conviction. C'est-à-dire, s'il veut récupérer sa fille saine et sauve. Tu n'as rien à faire de plus que d'expliquer à Prontier ce qui attend sa tendre enfant s'il ne cède pas le trésor de Zagooth. Pour que tu puisses apprécier la confiance que j'ai dans ta force de persuasion, je permets à tes deux amis de t'accompagner.

— Attends-tu que l'un d'entre nous revienne avec la réponse de Prontier ?

L'autre hocha la tête.

— Une fois que vous aurez accompli votre mission, vous serez libres. J'enverrai Ardelo avec vous et il me rapportera le message de Prontier. Vous avez une tonta pour faire changer d'avis ce vieux fou. Si Ardelo n'est pas de retour d'ici là, Azhira mourra.

— Une tonta ! protesta Fartuloon. C'est à peine le temps qu'il va nous falloir pour nous frayer un chemin jusqu'à la cachette de Prontier !

Le Manolian ricana.

— Vous vous rendrez là-bas par la voie des airs, bien sûr, annonça-t-il.

Je frissonnai quand j'entendis les caquètements, les croassements et les battements d'ailes provenant soudain des fenêtres improvisées. Quatre des oiseaux géants pénétrèrent alors à l'intérieur et se posèrent sur le plancher de la salle.

— Vous serez aussi rapides que le vent, et qui plus est vous n'aurez à combattre ni les chercheurs de trésors, ni les Zagoriens. Dans ces conditions, il n'y a aucune raison pour vous restituer vos armes énergétiques. Je les garderai en guise de cadeau.

Fartuloon serra les poings de colère.

— Manos, si tu nous expédies sans radiants dans les ruines, tu sais que nous sommes perdus ! Redonne-moi au moins mon épée et fournis-en aussi une à chacun de mes amis. Si nous rencontrons Prontier et ne portons aucune arme, nous négocierons dès le début en position de faiblesse !

Lay Manos réfléchit brièvement à ces arguments. Il accéda enfin à la demande et ajouta :

— Très bien, Carabin, je te rends tout ton attirail rustique ! Et si tu acceptes un conseil de ma part, je te suggère de chercher le groupe de Komyal après que vous en aurez terminé avec Prontier. Le Voolynésan possède du matériel radio et c'est probablement lui qui a envoyé l'appel de détresse. Une mauvaise épidémie sévit parmi ses hommes…

— Une épidémie ! répéta Fartuloon, incrédule.

— Oui, c'est bien cela, confirma Manos. Une fois que tu auras accompli ma petite mission, tu feras bien de t'occuper du Voolynésan. Depuis ce matin où le mot d'épidémie a été prononcé, aucun des habitants de ces ruines n'a osé sortir de sa cachette. Nous te serions reconnaissants, Carabin, si tu étais capable d'empêcher cette chose de se propager.

— Merci pour l'information, murmura l'interpellé en réprimant sa colère.

Ardelo entra alors dans la salle du trône et confia Skarg ainsi que la trousse de premiers soins à mon mentor. Il nous remit également une épée, à Griffe-de-Glace et à moi. Je remarquai qu'il avait passé mon radiant à sa ceinture.

— Je vous souhaite un bon vol et beaucoup de succès ! lança Manos après que nous nous fûmes confiés aux impressionnantes serres des quatre oluzgas.

CHAPITRE III

FARTULOON, L'ARRACHEUR D'ENTRAILLES

Pendant ces treize années sur Gortavor, Fartuloon avait fait d'innombrables voyages dans des contrées inconnues et il connaissait la planète comme personne. Il se sentait autant chez lui dans les étendues de neiges éternelles et les banquises des régions polaires que dans les jungles surchauffées de l'équateur ou sur les océans. À l'occasion de ses périples, il avait percé nombre de secrets issues de légendes se rapportant aux habitants originels et avait appris à les utiliser à son avantage.

Cependant, toutes ces excursions solitaires dans les zones sauvages de Gortavor n'avaient pas été motivées par la soif d'aventures, comme il le prétendait aux autres. Leur unique but avait plutôt été de faire des préparatifs au cas où ceux qui poursuivaient Atlan retrouveraient sa trace. Par ailleurs, et bien que lui et son protégé puissent sembler en sécurité dans le Tarkihl, il s'était néanmoins tenu prêt pour le jour où quelqu'un viendrait et découvrirait son vrai visage. Fartuloon avait anticipé cela. Il y avait mille caches sur Gortavor où lui et Atlan pouvaient se réfugier, mais pas seulement sur la planète.

Le mentor du jeune Arkonide lui avait prodigué une éducation approfondie. Il lui avait enseigné toutes les disciplines, l'avait rompu à toutes les méthodes de combat et fait profiter au maximum de sa vaste expérience. À l'âge de dix-sept ans, Atlan était déjà un homme d'une grande maturité qui n'avait plus besoin de professeur et devait progresser par un apprentissage personnel. Le Carabin ne pouvait pas lui apporter beaucoup plus. C'était à l'adolescent de maintenant forger son caractère à partir de ses seules ressources et de son tempérament.

Il ne dépendait plus de la protection de quiconque et volait de ses propres ailes. Était-il capable, cependant, de se prémunir des tueurs d'Orbanoshol qui le recherchaient dans toute la galaxie ? Fartuloon n'était pas certain que son disciple arrive à passer le test, seul et sans aide, contre les sbires de l'Empereur. Car ces mercenaires et chasseurs de têtes étaient implacables, plus puissants et plus dangereux que tous les adversaires qu'Atlan avait croisés jusqu'alors.

*
* *

Planer est en principe une sensation magnifique, cependant elle n'était pas particulièrement plaisante entre les serres d'un oiseau de proie géant, très haut au-dessus du désert, où j'offrais ainsi une cible facile pour n'importe quel ennemi posté en embuscade parmi les ruines.

Fort heureusement, il n'y eut aucun incident fâcheux. Ce fut néanmoins un soulagement de laisser le perchoir de Lay Manos loin derrière nous et d'arriver en vue de l'édifice délabré qui constituait notre but. La structure insolite de l'abri de Prontier était accrochée ici, sur le flanc extérieur des restes squelettiques du bâtiment, comme suspendue dans les airs.

Nous étions presque parvenus à destination quand je remarquai pour la première fois que nous étions suivis par un cinquième oiseau. À cet instant, il nous rattrapa et nous dépassa, décrivant des cercles au-dessus de la citadelle de Prontier. Je reconnus le visage du passager que l'oluzga tenait dans ses griffes : c'était Azhira !

— Père ! cria-t-elle désespérément.

Quel était le but de Lay Manos avec ce stratagème ?

Une petite ouverture apparut dans l'étrange construction au sommet du mur imposant. Une forme s'y dessina mais je ne pus en discerner que la partie supérieure. J'enregistrai la physionomie d'un vieillard, encadrée par de longs cheveux blancs et ondulés.

— Azhira !

L'oiseau portant Ardelo vola si près de la trappe que l'individu recula d'effroi. L'instant d'après, le canon d'un Luccott pointa dans la lucarne.

— Ne soyez pas stupide, Prontier ! hurla Ardelo. Si vous ouvrez le feu sur nous, vous ne reverrez jamais votre fille, du moins pas en vie !

— Alors que diable voulez-vous de moi ?

— Nous sommes venus ici négocier avec vous le prix à payer pour Azhira, cria l'Arkonide à la coiffure particulière. C'est Lay Manos qui nous envoie. Laissez-nous nous poser afin que nous puissions en discuter dans le détail !

La trappe se referma avec un claquement retentissant.

Ardelo fut largué en premier par son féroce oiseau, puis Griffe-de-Glace, Fartuloon et moi-même l'un après l'autre, jusqu'à ce que nous sentions tous un support ferme sous nos pieds.

Je poussai un grand soupir de soulagement quand les oluzgas s'éloignèrent dans les airs en coassant.

— C'est toi qui prends en main la situation à partir de maintenant, Carabin, dit Ardelo. Mais n'oublie pas que la vie de la fille est en jeu et n'essaie pas de me jouer un tour. Dans une tonta, Lay Manos enverra un autre oiseau pour me ramener. Il s'attend à ce que tu obtiennes une réponse positive.

— Je m'en souviendrai, grogna Fartuloon.

Devant nous, une porte blindée coulissa vers le haut, dévoilant un Arkonide. Il était uniquement armé d'un poignard et ses cheveux négligés étaient noués derrière son crâne. En arrière-plan se tenaient deux autres hommes à l'allure aussi mal soignée.

— Vous n'avez pas les mains vides, observa celui avec la dague. Vous feriez mieux de laisser ces épées à l'entrée.

Mon mentor secoua la tête.

— Nous venons en paix, toutefois nous ne nous abaisserons pas devant vous. Prontier devra nous faire confiance s'il souhaite revoir sa fille. Nous gardons nos armes.

Je pus lire l'incertitude sur le visage de l'Arkonide. Prontier lui avait probablement demandé de s'assurer que nous soyons rendus inoffensifs avant de nous conduire à lui, mais comme les faits ne correspondaient pas à ses instructions, la sentinelle ne savait plus quel comportement adopter. La décision fut prise par le maître des lieux lui-même.

Sa voix nous parvint de l'intérieur de la forteresse.

— Fais-les entrer, Waccor. Je recevrai uniquement deux d'entre eux, mais sans arme à feu ! Tu auras l'œil sur les deux autres pendant ce temps.

L'homme au chignon nous montra le chemin. Comme nous passions devant lui, il désigna Fartuloon et moi-même.

— Toi, le gros plein de soupe, et toi le petit gars, vous pourrez rencontrer le Laktrote. Et vous deux, dit-il en s'adressant à Griffe-de-Glace et à Ardelo, vous resterez en ma compagnie.

*
* *

Nous pénétrâmes dans la forteresse de Prontier, et celle-ci nous apparut moins bizarre de l'intérieur qu'elle ne l'était de l'extérieur. La structure entière était rigidifiée par un assortiment de poutres de métal et de plastique, elles-mêmes entrelacées avec d'autres pièces de soutènement. À ce réseau d'étais étaient suspendus quelques compartiments qui servaient à leurs locataires de logements et d'entrepôts. Le plus grand de ceux-ci se trouvait au-dessus de nous et était constitué de robustes feuilles de blindage. D'un panneau placé sous son plancher, une échelle de corde était déployée jusqu'au sol.

— J'exige d'assister aux tractations, annonça Ardelo.

Fartuloon hocha la tête et répliqua en ricanant :

— Ton patron m'a dit de mener cette négociation, tu te le rappelles ? Je suis donc libre du choix de mon partenaire. Et tu as entendu les conditions du Laktrote. Pas d'arme à feu ! Ce serait mieux si tu restais ici, Ardelo. Griffe-de-Glace te tiendra compagnie.

L'autre se raidit ostensiblement et son visage s'assombrit sous son casque de cheveux. Je pensai qu'il allait perdre le contrôle de lui-même et dégainer son radiant. Mais il se maîtrisa et se conforma aux instructions de mon mentor.

— Voilà qui est mieux, Ardelo, reconnut celui-ci. Manos sera content de toi.

Je grimpai en premier à l'échelle de corde. Quand j'eus franchi la trappe, le canon d'un lourd radiant à impulsions – dont la gueule rougeoyait dangereusement au niveau du champ de force – était braqué sous mon nez.

— Pas d'énervement inconsidéré, Laktrote Prontier ! lui conseillai-je. Lay Manos nous a envoyés pour palabrer avec vous, rien de plus.

Je restai près de l'ouverture, la main à proximité de la garde de mon épée tout en considérant l'individu qui me faisait face. Celui-ci, grand et mince, paraissait toutefois plus petit qu'il ne l'était en réalité à cause de sa posture voûtée. Son crâne long et étroit était presque entièrement caché sous le désordre indescriptible de ses longs cheveux. Sous un haut front miroitait une paire d'yeux rouge sombre qui sautaient de Fartuloon à moi alors que celui-ci s'engageait à travers l'écoutille exiguë et nous rejoignait. Le visage ridé de Prontier lui conférait une allure de vieillard, mais cette impression était démentie par l'énergie et la vitalité qui luisaient dans son regard.

— Vous pouvez abaisser votre arme, Laktrote, dit Fartuloon. Vous n'avez rien à craindre de nous, nous n'appartenons pas à la bande de Lay Manos. Il nous a contraints à jouer les intermédiaires pour lui. Nous avons cédé à ses exigences afin de ne pas mettre en danger la vie de votre fille.

Prontier nous examina minutieusement.

— Vous ne ressemblez pas vraiment à des criminels, concéda-t-il finalement. Qui êtes-vous et qu'avez-vous à faire pour ce Manolian ? De toute façon, vous m'avez trouvé.

Le Carabin lui brossa rapidement notre épopée.

— Nous sommes venus du Tarkihl en réponse à un appel de détresse. Nous avons sauvé Azhira des griffes des Zagoriens, puis nous sommes tombés entre les mains de Lay Manos et de ses hommes.

— Je suis enclin à croire votre histoire, conclut Prontier tout en continuant à pointer son radiant sur nous. La seule chose que je ne comprends pas, c'est pourquoi Lay Manos vous a choisis, vous, ses prisonniers, pour accomplir cette mission. Il devait savoir que vous ne reviendriez pas vers lui de votre plein gré.

— Manos nous a rendu notre liberté, l'interrompis-je. Mais il est persuadé que Fartuloon, en tant que médecin du Tato de Gortavor, ne jouera pas avec la vie de votre fille. La vraie raison pour laquelle il nous a envoyés, Laktrote, est qu'il craint l'épidémie présumée qui se serait déclarée dans le camp de Komyal. Il y va de son propre intérêt que nous empêchions sa propagation.

— J'ai entendu quelque chose à ce sujet, dit Prontier.

Il nous lança un regard irrité puis prit la décision de se débarrasser de son arme.

— Je vous crois. Je me souviens du médecin personnel du Tato. Je ne vois pas pourquoi vous essaieriez de me tromper. Mais quel est ce message que vous étiez supposés me remettre de la part de Lay Manos ? Qu'exige-t-il en échange d'Azhira ?

Fartuloon exposa succinctement la condition :

— Il veut le trésor que vous avez extrait de Zagooth.

Prontier écarquilla les yeux d'étonnement.

— Quel trésor ?

Le Carabin et moi échangeâmes un rapide regard. La surprise de notre hôte semblait sincère.

— Je n'ai pas la moindre idée de ce dont il parlait, déclara Fartuloon, mais j'ai eu l'impression que Manos était sûr de son affirmation. Il semblait savoir que vous aviez trouvé quelque chose de précieux, et c'est ce qu'il réclame en échange d'Azhira. Si vous ne vous pliez pas à ses exigences, il tuera votre fille. Ce n'est pas une menace en l'air, Prontier. Je suis convaincu qu'il connaît son affaire.

— Ainsi, il est au courant que j'ai découvert dans les labyrinthes une chose à laquelle j'attache de la valeur, murmura le Laktrote plus ou moins pour lui-même. Où a-t-il glané cette information ? Il se pourrait qu'un de mes hommes l'ait mentionnée à un de ces chercheurs de trésors. J'aurais dû me rendre compte qu'ils n'étaient pas dignes de confiance ! Je les ai engagés au spatioport de Gortavor pour cette expédition, même si j'avais compris qu'ils n'étaient que des aventuriers. Mais vous ne pouvez pas arriver à louer là-bas un type avec un profil meilleur…

— Inutile à présent de chercher à savoir qui a pu

parler à Manos de votre précieuse trouvaille, dit Fartuloon. Il tient votre fille. Il ne la libérera que contre le trésor.

Prontier secoua lentement la tête tandis qu'un sourire amer se dessinait sur ses lèvres.

— Lay Manos n'a pas pu deviner en quoi ma découverte consistait car je n'en ai discuté avec personne, dit-il.

Il haussa les épaules avec résignation. Puis il nous regarda à nouveau et ajouta :

— Le Manolian ne lâchera pas Azhira, même si je lui donne toutes mes richesses.

— Laissez-nous agir, Laktrote, répondis-je d'un trait. Nous veillerons à ce qu'il respecte sa part du marché.

Le vieil homme ne sembla pas convaincu par mes paroles. Il secoua de nouveau la tête.

— Manos sera déçu si je lui livre ces trésors, car pour lui ils sont complètement sans valeur. Il n'y a là que des preuves de la culture du peuple originel de Gortavor et ceci ne présente qu'un intérêt intellectuel. Voyez par vous-mêmes !

Prontier pivota vers la partie arrière de la pièce. Alors qu'il nous tournait le dos, j'entendis une série de bruits étranges monter par la trappe d'accès. Je m'agenouillai et regardai en bas.

Griffe-de-Glace luttait avec Ardelo. Le Chrektor cherchait à saisir son ennemi avec ses griffes mais il n'y arrivait pas. L'autre paraissait savoir quel pouvoir inquiétant abritaient les serres du Chrektor et il le frappa à la tête de la crosse de son arme.

Notre compagnon réussit néanmoins à attraper le cou d'Ardelo avec ses deux mains et à affermir sa prise. J'étais sur le point de respirer à nouveau avec soulagement quand je remarquai que cela semblait sans effet sur l'Arkonide. Ceci m'amena à soupçonner que sa coiffe spéciale le protégeait des énergies mortelles de Griffe-de-Glace.

L'homme de Lay Manos se libéra de l'étranglement et asséna un coup terrible à son adversaire. J'étais en train d'échapper à sa vue quand Ardelo me découvrit et me visa avec son radiant.

— Ne bouge pas, Atlan, m'avertit-il, ou ta carrière d'apprenti Carabin sera vite abrégée !

— Tu as dû perdre l'esprit, lui lançai-je à brûle-pourpoint. Si Manos découvre comment tu as interrompu notre négociation, il lâchera ses oiseaux pour qu'ils t'aient à leur dîner !

Ardelo se mit à rire.

— Ils s'intéressent seulement aux Zagoriens ! De plus, j'ai des idées bien arrêtées sur la carrière future du Manolian. Je veux juste ce trésor pour moi tout seul. Maintenant, remues-toi ! Dis au Laktrote de me le remettre ou je vous grillerai tous vivants sur place ! Et ne le laisse pas nous jouer un tour à sa façon. Son loyal serviteur, Waccor, m'a révélé à quoi ressemble le coffret où se trouve le magot.

Ainsi Waccor avait trahi, pensai-je, tandis qu'Ardelo œuvrait dans le dos de Manos qui croyait pourtant pouvoir lui faire confiance. C'était à la fois grotesque et quelque peu ironique que tous soient après un trésor qui, en réalité, était pour eux sans valeur. J'aurais pu trouver cela amusant si la vie d'Azhira n'avait été en jeu dans cette affaire.

— Je n'attendrai plus très longtemps, Prontier, hurla Ardelo.

— Donnez-le-lui, Laktrote, lançai-je sans bouger.

— Mais que va-t-il arriver à Azhira ?

— Ne disiez-vous pas que Lay Manos ne respecterait probablement pas son marché ? lui rappelai-je. Si Ardelo pense qu'il sera heureux avec le trésor, alors laissez-le lui.

— Atlan a raison, entendis-je ajouter Fartuloon derrière moi. Cela n'a aucun sens de nous sacrifier pour ce coffret. Nous trouverons un autre moyen pour libérer votre fille.

Tandis qu'il parlait, j'eus conscience de petits bruits qui, dans mon dos, évoquaient l'ouverture et la fermeture d'un conteneur. Je compris que le Carabin avait capté mon signal secret et était passé à l'action.

Juste après cela, Prontier se déplaça dans mon champ visuel, portant la fameuse boîte. Elle avait la longueur d'un avant-bras, et était large et profonde d'environ une main. Je la pris et la passai à Ardelo qui s'en saisit sans abaisser son arme.

— Elle paraît plutôt légère, dit-il, soupçonneux, en la soupesant.

— C'est une vieille superstition de penser que la valeur d'une chose se mesure à son poids, affirmai-je.

— Tout de même, je vais m'assurer que ce coffret n'est pas vide, insista l'homme de Lay Manos en reculant vers le panneau blindé.

L'ayant atteint, il en retira le verrou et l'ouvrit en la poussant. Ce ne fut qu'ensuite qu'il souleva le couvercle de la boîte.

Ses yeux s'agrandirent d'horreur alors qu'un nuage de gaz verdâtre s'en échappait. Ardelo se mit à crier. L'arme tomba de sa main et il s'agrippa la gorge en suffoquant. Chancelant, il trébucha à l'extérieur et roula sur la plate-forme. Je l'observai tandis qu'il basculait pardessus le rebord, serrant toujours le coffret, et qu'il disparaissait dans les profondeurs.

— À présent, tous mes travaux et mes recherches sont réduits à néant, commenta Prontier d'une voix sombre. Et il n'y a plus aucune possibilité de sauver Azhira.

*
* *

— Je ne pouvais pas deviner qu'Ardelo ferait le plongeon fatal avec la boîte, murmura Fartuloon, mortifié. La fiole que j'avais placée à l'intérieur ne contenait qu'un gaz pour l'étourdir. De toute façon, il ne s'agit pas de vous résigner, Laktrote. Nous allons descendre et reprendre votre trésor.

Prontier balaya la remarque.

— Ce n'est pas du tout ce que je voulais dire quand j'ai évoqué que mes recherches étaient réduites à néant. Il ne m'importe en rien de récupérer ou non ces artefacts archéologiques. Sans Azhira, rien n'aura plus de sens ou de valeur à mes yeux. Lay Manos ne me croira pas quand je lui révélerai que je ne possède aucun trésor avec lequel payer la rançon pour qu'il relâche ma fille. Il supposera que je ne suis pas intéressé par un tel échange et il la tuera.

— Nous trouverons une façon de berner ce Manolian, déclarai-je, même si à cet instant je ne voyais pas très bien de quelle manière y arriver. Nous ne devons pas l'avertir que ce qu'il convoite n'existe plus.

— Là, Atlan marque un point, concéda Fartuloon. Nous pourrions feindre d'être tombés d'accord sur les conditions de la transaction, mais il nous faut d'abord gagner du temps afin d'échafauder un plan infaillible.

Sur ces entrefaites, Griffe-de-Glace s'était remis du coup qu'il avait reçu d'Ardelo.

— Pendant que vous étiez en pourparlers avec le Laktrote, révéla-t-il, Waccor et les deux hommes qui l'accompagnaient ont quitté la forteresse. Il a pris comme excuse de devoir inspecter les pièges qui protègent l'accès à cet endroit mais il m'a semblé que lui et Ardelo complotaient quelque chose. J'ai d'abord trouvé absurde de soupçonner que les deux pouvaient être de connivence, cependant je suis resté vigilant. Cela ne fut donc pas une totale surprise pour moi quand Ardelo a tenté de me tuer.

Il considéra ses mains d'un air perplexe et secoua la tête.

— Par contre, je ne comprends toujours pas pourquoi mon pouvoir n'a eu aucun effet sur lui.

— Sa coiffe l'a préservé de ta poigne glaçante, répondis-je. Je vous observais à ce moment-là. Ses cheveux laqués ont agi comme un isolant.

— Waccor et Ardelo avaient certainement passé un accord pour se partager le butin. Et si le premier ne trouve rien sur le cadavre du second, il supposera que le trésor est toujours ici. Il s'arrangera vraisemblablement avec quelques comparses pour tenter de prendre l'endroit d'assaut.

— Laissons-le essayer, commenta Prontier, furieux. Je réserve une chaude réception à ces escrocs. J'ai un radiant à impulsions contre des lances, des arcs et des flèches. De plus, il y a une série de pièges que Waccor devra désactiver avant de pouvoir arriver ici.

— Néanmoins, vous n'y serez pas en sécurité très longtemps, Laktrote, intervint Fartuloon.

— Pas plus que je ne l'étais déjà, rétorqua le père d'Azhira. Je m'étais imaginé le contraire parce que je faisais confiance à mes hommes. J'ai remarqué leur duplicité pour la première fois après être entré dans Zagooth. Ils m'avaient laissé en arrière, sans doute dans l'espoir que je finirais par me perdre dans les labyrinthes, mais j'ai retrouvé la sortie. Ils ont protesté de leur innocence, toutefois je ne les ai pas crus. Après notre retour au refuge, j'ai découvert Waccor ligoté et les autres tués. L'homme m'a raconté que Vafron l'avait investi par la force et enlevé Azhira. À présent, je suis à peu près convaincu que le premier a laissé le second pénétrer dans la forteresse.

— Ne serait-il pas possible, dis-je, que Waccor s'associe de nouveau avec lui ? Si Vafron a réussi une fois à s'y introduire, il peut le refaire. Vous devez partir d'ici, Laktrote, avant que Waccor n'obtienne des renforts et n'assiège l'endroit.

— Laissons-le venir tranquillement, répondit-il, abattu. J'ai un moyen de fuir dont même lui ignore tout. Mais pourquoi m'échapperais-je, après tout ? Je n'ai plus rien à perdre. Accordons à Vafron son petit triomphe.

— S'il existe un chemin pour s'évader, c'est ce qu'il y a de mieux, répliquai-je. Vous pouvez quitter votre base avec nous, sans être aperçu. De la sorte, les autres penseront que nous sommes encore ici. Et pendant qu'ils livreront l'assaut à la forteresse, nous pourrons tenter de sauver votre fille.

— Comment vous y prendrez-vous ? demanda Prontier, manifestant toujours des signes de résignation. Je n'ai rien en ma possession un tant soit peu susceptible d'être considéré par Manos comme une monnaie d'échange valable contre Azhira.

J'étais sur le point de répondre quand j'entendis un croassement persistant, quelque part à l'extérieur.

Griffe-de-Glace s'exclama :

— C'est l'oiseau géant de Lay Manos, celui qui est censé ramener Ardelo !

Au désespoir, Prontier s'écria :

— Si l'oluzga revient sans lui, le Manolian tuera ma fille ! Pourriez-vous le nier ? (Il était maintenant en train de secouer les épaules de Fartuloon.) Que pouvons-nous faire ? Ardelo est mort ! Cet oiseau volera seul pour le retour et…

— Non ! m'interposai-je d'un ton sans appel. Je vais prendre sa place.

— Ce serait un suicide, Atlan, répliqua le Carabin. Manos soupçonnera un piège et te jettera en pâture à ses monstres charognards.

— Pas s'il gobe l'appât que je vais agiter devant lui, répondis-je. Je lui raconterai qu'en vérité Ardelo jouait un double jeu. Je lui ferai également savoir que nous n'avons aucune confiance en lui et que c'est la raison pour laquelle je reviens les mains vides. Il devra accepter ma proposition de choisir un lieu de rendez-vous neutre où Azhira pourra être échangée contre le trésor. Quel endroit suggéreriez-vous pour cette rencontre, Laktrote ? Il doit être facile d'accès pour Lay Manos, et à la fois connu des autres groupes de chercheurs de trésors. Je lui dirai que l'opération de remise de la rançon aura lieu à l'aube. Entre-temps, le reste d'entre vous devra convaincre une autre bande de se rallier à nous et de s'opposer à Lay Manos au moment opportun. Pendant qu'ils seront tous occupés à se défoncer la tête, vous pourrez essayer de nous libérer, Azhira et moi.

— Cela semble plus facile à dire qu'à faire réellement, prophétisa Prontier.

— Néanmoins, l'idée est bonne, argua Fratulon en ajoutant : En tout cas, c'est l'unique solution pour gagner encore du temps. La seule chose que je n'aime pas est que tu vas t'offrir en otage à Lay Manos, Atlan. Je…

Griffe-de-Glace l'interrompit, impatient.

— Nous ne pouvons plus tergiverser très longtemps, ou l'oiseau de proie repartira seul. Alors, quel endroit suggérez-vous, Laktrote ?

Prontier hésita et dit enfin :

— La salle d'apparat de Marauthan conviendrait autant qu'un autre.

— Va pour la salle d'apparat de Marauthan ! s'exclama le Chrektor.

Et avant que quiconque ait pu l'arrêter, il se précipita à l'extérieur sur la plate-forme.

— Griffe-de-Glace ! m'écriai-je.

J'étais sur le point de le poursuivre quand je me figeai

soudain dans l'embrasure ouverte. L'oluzga plongea à cet instant, saisit notre compagnon dans ses serres et s'envola en l'emportant.

— On se reverra à l'aube ! hurla le Chrektor.

L'oiseau monstrueux disparut avec lui parmi les ruines estompées par la nuit.

Je retournai dans l'abri de Prontier en pestant :

— Ce damné Chrektor et son individualisme !

Fartuloon essaya de me consoler, me tapant sur l'épaule.

— Il y a quand même un avantage à ce que Griffe-de-Glace soit parti à ta place, dit-il. Quand nous entrerons en contact avec l'organisation de Komyal, j'aurai besoin de toi comme assistant. Le Chrektor n'aurait pas été capable de m'aider à combattre l'épidémie.

Prontier nous dévisagea, incrédule.

— Êtes-vous en train de dire que vous avez réellement l'intention de pénétrer dans la forteresse du Voolynésan ? Mais que va-t-il arriver à Azhira, alors ?

— Nous sommes venus ici pour apporter une aide médicale à des chercheurs de trésors en situation d'urgence, expliqua mon mentor. Quoi qu'il se produise, ces gens ont besoin de notre secours et je ne vais pas les laisser en plan, Laktrote. Cependant, nous essaierons également de sauver votre fille. Peut-être est-il même possible de combiner les deux. À présent, montrez-nous cette issue secrète.

Prontier avait l'air découragé tout en nous conduisant dans la partie arrière de sa forteresse. Entre plusieurs ballots d'équipements divers, il nous indiqua une zone carrée visible au sol. Le secteur délimité paraissait être fait du même type de matériau que le reste du plancher, mais le père d'Azhira nous fournit l'explication :

— Ce n'est pas de la matière solide, mais une projection de quelque chose qui y ressemble à s'y tromper. La production d'illusions est un des secrets que j'ai arrachés aux labyrinthes de Zagooth.

— Nous sommes déjà familiers de ce phénomène, dit Fartuloon. Qu'y a-t-il en dessous ?

— Un puits qui mène presque en ligne droite à travers le mur extérieur jusqu'au pied de l'entonnoir, répondit Prontier.

— Alors il ne nous reste qu'à l'emprunter, conclut le Carabin.

*
* *

Le passage obscur semblait être sans fin. Il plongeait dans les profondeurs en suivant la concavité de la paroi externe et avait sans doute servi autrefois de conduit d'aération. Disposées à intervalles réguliers, des trouées de la grosseur d'un poing avaient été pratiquées pour offrir une bonne vue sur le dehors et être utilisées comme prises aisées pour l'escalade. Il ne m'apparaissait pas clairement pourquoi Marauthan avait créé ce système de ventilation. Je n'avais jamais entendu parler d'un type d'agencement semblable dans une quelconque des constructions existantes en forme d'entonnoir. Probablement son architecte avait-il espéré que les courants d'air amélioreraient la qualité de la climatisation pour les logements de l'édifice.

Telles étaient mes pensées pendant notre progression. Prontier était passé devant, suivi par Fartuloon, et je fermais la marche. Le Laktrote avait saisi son radiant à impulsions et j'avais dégainé mon Luccott récupéré sur Ardelo quand il l'avait laissé échapper. Le Carabin se contentait de sa Skarg bien-aimée. Je lui avais repris le sac à instruments dans la mesure où, déjà sans lui, mon maître avait des difficultés à négocier la descente dans le puits étroit.

Je sentis finalement le sol sous mes pieds. Ici, l'obscurité était encore plus grande qu'à l'intérieur du conduit. Je cherchai à tâtons le long de la paroi jusqu'à ce que je parvienne à un endroit faiblement éclairé par la lumière des étoiles. Devant moi, deux ombres se dessinèrent entre des pans de murs en ruines. Je butai contre un corps mou et une main m'agrippa avant de se plaquer sur ma bouche.

— Des Zagoriens ! chuchota Fartuloon tout près de mon oreille.

Par réflexe, je dégainai mon radiant. Le Carabin ôta ses doigts et je me mis à ramper tout près d'un muret proche afin d'avoir une vue dégagée sur le secteur des vestiges devant nous.

Au début, la seule chose que je pus discerner fut un tas de décombres et les restes de parois écroulées, puis je perçus un mouvement dans la zone. Un Zagorien progressait sans bruit dans l'ombre d'un alignement régulier de pierres tandis que deux autres se traînaient juste derrière. Ils se déplaçaient dans une direction diamétralement opposée à notre cachette. Nous nous trouvions juste dans leur dos.

Fartuloon se tourna vers moi et, à sa main, je vis Skarg lancer une série de reflets lumineux. Ce code m'indiquait de ranger mon arme radiante. Je replaçai le Luccott à ma ceinture et sortis l'épée fournie par Lay Manos. Puis mon mentor me fit un signe et commença à avancer. Je le suivis, baissé comme lui, pour profiter de la couverture des murs en ruine et ne pas être repéré par les Zagoriens même s'ils venaient à faire volte-face. Soudain, j'entendis un son qui ne pouvait pas provenir de nos ennemis. Cela ressemblait plutôt à un raclement furtif de semelles de chaussure. Le visage d'un homme apparut alors derrière un des murets. Il portait une lance et brandissait une épée recourbée. À cet instant, il découvrit les trois créatures reptiliennes et poussa un cri d'effroi alors qu'elles le chargeaient.

Ce fut aussi le signal pour déclencher notre attaque. Fartuloon se jeta, bras en avant, sur les quatre combattants qui formaient une inextricable pelote vivante. Je crochetai la jambe d'un Zagorien puis assommai l'individu du plat de mon épée. Mais je n'eus pas le temps de me tourner vers un autre adversaire que le combat était terminé.

Le Carabin était venu à bout, à mains nues, des deux autres habitants du désert. À présent, il dégageait l'homme enseveli sous les deux reptiles inconscients en le tirant par le col de son manteau.

— Jette donc un coup d'œil, Atlan, et regarde qui nous avons trouvé ici ! dit-il en feignant la surprise. Quelle coïncidence de se heurter à une vieille connaissance !

— Waccor ! m'exclamai-je, étonné.

Prontier quitta sa cachette et nous rejoignit. Quand il entendit le nom de l'individu, il s'écria :

— Traître !

Il était sur le point de s'en prendre à lui et je dus le retenir par la force.

L'homme étendu eut un hoquet de soulagement à notre vue.

— Quelle chance que vous soyez arrivés juste maintenant ! Sinon, ces brutes m'auraient réservé le même sort qu'aux deux autres.

— Cela n'aurait pas été une grosse perte dans ton cas, espèce de traître ! fulmina le père d'Azhira, écumant de rage.

— Baissez la voix, Laktrote, lui intima Fartuloon. Qui sait combien de Zagoriens peuvent encore rôder aux alentours ?

— Il n'y en a plus aucun dans les ruines, affirma Waccor. Mais à l'extérieur, ils grouillent littéralement. Pendant le jour, ils s'enfoncent dans le sable et à cette heure ils sortent tous de leurs cachettes.

— Tu étais probablement trop lâche pour te risquer dans le désert, n'est-ce pas ? dit le Carabin, méprisant. Ou bien attends-tu toujours ton copain Ardelo ?

L'autre secoua la tête.

— Je l'ai vu tomber de la planque, dit-il d'une voix mal assurée. Vous l'avez vraiment eu avec ce coffret. Il n'a pas eu de chance de se laisser duper ainsi. Mais je m'en moque. (Il haussa les épaules.) Je n'ai aucune envie d'avoir le trésor.

— Ah oui ? fit Fartuloon, sarcastique. Alors pourquoi erres-tu toujours dans le secteur ? Ne tentais-tu pas, par hasard, d'évaluer comment cambrioler cette forteresse ?

Le rire de l'homme sonna un peu faux.

— J'ai été stupide de m'associer avec Ardelo, d'accord, mais j'étais à peu près sûr de ne plus jamais pouvoir revenir vers Prontier. Je me suis donc mis à réfléchir à quelle bande me rallier. Puisque je n'étais plus trop le bienvenu chez Lay Manos, le seul autre choix qui s'offrait à moi était Komyal. J'ai toujours eu de bons rapports avec le Voolynésan.

— Ah bon ! grogna mon mentor d'un air goguenard. Tu as donc voulu convaincre ton nouvel ami de t'aider à mettre la main sur le trésor du Laktrote !

— De quoi parles-tu, Carabin ? rétorqua Waccor, irrité. Je désirais seulement me joindre à lui, c'est tout. Le trésor n'a rien à voir avec ça, je ne m'en souvenais même plus !

— Ah oui ? Pourtant, on dirait que tu n'as pas réussi à intégrer le groupe du Voolynésan, et c'est pourquoi tu es revenu fouiner ici.

Waccor secoua de nouveau la tête.

— Komyal m'a accepté à bras ouverts. Il a besoin de tous les hommes sains qu'il peut engager, car une partie de ses effectifs est frappée par l'épidémie. Quand je lui ai dit que toi et ton assistant étiez avec Prontier, il m'a envoyé tout de suite pour entrer en contact avec vous. Il dit qu'il a émis un appel de détresse et qu'il a besoin de ton aide, Carabin ! J'étais en route vers vous avec mes deux compagnons quand les Zagoriens nous ont attaqués.

— C'était donc Komyal qui avait demandé des secours ! Es-tu disposé à nous conduire à lui ?

— C'est la raison de ma présence ici, répondit l'autre avec empressement. Je serai votre guide. Il y a même un pont, près d'ici, qui mène aux ruines où le Voolynésan a établi son campement. Il nous permettra d'éviter les sables du désert. Je n'ai aucune envie de me retrouver nez à nez avec des Zagoriens, ce soir. En fait, il est préférable que nous filions vite de ce secteur.

Fartuloon hésitait encore.

— Waccor, tu es un intriguant né. Tu aurais été loin, à la cour d'Orbanaschol ! Tu as trahi Prontier pour Lay Manos, tu as comploté avec Ardelo dans le dos de Manos, et maintenant tu offres ta loyauté douteuse à Komyal. Combien de maîtres sers-tu en réalité ?

L'interpellé afficha une franchise déconcertante.

— Je travaille essentiellement pour un seul, moi-même…

— Et pourquoi ne t'es-tu pas tourné vers Vafron, dans la mesure où tu lui avais déjà refilé un ou deux tuyaux dans le passé ? insista Fartuloon.

Une fois de plus, l'autre répondit avec une sincérité sidérante.

— Vafron a joint ses forces à celles du Voolynésan, Carabin. Peut-être l'ignorais-tu ?

*
* *

Waccor grimpait à travers les ruines avec une incroyable agilité. Nous dûmes accélérer l'allure pour nous maintenir à son niveau, notamment le Laktrote qui n'était pas habitué à des efforts physiques si intenses. Il s'arrêtait de temps à autre pour se reposer, ce qui nous contraignait à prendre un peu de répit.

— Dépêchez-vous ! nous pressa notre guide. Chaque centitonta peut être une question de vie ou de mort. Si les hommes de Komyal ne reçoivent pas une aide très rapide, l'épidémie va tous les anéantir !

Notre chemin empruntait des arêtes de mur étroites ainsi que des niveaux de l'ancienne structure menaçant de s'effondrer. Nous nous trouvions dans les vestiges du bâtiment dont faisait partie le pinacle solitaire qui dominait la forteresse de Prontier, mais nous étions maintenant du côté opposé. Nous découvrîmes enfin devant nous, sous l'éclairage des étoiles, un pont suspendu qui enjambait un vide de cent mètres au-dessus du désert pour aller s'accrocher sur la construction en ruine adjacente. À son endroit le plus bas, la passerelle touchait presque trois cordes d'argent de la Toile, qui passaient entre d'anciens édifices en forme d'entonnoir.

— Le bastion du Voolynésan est là-bas, dit Waccor. Nous y sommes presque. Nous devons absolument y aller en douceur une fois sur le pont. Pas question qu'il commence à se balancer ni qu'il soit trop surchargé, sinon il va toucher le réseau de câbles en dessous. La meilleure façon d'y arriver est de respecter une certaine distance entre nous afin de mieux répartir le poids.

Prontier parvint en haletant à la plate-forme sur laquelle s'ancrait la passerelle. Je l'avais suivi de très près dans la montée afin de l'aider au cas où il rencontrerait des difficultés. Il s'était tourné vers le haut pour regarder une dernière fois sa forteresse, clairement visible de notre position actuelle et qui se découpait telle une obscure silhouette sur le ciel étoilé.

Waccor demanda en ricanant :

— Tu n'as pas peur que pendant ton absence quelqu'un vienne voler ton magot, Laktrote ?

Comme Prontier, crispé, s'entêtait dans son silence, Fartuloon répondit à sa place :

— Dans sa tête, il a renoncé à cette forteresse depuis longtemps. En fait, dès qu'il a compris qu'il ne pouvait avoir confiance en ses hommes. Tu peux être certain, Waccor, que le trésor a été mis en lieu sûr.

Je crus distinguer une lueur de cupidité dans les yeux du traître mais il s'abstint de poser de plus amples questions sur le sujet. En fin de compte, il voulait donner l'impression de se désintéresser du présumé trésor.

— Attends mon signal, Fartuloon, intima-t-il en s'engageant sur le pont. Puis suis-moi.

Une fois l'homme à bonne distance, Prontier nous parla à voix si basse que seuls mon mentor et moi pouvions l'entendre :

— Pensez-vous que vous devez lui révéler le lieu convenu de la rencontre avec Lay Manos ?

— Laissez-moi la responsabilité de cette décision, Laktrote, répliqua mon mentor tout aussi discrètement.

— Tu peux y aller maintenant, Carabin, lança Waccor après avoir progressé d'une quinzaine de pas sur le pont suspendu. Les autres doivent suivre en respectant le même intervalle entre eux.

Fartuloon se déplaça prudemment sur l'étroite passerelle qui avait déjà amorcé un mouvement modéré de balancier. Il trébucha légèrement sur une plaque synthétique un peu trop souple, mais il se rattrapa à un hauban.

— Hé ! hurla notre guide, inquiet. Fais attention où tu mets les pieds, Carabin !

Prontier s'engagea à son tour et avança avec circonspection. Je l'imitai, à une distance de quinze pas. Nous marchions vite, le pont oscillait moins que je ne l'avais craint. Quand je fus rendu à peu près en son milieu, je vis que les cordes d'argent de la Toile n'étaient plus qu'à une longueur de bras en dessous. Waccor avait atteint l'autre côté. Je crus discerner dans l'obscurité qu'il nous adressait un signe, mais il disparut alors dans une ouverture encore plus sombre. Peu après, Fartuloon s'engouffrait à son tour à l'intérieur.

Soudain, le père d'Azhira poussa un cri et effectua un mouvement si énergique que la passerelle commença à se balancer. Sous mes yeux, il lâcha les cordes de guidage et braqua son radiant à impulsions. Il tira sur quelque chose en dessous de nous. Un trait lumineux jaillit, suivi du cri d'agonie d'un Zagorien. Un groupe de silhouettes en mouvement se détachait sur les sables du désert éclairé par les étoiles.

Je sortis également mon radiant et fis feu sur la file de reptiles que j'avais aperçus en bas. Ils étaient en train d'agripper le Laktrote aux jambes à l'aide de longs grappins.

— Ne vous occupez pas d'eux, lui lançai-je. Continuez seulement à progresser. Juste un peu plus loin sur le pont, vous serez hors de leur portée.

Mais Prontier n'était déjà plus capable de suivre mon conseil. L'oscillation de la passerelle lui fit complètement lâcher prise. Il glissa vers le bas et réussit tout juste à empoigner un des lourds câbles de soutien. Je courus vers lui mais j'arrivai trop tard. Les embouts barbelés des grappins se bloquèrent dans son pantalon et les Zagoriens exercèrent une traction si forte que la résistance du vieil Arkonide fut vaine. Il tomba en criant vers le sol et heurta le sable mou, d'où ses agresseurs le propulsèrent de nouveau immédiatement vers le haut. Au bout de trois essais similaires, le corps de Prontier atterrit sur une des cordes d'argent, grosse comme le bras, et y resta accroché.

Je me concentrai alors de façon mécanique sur le trajet, ne voulant pas regarder ce qui se passait avec le malheureux. On ne pouvait plus l'aider désormais. Tout ce que j'avais à faire était de foncer vers l'autre extrémité du pont suspendu.

Là, deux puissants Arkonides m'attendaient et ils me délestèrent rapidement de mes armes.

Le même sort avait déjà été réservé à Fartuloon : je l'entendais jurer et pester contre cette manière honteuse de traiter ainsi un médecin, chirurgien de surcroît.

— Tu n'as aucune raison de t'énerver, disait un homme d'une voix profonde et sonore. Nous t'avons laissé tes instruments professionnels, et par ailleurs on ne combat pas les maladies avec une épée !

Plusieurs complices éclatèrent de rire. On me poussa à travers un passage dans une pièce éclairée par deux torches. J'aperçus alors six individus disposés en cercle autour de Fartuloon et de Waccor. L'un d'entre eux, un Arkonide de taille moyenne mais doté d'une musculature impressionnante, portait un plastron semblable à celui de mon mentor. Il lança Skarg en direction d'un des hommes. Le Carabin tournoya prestement et attrapa l'épée avant que l'autre ait pu s'en saisir.

Je réagis instantanément, assénai un coup au creux de l'estomac de mon voisin ahuri par la surprise et le délestai de la lame qu'il m'avait empruntée. Je bondis alors en avant, me frayant un chemin parmi les hommes pour me retrouver dos à dos avec Fartuloon qui était déjà en position de combat de Dagor.

À bonne distance, l'Arkonide musculeux lui demanda :

— Es-tu là en tant que Carabin ou comme dynamiteur de barricade ?

— Je viens à vous de mon plein gré en tant que médecin et je ne vous permettrai pas de me traiter en prisonnier, renvoya Fartuloon d'un air maussade. Vous avez besoin de mon aide, je suis disposé à vous l'offrir. Si cependant vous voulez Skarg, alors vous devrez vous en emparer.

L'Arkonide costaud qui semblait être le porte-parole resta silencieux un moment, ébahi, puis il se mit à rire.

— Tes mots m'en imposent, Carabin, reconnut-il. Tu as le droit de garder ton épée. Excuse-moi pour mes actes de tout à l'heure. J'ai affaire exclusivement à des bandits, si bien que j'avais oublié comment on traite un homme d'honneur, et Dagoriste de surcroît. Mon nom est Plyturon. Puis-je réparer cela d'une poignée de mains ?

Fartuloon était si hésitant à prendre cette main tendue que l'autre eut un froncement de sourcil interrogateur.

— Il se pourrait bien, expliqua le docteur-guerrier, que l'épidémie soit contagieuse et se propage par simple contact.

Plyturon rit de nouveau.

— Ah oui, l'épidémie ! Elle n'est assurément pas transmissible, sinon nous en serions tous atteints à présent. Mais venez maintenant. Je vais vous conduire tous les deux à Komyal. C'est dommage que Prontier ne soit plus en vie. Le Voolynésan aurait beaucoup aimé lui parler.

— Sa mort n'est pas une grande perte, intervint rapidement Waccor. Ce Carabin et son assistant avaient sa pleine confiance. Ils en savent pas mal sur le Laktrote et raconteront à Komyal tout ce qu'il veut apprendre. J'en suis convaincu.

— Si c'est le cas, dit Plyturon, alors nous pouvons oublier Prontier.

Le rapide regard que Fartuloon me lança confirma que nous pensions la même chose. Waccor avait dû parler au Voolynésan du trésor du père d'Azhira et il venait probablement d'essayer d'informer Plyturon du fait que nous connaissions la cachette du butin.

Nous fûmes conduits dans une salle dépourvue de fenêtres et dont les autres accès étaient murés. Une moitié de la halle voûtée était éclairée par dix torches.

L'autre partie, plongée dans l'obscurité, était séparée du reste de la pièce par un muret crénelé à hauteur d'homme.

Au centre de cet obstacle se dressait l'encadrement d'une large porte dont les deux vantaux étaient ouverts. Entre eux se trouvait un étrange type de véhicule ; du moins était-ce le terme le plus approprié qui me vint à l'esprit pour désigner la chose.

Il s'agissait d'une coquille d'environ deux mètres de diamètre, supportée par quatre roues et six espèces de pattes articulées, donc conçue pour se déplacer de presque toutes les façons possibles. Dans la vasque se tenait une masse gélatineuse et palpitante.

— Komyal, voici le Carabin et son assistant, dit Plyturon avant de reculer jusqu'au mur.

De la coquille émergea un grand pseudopode dont l'extrémité densifiée se modela et prit consistance pour former un visage humanoïde. Les yeux nous fixaient, la bouche se mit à remuer et à parler dans un arkonide irréprochable.

— Je pensais que tu répondrais plus vite à mon appel, Carabin. Si tu étais parti dès réception de mon message radio, tu serais arrivé ici bien avant le coucher du soleil.

— Nous avons été retenus, Komyal, expliqua Fartuloon. D'abord nous avons perdu notre Vagabond des Dunes, puis nous nous sommes heurtés aux Zagoriens et pour finir nous sommes tombés entre les mains de la bande de Lay Manos. Mais j'espère que notre aide ne survient pas trop tard. Où sont les hommes qui ont été touchés par cette épidémie ? Je serai heureux de m'occuper d'eux immédiatement.

— Il n'y a aucune épidémie, déclara Komyal.

Le pseudopode à visage humain se tourna sur le côté alors que le Voolynésan ajoutait :

— En envoyant cet appel de détresse, je faisais simplement une faveur à mon ami Vafron. Car ce Carabin est bien l'homme que tu cherchais, n'est-ce pas ?

De derrière le muret crénelé surgirent cinq silhouettes que l'on ne pouvait voir distinctement à cause de l'insuffisance de l'éclairage. Mais il s'agissait manifestement d'Arkonides. L'un d'eux acquiesça alors :

— Oui ! Et ce Carabin nommé Fartuloon est tombé tout droit dans mon piège.

CHAPITRE IV

FARTULOON, L'ARRACHEUR D'ENTRAILLES

Fartuloon avait soumis Atlan à d'innombrables tests. Les épreuves qui faisaient appel à ses capacités psychiques semblaient s'équilibrer avec celles qui relevaient de ses aptitudes physiques. Il était important que le disciple soit souple d'esprit, mais qu'il sache manier les armes l'était encore davantage. Il devait être capable de défendre sa vie dans tous les types de situations. C'était une des raisons pour lesquelles le Carabin l'avait emmené avec lui dans le cadre de missions dangereuses dont l'issue avait souvent été une question de vie ou de mort. Jusqu'ici, Atlan avait réussi tous les tests et surmonté tous les périls, s'assurant ainsi un bon point de départ pour toutes les batailles encore à venir de son existence.

Le médecin du Tato continuait à être stupéfié par les progrès de son élève. Il s'agissait souvent de simples petites choses qui déclenchaient l'appréciation et l'admiration silencieuse du professeur ; et même quand Atlan prenait des décisions de moindre importance, il prouvait non seulement que chacune de ses actions était mûrement réfléchie, mais aussi qu'il était capable de trancher dans l'urgence.

Son mentor reconnaissait le fait que la formation de base de son protégé était arrivée à son terme et qu'il ne pourrait plus rien lui apporter de neuf. Dorénavant, le jeune homme devrait lui-même mettre ses connaissances en pratique. Il retirerait de ses succès et de ses échecs de nouvelles leçons dans l'apprentissage de la vie. Il enregistrait en réalité si vite que Fartuloon ne pouvait que l'admirer, plongé dans un étonnement muet. Peu à peu, cela autorisait le maître à laisser de côté son rôle de professeur : il était devenu le loyal et dévoué serviteur d'Atlan. Mais pour présenter à celui-ci la destinée qui l'attendait, l'arracheur d'entrailles devait évoquer les fantômes du passé.

*
* *

Le signal de détresse avait été envoyé dans le seul but de nous attirer dans un traquenard ! Et – comme des imbéciles – nous étions tombés dans le panneau. Sous cet angle, cela avait même été une bénédiction que nous nous soyons heurtés aux Zagoriens et à la bande de Lay Manos. Autrement, nous serions tous morts depuis longtemps. D'un autre côté, nous aurions pu devenir plus prudents et plus méfiants si nous n'avions pas été « distraits » par ces événements. Maintenant, toutefois, la question de ce que Vafron pouvait représenter et de la raison pour laquelle il nous avait attirés dans ce piège était sans importance. Je dégainai mon épée au même moment que Fartuloon. Waccor bondit en arrière pour s'écarter de nous et rejoignit les hommes de Komyal qui se tenaient le long du mur. Je calculai que nos chances étaient réelles dans la mesure où ils n'étaient armés que de glaives, comme nous.

— Approchez, bande de crapules ! cria Fartuloon. Vous allez découvrir que le chirurgien privé du Tato Armanck Declanter sait manier autre chose qu'un scalpel !

— Arrêtez ! jeta Vafron en s'avançant d'un pas et en levant la main d'un geste péremptoire.

Je vis à cet instant qu'il portait un uniforme déchiré de la flotte arkonide.

— Komyal, dis à tes gens de ne pas faire usage de leurs armes ! (Il se tourna vers le Voolynésan qui avait déployé quelques pseudopodes supplémentaires à l'extérieur de sa vasque.) Nous étions d'accord pour que tu me donnes le Carabin vivant !

La bouche au dessin très arkonide de l'être amiboïde tonna soudain :

— Il est à toi, Vafron. Aucun de mes hommes ne touchera à un seul cheveu du médecin du Tato. C'est aussi mon intérêt de le garder en vie.

L'interpellé scruta avec surprise la pseudo-tête de la créature.

— C'est étrange que tu manifestes soudain de l'intérêt pour lui, Komyal, dit-il. Je t'ai payé pour me livrer Fartuloon sain et sauf. Mais tes paroles sonnent presque comme celles de quelqu'un qui voudrait à présent renier cet accord.

Le simulacre de visage du Voolynésan se fendit d'un sourire amusé :

— En aucun cas, Vafron, mais c'est moi qui déciderai du moment où je te le donnerai. Cependant, avant de te le laisser, je dois encore lui soutirer quelques informations…

— Je ne tolérerai pas que l'on marchande sur ma vie ! s'écria Fartuloon, en colère. Venez donc ! Nous verrons si vous êtes de taille à vous mesurer à moi et à mon assistant !

Le seul qui accepta le défi fut Plyturon. Il dégaina son épée et se mit en position de combat.

— Carabin, dit-il avec un sourire malveillant, tu me fais penser à un homme qui aurait collectionné les victoires dans les arènes. Cependant je dois te confier que j'ai aussi été gladiateur et ai même participé aux Kaymuurtes.

— En arrière, Plyturon, trancha Komyal. Aucune goutte de sang ne sera versée aujourd'hui dans cette pièce ! Et toi, Fartuloon, tu verras que tu n'as pas d'autre choix que de te plier sans résistance.

Mon mentor se tourna pour faire face au Voolynésan et constata qu'il ne pouvait plus détacher son regard de lui. Je perçus le changement qui gagnait le Carabin. Sa physionomie se déforma comme s'il était soumis à une force supra-humaine, comme si son être monopolisait toute son énergie pour combattre quelque chose qui s'était emparé de lui.

Il me parut tout de suite évident qu'une puissance inquiétante émanait du Voolynésan et qu'elle avait ensorcelé Fartuloon. Bien qu'étant conscient de cela, je jetai un coup d'œil à Komyal et fus aussitôt incapable de décrocher mon regard du sien.

La créature amorphe et gélatineuse se coula par-dessus le bord de la coquille jusqu'au plancher et glissa vers nous dans un mouvement ondulant. Elle avait déployé deux pseudopodes. L'un d'eux avait pris la forme d'un visage arkonide et un œil surdimensionné avait surgi à l'extrémité de l'autre. Une force magique et suggestive s'en dégageait. Je ne pouvais plus ni me détourner, ni penser clairement. J'étais soudain privé de volonté propre et toutes mes tentatives pour songer à d'autres choses ou détacher mon regard de l'organe rayonnant et irisé étaient vaines.

Mon mentor était dans un état pire que le mien car c'était sur lui que Komyal concentrait ses pouvoirs hypnotiques. Du coin de l'œil, j'eus la vision trouble de mon vieux Carabin qui tremblait et tombait à genoux. Il consacrait tous ses efforts psychiques à lutter contre l'influence qui s'était emparée de lui.

— Tu ne peux pas t'opposer à moi, Fartuloon, entendis-je le Voolynésan proclamer d'une voix qui semblait lointaine. Tu dois m'obéir. Tu me raconteras tout ce que je veux savoir de toi !

— Non… ! articula sa victime du bout des lèvres en un murmure à peine intelligible.

— Mais si, dit Komyal d'un ton assuré. Tu répondras à mes questions par la vérité. Je n'exige rien de plus de toi. C'est dommage que Prontier ne soit plus en vie car je lui aurais soutiré plus facilement les renseignements souhaités. Mais tu finiras par me révéler ce que je veux entendre.

— Je… je le ferai !

La masse amorphe de substance vivante nous avait presque atteints. À présent, le pseudo-œil géant s'élevait à hauteur du visage de mon compagnon.

— Tu sais que Prontier a déniché un trésor ? demanda le Voolynésan.

— Oui, il m'a tout expliqué ! dit Fartuloon. (Il débitait les mots comme si ce flot de paroles le libérait d'une pression épouvantable.) Dans Zagooth, il a fait beaucoup de précieuses trouvailles et les a amassées dans sa forteresse. Mais elles n'y sont plus. Prontier se méfiait de ses hommes, en l'occurrence à juste raison. Waccor l'a trahi pour Lay Manos et le Manolian a enlevé sa fille, Azhira, afin de la monnayer contre le trésor. L'échange doit avoir lieu à l'aube.

— C'est une nouvelle intéressante, observa Komyal. Prontier avait donc décidé de se plier aux exigences de Manos ?

— En effet, son seul but était de revoir sa fille, enchaîna Fartuloon. Après l'accident d'Ardelo, nous avons dépêché Griffe-de-Glace comme négociateur auprès du Manolian. Il devait lui communiquer les conditions de l'échange…

— Et quel en était le point essentiel ?

— À l'aube, Lay Manos avait prévu d'amener Azhira

à la salle d'apparat de Marauthan. C'est là que nous étions censés lui remettre le trésor…

— Ce que vous ne ferez pas, rétorqua Komyal, méprisant.

Je vis l'œil lumineux commencer à s'obscurcir alors que le Voolynésan se coulait à terre pour réintégrer son véhicule-coquille. Au fur et à mesure que les effets hypnotiques du globe oculaire géant se dissipaient avec l'éloignement, je commençai à échapper à son emprise et à retrouver mon libre arbitre. Ma première perception lucide fut que Fartuloon n'avait pas craqué sous la pression suggestive. Il avait berné l'être amoboïde en feignant de révéler tout ce qu'il savait, esquivant ainsi toutes les questions compromettantes. Je ne pus m'empêcher d'admirer le vieux Carabin. Bien qu'il n'ait pas été capable de résister totalement à la force psychique de l'étrange créature, il avait néanmoins réussi à lui raconter uniquement ce qu'il voulait lui laisser savoir. Il avait seulement fourni les détails liés à ce que nous avions projeté.

Fartuloon reprit difficilement sa respiration et serra les poings de colère.

— Tu t'es joué de moi, Komyal, siffla-t-il avec une rage simulée. Mais ne crois pas avoir gagné la partie. Même si tu n'ignores plus que le trésor est caché dans la salle de réception de Marauthan, cela ne te servira à rien. Tu seras incapable de le récupérer car Lay Manos sera là-bas avant toi.

— Je me suis toujours demandé si cet individu était aussi puissant qu'on le prétend, dit le Voolynésan. Jusqu'à maintenant, je n'avais jamais mis sa présumée force à l'épreuve puisque je n'avais eu aucune occasion de le faire. Mais à présent, j'ai une bonne excuse pour me débarrasser de ce fanfaron. Vafron, je vais te montrer comment il faut s'y prendre pour devenir le souverain des ruines de Marauthan.

Un léger sourire se dessina sur les traits anguleux de l'interpellé.

— Régner sur les habitants de ces vestiges est le cadet de mes soucis, répliqua-t-il. Quand j'ai demandé à tous les groupes d'ici de s'unir sous mon commandement, ce n'était que pour m'assurer du soutien d'un maximum d'hommes. Il était impossible de deviner que Fartuloon se passerait de l'appui des troupes de Declanter et qu'il se présenterait quasiment seul dans les ruines. Je n'ai jamais eu l'intention de m'y établir. Ces décombres t'appartiennent. Et maintenant que tu as obtenu ce que tu désirais, donc que le Carabin ne t'est plus d'aucune utilité, tu dois me le livrer. Je n'en réclame pas plus.

— Il est à toi, affirma le Voolynésan. Mais je n'en ai pas encore fini avec lui. Il doit m'accompagner à la salle d'apparat. Une fois en possession du trésor, je te le laisserai.

— Je te préviens, Komyal, ne pousse pas ce jeu trop loin ! menaça Vafron.

L'autre ne parut pas spécialement impressionné.

— Si tu souhaites juste tester ta force contre quelqu'un, Vafron, alors économise-la plutôt pour combattre les hommes de Lay Manos. Et si tu tiens tant à conserver ce Fartuloon en vie, tu ferais mieux de garder un œil vigilant sur lui. Il t'incombe en propre qu'il ne s'échappe pas et qu'il ne lui arrive rien.

Le regard froid de Vafron se tourna vers mon mentor et l'Arkonide affirma :

— Je saurai parfaitement m'occuper de lui !

À cet instant, je me demandai réellement si les deux hommes ne s'étaient pas connus dans le passé et s'ils n'avaient pas un vieux compte à régler entre eux. Mais en examinant soigneusement le profil de Fartuloon, je constatai que son visage restait dépourvu de toute expression.

*
* *

— Je ne l'ai jamais vu de ma vie, dit le Carabin.

Nous étions parvenus au plus élevé des édifices en entonnoirs. C'était la première fois que mon mentor parlait depuis que nous avions quitté la forteresse de Komyal.

— Mais alors, qu'est-ce qui te tracasse chez lui ? voulus-je savoir.

— Je me demande comment Vafron peut garder un œil sur nous alors qu'il ne se montre même pas en personne, répondit-il.

Nous avions franchi la distance qui séparait la cachette du Voolynésan du bâtiment abritant la salle d'apparat en empruntant le chemin des labyrinthes. Cela offrait l'avantage de ne pas avoir à craindre une embuscade des Zagoriens, car dans cette partie des galeries qui s'étendait sous la ville en ruines on croisait rarement ces créatures reptiliennes. Toutefois, Komyal avait en premier lieu choisi l'itinéraire par Zagooth pour que les hommes de Lay Manos ne puissent pas observer le déploiement de ses forces armées. Il était prévu que le Manolian vienne se jeter dans le piège sans rien soupçonner, exactement comme Fartuloon et moi l'avions envisagé en premier lieu.

Notre problème essentiel était d'échapper à nos gardiens pour aller libérer Griffe-de-Glace et Azhira qui devaient certainement avoir été laissés en arrière dans le repaire de Lay Manos, ce dernier ayant été probablement assez avisé pour ne pas les amener ici. Néanmoins, le fait que les hommes de Komyal nous entouraient continuellement constituait la moindre des difficultés. Fartuloon semblait beaucoup plus préoccupé de ce que Vafron restait lui-même en retrait alors qu'il était responsable de notre sécurité.

Comme il n'abordait pas le sujet de son propre chef, je choisis d'y venir directement :

— Que penses-tu de Vafron ?

— Je n'arrive pas totalement à le cerner, répliqua-il.

— Il me semble plus dangereux que Komyal et Lay Manos réunis, persistai-je.

— En tout cas, il est dangereux pour nous.

Ce fut tout ce que je pus lui soutirer.

Komyal avait huit hommes pour le déplacer dans sa coquille-enveloppe bien que la vasque possédât sa propre force motrice. Je n'étais pas certain que le moteur soit défectueux, ou que le Voolynésan se fasse porter simplement pour étaler son pouvoir aux yeux de tous.

J'étais enclin à croire qu'il commandait le groupe le plus puissant établi dans ces ruines car après tout il était à la tête de cinquante individus, ce qui représentait vraisemblablement le double des effectifs dont disposait Lay Manos.

Il peut n'y avoir en réalité aucun doute sur l'issue de la bataille à venir, pensai-je. *Komyal bénéficie non seulement d'une supériorité numérique, mais également d'un avantage considérable sur le plan tactique. Alors que ses hommes peuvent se préparer efficacement car ils savent à qui ils vont avoir affaire, Lay Manos ignore tout de l'embuscade.*

Les mercenaires du Voolynésan se déployèrent autour de la salle d'apparat et prirent position près des voies d'accès, de façon à couper toute possibilité de retraite aux sbires de Manos. Ils trouvèrent également des cachettes aux points les plus élevés afin d'être à portée de flèches de l'arme la plus redoutée du Manolian, à savoir les oiseaux géants appelés oluzgas.

Au moyen d'un système simple, ils étaient capables d'atteindre des endroits inaccessibles où personne ne s'attendrait à les découvrir. Ils utilisaient un long câble muni d'un crochet acéré à son extrémité. Ils étaient si habiles au lancer de ce lourd grappin qu'ils pouvaient s'attaquer à des murs verticaux. Une fois l'engin solidement arrimé sur quelque saillie ou dans un renfoncement, ils grimpaient alors à la corde pour gagner les planques les plus délicates d'accès.

Cette méthode pour se jouer de ce type d'obstacle ne m'était pas inconnue, car Fartuloon et moi l'avions mise en œuvre en de nombreuses occasions. Mais jusqu'à maintenant, j'ignorais que les occupants des ruines s'en servaient.

La salle d'apparat de Marauthan était encore relativement bien conservée, si l'on ne tenait pas compte du plafond écroulé et du ciel qui comblait le vide béant entre les plus hauts murs délabrés. Les habitants des lieux avaient repoussé les débris sur les côtés, les empilant contre les parois vers l'avant de façon à former des rangées sur plusieurs niveaux, créant ainsi une espèce d'amphithéâtre qui dégageait une aire libre en son centre.

Sans aucun doute, une arène dans laquelle les résidents des ruines organisaient souvent des joutes guerrières. Je supposai qu'ici des prisonniers avaient été contraints de combattre des Zagoriens, que des tests de bravoure avaient été exigés des nouveaux membres rejoignant une des bandes et que des duels s'étaient déroulés entre chefs de factions rivales. En tout cas, les individus peuplant ces lieux semblaient ne jamais manquer de prétextes pour se livrer à leurs jeux guerriers.

— Ils arrivent ! cria un des archers de Komyal depuis sa vigie.

Immédiatement, tous les autres regagnèrent leurs planques. Le Voolynésan avait fait installer sa coquille porteuse sous des pierres d'un seul bloc astucieusement disposées en une voûte protectrice qui l'abriterait des monstrueux volatiles de Lay Manos. Le cri d'alerte fut en même temps un signal pour que nos gardiens nous forcent à pénétrer dans l'arène. Au même moment, ils nous mirent en joue avec leurs lances et leurs flèches afin de ne nous laisser aucune chance de nous échapper.

— Très bien. Maintenant, agissez comme si vous étiez libres ! ordonna un de nos quatre gardiens qui n'était autre que Plyturon. Vous devez continuer comme si de rien n'était, de manière à ne pas rendre Manos soupçonneux. Si vous tentez de l'avertir, nos flèches vous transperceront.

Dans les airs au-dessus de l'arène, les premiers oluzgas venaient d'apparaître. Chacun tenait entre ses griffes un guerrier de Lay Manos. La plupart d'entre eux étaient des Manolians, si bien qu'à cette distance je n'étais pas en mesure d'identifier si notre maître chanteur en faisait partie.

Les volatiles déposèrent leur cargaison vivante sur divers blocs de pierre autour de l'arène et remontèrent ensuite dans le ciel afin d'y décrire des cercles au-dessus de nous. Alors qu'une vingtaine d'individus s'étaient déjà déployés sur le pourtour, un oiseau de proie d'une envergure exceptionnelle surgit. Au moment où la bête descendait vers nous, je reconnus que ses serres étaient refermées sur Lay Manos.

— Ce sale escroc a laissé pour de bon Azhira et Griffe-de-Glace à sa planque, même si nous avions misé là-dessus dans nos plans, dis-je en colère.

— Cela ne lui rendra pas service, affirma Fartuloon.

— Et comment allons-nous nous sortir de cette situation, maître ? demandai-je.

Lay Manos planait encore à environ cinq mètres du sol de l'arène quand quelqu'un poussa un cri :

— C'est une embuscade !

Ce fut le signal de la bataille. Tandis que les archers de Komyal submergeaient les oiseaux géants sous une nuée de flèches, les hommes munis d'épées et de lances se jetèrent à l'assaut des troupes du Manolian.

L'oluzga préféré de leur chef fut la première victime de la grêle de traits. Le volatile tomba en vrille, maintenant toujours son maître jusqu'à ce qu'il l'ait déposé en douceur près des plus proches rangées rocheuses de l'amphithéâtre, où il s'évertua alors à le protéger à l'aide de ses ailes déployées.

— Filons d'ici ! s'écria Fartuloon.

Il courut se mettre à l'abri auprès des ruines proches, mais il fut stoppé tout près du but. Plyturon et les trois archers nous bloquaient le passage.

— La seule issue possible, dit l'Arkonide, c'est d'abord de nous mener au trésor !

Ce furent les derniers mots qu'il prononça, car à cet instant, lui et ses compagnons furent frappés par un faisceau d'énergie brûlant. La voie était libre, les hommes de Lay Manos ayant éliminé par mégarde l'obstacle dressé sur notre chemin. Les événements se précipitaient autour de nous.

Un vacarme épouvantable s'éleva en provenance de l'amoncellement de blocs de pierre sous lequel Komyal et ses gardes du corps s'étaient réfugiés. En regardant dans cette direction, j'aperçus un des supports monolithiques en train de fondre sous une décharge radiante. Toute la structure ne tarda pas à s'effondrer, ensevelissant ainsi le Voolynésan.

— Je parierais que Komyal ne s'était pas attendu à un tel retournement de situation ! lançai-je.

Fartuloon se pencha et attrapa deux cordes-grappins abandonnées. Il m'en envoya une.

— Nous pourrons sans doute encore en avoir besoin, me précisa-t-il.

Je savais ce qu'il avait en tête. Mais à ce moment j'étais préoccupé par une autre question. La première chose que nous avions à faire était de fuir la zone des combats. J'en vins involontairement à penser à Vafron, et continuai à me demander où il avait bien pu disparaître.

*
* *

— C'est ici que nous devons grimper, déclara Fartuloon en indiquant la paroi qui se dressait à la verticale devant nous.

À quarante mètres au-dessus, nous aperçûmes entre les pierres les brèches qui ouvraient sur la salle du trône de Lay Manos. Non loin de là, un fragment de mur aussi profilé qu'une aiguille s'élançait vers les cimes, et son sommet abritait l'emplacement d'un nid d'oluzgas géants. Actuellement, seuls deux de ces volatiles s'y trouvaient.

Nous avions gravi un certain nombre d'étages par l'escalier que les hommes de Manos avaient construit. Mais dans la mesure où la forteresse était sans aucun doute gardée par plusieurs individus, nous n'osions pas nous approcher du pont basculant. La dernière partie de notre périple nécessitait d'escalader le mur vertical. C'était le seul moyen d'entrer dans la forteresse sans être repérés.

Fartuloon fit tournoyer le crochet du grappin et le lança puissamment vers le haut. Dès la première tentative, l'engin se prit dans une fissure. Je dus procéder à trois essais avant de trouver également un point d'ancrage pour le mien. Nous nous hissâmes aux cordes qui se balançaient et nous atteignîmes sans incident une avancée de mur qui offrait tout juste assez de place pour nous deux. J'observai à travers une trouée les volatiles géants et notai qu'ils étaient toujours calmes, se comportant comme s'ils ne nous avaient pas encore découverts.

— Si nous avons de la chance, dit Fartuloon, ils resteront tranquilles.

Je nourrissais le secret espoir qu'ils avaient seulement

été éduqués que pour obéir aux injonctions mentales de Lay Manos. Mais je ne l'exprimai pas, peut-être parce que la vie sur Gortavor m'avait rendu quelque peu superstitieux. Il y avait ici beaucoup de choses énigmatiques et mystérieuses, toujours en relation avec les premiers habitants inconnus de la planète qui avaient aussi édifié le Tarkihl.

— Allons-nous franchir la dernière étape d'un seul jet ? demandai-je, pris de doutes.

— Nous allons essayer.

Je commençai à faire virevolter la corde d'assaut en lâchant un peu de mou à chaque rotation. Je propulsai alors le crochet vers le haut de toutes mes forces. J'entendis son cliquetis et le bruit qu'il produisait en griffant le mur, mais il retomba tout de suite. Au second coup, le grappin trouva une prise.

— Voyons si tu peux y arriver aussi bien que moi, Fartuloon, le défiai-je en souriant.

Mon mentor hocha gravement la tête sans entrer dans mon manège.

— Ce n'est pas le moment de s'amuser, fiston. Cette fois, nous n'utiliserons qu'une seule corde. Tu montes et je te suivrai.

— Dommage, répondis-je, dépité. Je parie que cette fois-ci tu aurais eu besoin de plus d'essais que moi. Mais tu as raison, bien sûr.

Je serrai mon épée entre les dents afin qu'elle soit accessible rapidement, en cas de surprise en arrivant en haut, puis je me hissai le long de la corde, une main après l'autre. Juste sous l'ouverture du mur, je fis une pause pour écouter. Il n'y avait aucun bruit perceptible en provenance de la salle du trône, mais je ne m'y fiai pas. Mettant à profit des protubérances de la paroi et quelques lézardes, je continuai mon ascension jusqu'au niveau de la trouée suivante. Je tendis à nouveau l'oreille. Toujours aucune rumeur dans la pièce. Alors seulement, je me risquai dans l'embrasure afin de pouvoir jeter un coup d'œil prudent à l'intérieur.

Les lieux étaient vides.

Je signalai à Fartuloon que la voie était libre et je me glissai dans le local. L'épée à la main, j'inspectai derechef les alentours. Quand mon mentor arriva, je pus lui assurer que personne n'était présent et que notre entrée n'avait pas été remarquée.

Il ne fit que hocher la tête et se déplaça silencieusement jusqu'à la sortie de la salle du trône. Avant d'avoir fait un pas dans la pièce adjacente, il s'arrêta et me montra quelque chose devant lui. Il y avait sur le sol deux hommes étendus, dont les corps avaient été transpercés par des faisceaux d'énergie. À l'évidence, on était déjà passé par là avant nous, ce qui constituait une raison supplémentaire de redoubler de prudence.

Quelques pas encore, et le Carabin se figea de nouveau. J'écoutai moi aussi et il me sembla distinguer des voix éloignées.

— On discute par là-bas, chuchotai-je.

Fartuloon hocha la tête et reprit sa progression. Il tenait Skarg dans une main et sa corde d'assaut enroulée dans l'autre. Je l'imitai afin que la mienne soit elle aussi prête à servir. Nous nous rapprochâmes de ceux qui discutaient. Mais ils se turent subitement alors que nous parvenaient les gémissements assourdis d'une femme.

Azhira !

Fartuloon se raidit en les entendant et accéléra l'allure. Je voulus l'avertir de ne rien tenter d'inconsidéré, mais il était déjà loin. Le temps que j'atteigne le coude suivant du couloir, il avait déjà disparu de mon champ de vision. Le passage bifurquait en deux directions séparées formant entre elles un angle aigu. Il y eut un bruit révélateur venant du boyau de gauche et, de nouveau, je perçus le geignement étouffé d'Azhira.

Quelqu'un dit avec colère :

— Tu dois crier comme une bête à l'agonie, je veux qu'on t'entende !

Nourrissant l'espoir que les deux corridors menaient au même endroit, je pris celui de droite. Ce fut notre salut. Je débouchai dans une pièce dont le plafond s'était effondré, révélant un pan de ciel ouvert au-dessus de nous. J'y découvris cinq Arkonides portant des uniformes déchirés de la flotte spatiale. L'un d'entre eux – qui n'était autre que Vafron – tenait Azhira devant lui comme un bouclier vivant, un poignard appuyé sur sa poitrine. J'enregistrai aussi qu'un des murs de la salle était tapissé de plantes grimpantes de toutes sortes.

Griffe-de-Glace se trouvait là, attaché à la paroi à l'aide d'épaisses lianes grosses comme le doigt.

Vafron appuya encore un peu plus fort le poignard contre la poitrine d'Azhira. Le visage de la jeune femme était tordu de douleur, mais ses yeux s'agrandirent soudain.

— Fartuloon ! s'écria-t-elle, étonnée.

Quelle imbécile !

Vafron et ses hommes n'auraient pas remarqué le Carabin si le cri de la fille n'avait pas trahi sa présence. Ils s'emparèrent de leurs radiants. Azhira se libéra de l'étreinte de son tortionnaire et courut vers Fartuloon qui avait bondi en arrière pour regagner le couloir. Un étroit pinceau d'énergie jaillit. Je lâchai un cri inarticulé pour détourner l'attention des hommes d'Azhira et de son sauveur, ce qui les amena à la reporter sur moi. Ce qui les troubla fut d'avoir à faire face à des adversaires surgis de deux directions à la fois.

De nouveau, un faisceau radiant flamboya, mais je n'étais pas visé. Azhira poussa un cri et se cabra en arrière. Les complices de Vafron se trouvaient encore devant moi au moment où je lançai mon grappin en avant de toutes mes forces. Le lourd objet barbelé frappa l'un d'eux à la poitrine et se ficha dans son corps. La violence de l'impact le projeta en arrière au milieu de ses comparses.

Cela me donna le temps de me tourner vers Griffe-de-Glace et de le libérer de quelques coups d'épée. Mais ce ne fut pas très judicieux car cela procura un moment de répit à Vafron et aux trois hommes restants. Ils s'étaient remis de leur surprise initiale et étaient maintenant prêts à nous affronter. Ils m'auraient certainement abattu de sang-froid sans un nouvel incident : deux ombres puissantes venaient d'apparaître au-dessus de nous, les deux oiseaux géants sortis de leur nid. Si je n'avais aucune idée de ce qui les avait effrayés, je leur étais reconnaissant de se manifester ainsi. Ils se jetèrent sur les sbires de Vafron. Ce dernier en descendit un, mais avant qu'un faisceau d'énergie mortel ait pu le neutraliser, l'autre avait déjà enfoncé ses serres dans le visage d'un des hommes.

— Prends ce chemin, Griffe-de-Glace ! hurlai-je au Chrektor en battant en retraite dans le passage.

À l'embranchement, nous nous heurtâmes à Fartuloon.

Derrière nous, nous entendîmes le blessé crier comme s'il avait été empalé.

— Je suis aveugle ! Malédiction, je n'y vois plus rien à présent !

Le Carabin avait également compris que notre seule chance résidait dans la fuite. Il aurait été suicidaire de se lancer dans la bataille contre Vafron et ses acolytes. Ils nous surpassaient largement avec leurs armes énergétiques.

— Qui est avec Azhira ? demandai-je alors que nous nous hâtions à travers les couloirs, les salles et les escaliers de la forteresse de Manos.

— Elle est morte ! obtins-je pour toute réponse.

Elle avait protégé Fartuloon d'un tir fatal en faisant rempart involontaire de son corps.

— Vafron est venu ici en empruntant le pont-levis, éructa Griffe-de-Glace. Il s'est vanté d'avoir un complice chez Manos.

— Espérons que cet individu n'a pas encore relevé le pont, dis-je.

— Il n'en a pas été capable, affirma le Chrektor. Pour le remercier de ses services, Vafron l'a expédié au Royaume Inférieur.

Nous y étions presque. Autant qu'il m'en souvenait, le chemin restant à parcourir se résumait à un escalier et un court passage donnant sur le pont basculant. Je ne m'étais pas trompé. Quand nous atteignîmes l'extrémité du couloir, nous débouchâmes sur le hall d'entrée derrière lequel la passerelle enjambait toujours l'abîme.

Sur celle-ci était blotti un individu qui avait été blessé et qui s'était apparemment traîné jusque-là en puisant dans ses dernières forces. Il tenait quelque chose à la main. Nous voyant approcher, il se mit à rire bruyamment et effectua un geste brusque.

— Couchez-vous ! lançai-je en me jetant à terre.

L'instant d'après, une terrible explosion se produisit. L'homme s'était suicidé en faisant voler le pont en éclats. Le fracas s'était à peine apaisé que déjà Fartuloon bondissait et courait jusqu'au bord du précipice. Il fit tournoyer sa corde d'assaut à l'horizontale et l'expédia par-dessus le vide. Le grappin se ficha de l'autre côté, s'étant apparemment tout de suite accroché dans une anfractuosité du sol.

Le Carabin tira de toutes ses forces pour évaluer la résistance du dispositif à la traction. Quand il en fut convaincu, mon mentor en attacha l'extrémité à de robustes plantes grimpantes qui poussaient contre le mur.

— Très bien, Atlan, passe le premier ! ordonna-t-il.

J'acquiesçai sans chercher à discuter et je me mis à progresser à la force des bras pour franchir l'abîme, avec des mouvements amples et rapides. Avant même que j'aie atteint l'autre bord, Griffe-de-Glace s'engagea sur la corde. Celle-ci supportait notre poids à tous deux.

Je me hissai jusqu'à la plate-forme opposée et attendis pour aider le Chrektor. Une fois que nous eûmes le sol ferme sous nos pieds, Fartuloon s'aventura à son tour au-dessus du gouffre béant. Comme il n'était pas plus léger que Griffe-de-Glace et moi réunis, j'ajoutai mon poids en montant sur le crochet du grappin. Jouer la sécurité ne nuirait pas.

Mon mentor réussit à traverser. En haletant, il parvint jusqu'à l'entablement et retira la corde de son attache. Au moment même où Vafron apparaissait à l'entrée de la forteresse, le Carabin lança le grappin dans sa direction. L'autre dut plonger à couvert afin d'éviter le dangereux projectile, ce qui nous donna le temps de nous mettre à l'abri.

Nous dévalâmes les marches.

— À présent, nous avons pris une assez bonne avance sur eux, dit Fartuloon en essayant de récupérer. Avant que Vafron et ses trois hommes aient franchi l'abîme, nous serons hors de portée de leurs radiants !

— Il n'en a plus que deux, répliquai-je. Le dernier s'est fait crever les yeux par un des oiseaux.

— Cela fait du un contre un, ajouta Griffe-de-Glace.

— Ils nous sont toujours supérieurs avec leurs armes énergétiques, rappela le Carabin. Nous n'avons plus d'autre choix que de les attirer dans les labyrinthes de Zagooth. Là-bas, il nous sera vraisemblablement possible de nous opposer à eux et à leur chef, davantage que dans le désert.

— Ne ferions-nous pas mieux d'essayer de regagner le Tarkihl ? suggérai-je. Peut-être qu'ils renonceront à nous poursuivre.

Fartuloon secoua la tête.

— Vafron n'aura de cesse qu'il ne se soit emparé de nous. Il a placé tous ses espoirs dans notre capture. Il a même rendu possible notre évasion de la salle d'apparat de Marauthan afin de pouvoir nous tendre une embuscade dans la planque de Lay Manos, parce qu'il savait que nous y reviendrions. Non, Vafron n'abandonnera pas.

Nous avions enfin laissé les escaliers derrière nous. Le Désert aux Arachnes nous faisait face. Griffe-de-Glace s'accrocha peureusement à mon bras avec ses mains glaciales. À l'est, sur l'horizon, le ciel s'éclaircissait déjà – le jour sur Gortavor ne durait que 11,41 tontas en temps arkonide. Bientôt apparut l'astre tutélaire de la planète, et avec lui commença à peser sa chaleur implacable.

Derrière nous, les pas de nos poursuivants devenaient audibles.

— Qu'est-ce que nous attendons encore ? grogna mon mentor qui s'était mis à avancer.

Je le retins par l'épaule.

— Rien ne t'étonne ? lui demandai-je. Entends-tu ce bourdonnement qui flotte dans l'air ? Essaie de fixer du regard les câbles d'argent. On n'arrive pas les distinguer clairement. Ils semblent s'estomper. Ils vibrent, Fartuloon !

Non loin de nous, un Zagorien surgit. Il paraissait ne pas nous avoir remarqués et se déplaçait en sautillant à travers l'étendue de sable.

— Si nous pénétrons maintenant dans le désert et si des hallucinations nous assaillent, dit Griffe-de-Glace avec un frisson, nous sommes perdus !

— Préfères-tu te livrer à Vafron ? riposta le Carabin qui se dirigeait malgré tout vers la zone à découvert.

Un cri jaillit derrière nous.

— Ils sont là !

Je n'hésitai pas plus longtemps et m'enfuis moi aussi dans le désert. Le Chrektor me rejoignit et murmura :

— Dans le principe, cela m'est égal de me faire tuer ou de fondre sous l'ardeur du soleil !

***

Devant moi surgit un arc-en-ciel qui semblait refermé sur lui-même. Je pénétrai à l'intérieur. Inutile de me dire que ce n'était qu'un mirage créé par les cordes d'argent. Si j'avais bien conscience d'en être victime, j'étais incapable de chasser le fantasme.

Et l'illusion était parfaite. Je voyais sous mes pas un large ruban composé de toutes les couleurs du spectre. Le chemin de l'arc-en-ciel, aisé à emprunter, procurait une sensation douce et élastique sous le pied. Il commençait par une montée abrupte, face à moi, pour ensuite s'inverser et dessiner une large boucle avant de revenir à son point de départ.

Sa partie la plus fascinante était la bande colorée qui s'élargissait avec la distance au lieu de se rétrécir dans la perspective. Tout en la gravissant, j'avais néanmoins l'impression de progresser sur une surface plane. La pesanteur semblait toujours dirigée selon la verticale quelle que soit la pente de l'arc-en-ciel. J'avais malgré tout la sensation de rester sur la terre ferme et de courir alors que le ruban multicolore continuait à se déplacer au-dessous de moi. Je me voyais tel un animal de laboratoire galopant comme un fou dans la roue d'un rotor et faisant du sur-place.

C'était absurde de persister ainsi ! J'essayai donc de me frayer un chemin vers le bord de l'arc-en-ciel. Je quittai le secteur bleu, courus à travers diverses nuances de vert jusqu'à la bande jaune, passai de celle-ci à la zone orange pour enfin atteindre le domaine du rouge. Je devais bientôt réussir ! J'aurais dû à présent arriver sur la frange latérale de l'arc-en-ciel. Violet, bleu, vert, jaune, rouge… J'étais désespéré.

Puis l'apparition s'évapora.

J'étais de nouveau dans le désert.

Qu'étaient devenus Fartuloon et Griffe-de-Glace ? Où avaient filé Vafron et ses sbires ?

Et où se trouvait la Toile géante ? Je cherchai dans le ciel. Il n'y avait plus aucun câble d'argent au-dessus de moi. N'étais-je donc plus dans le Désert aux Arachnes ?

Soudain, j'aperçus le Tarkihl. Ses formes bronze mat s'élevaient comme un empilement de plateaux, dominant les vastes solitudes. Quelqu'un courut vers moi. C'était Farnathia, ma bien-aimée Farnathia !

— Atlan, prends garde !

Je me jetai aux pieds de la fille de mes rêves. Il y eut une explosion, comme si un soleil avait éclaté au-dessus de moi. Bien que je n'aie pas regardé la boule de feu en expansion, je fus aveuglé. Farnathia s'était dissoute dans le non-être. Ce devait être lié à l'avertissement de Fartuloon.

À la place de ma bien-aimée, je vis soudain un astrosoldat. Lui et moi étions seuls, debout au milieu du néant. Il se déplaça vers moi de façon étrange. Sa main droite engendra des éclairs rouges. Certains d'entre eux me frappèrent au visage et je sentis un goût douceâtre sur mes lèvres.

Du sang !

Le soldat saignait lui aussi. Son uniforme était en lambeaux. Il ne semblait pas m'avoir remarqué. Ses traits reflétaient une expression transfigurée, comme si ses yeux avaient contemplé quelque chose de miraculeux mais d'inaccessible à mes sens. Un des hommes de Vafron ! Il était blessé et ne pouvait pas me voir. Sa main droite pendait mollement tandis que la gauche, à moitié levée, serrait convulsivement un Luccott de forte puissance. Son index se courba vers l'intérieur et un soleil gigantesque naquit soudain tout près de moi.

— Je te tiens, Fartuloon ! cria l'homme.

Si sa voix sonnait agréablement à mes oreilles, je fus contrarié qu'il m'ait confondu avec le Carabin.

— Et je vais te tuer, que cela plaise ou non à Vafron ! poursuivit-il.

Soudain, j'eus la vision d'images étranges qui étaient tout sauf agréables : un individu portant une armure frappait de son épée un homme dont le radiant vomissait la mort énergétique. Le premier était Fartuloon. L'autre s'effondra dans une fontaine de sang. Cette scène réaliste s'évanouit alors instantanément et, à sa place, je découvris un astrosoldat tout fleuri. Des bourgeons rouges jaillissaient partout sur son corps, puis des pétales s'épanouissaient en cascades de même couleur avant de se déverser dans le sable du désert, lui conférant une teinte carminée.

Quelque chose m'agrippa.

— Regarde-le de près, dit mon mentor d'une voix rauque. C'était un de nos adversaires. Je l'ai tué.

Je scrutai intensément la mer de fleurs pourpres. Elles se fanaient et s'écoulaient, se transformant en grains de même texture que le sable.

— Atlan, ne vois-tu pas l'état du sol, imbibé de rouge par le sang de notre ennemi ?

Et oui, je le constatai à mon tour.

— Débarrasse-toi de ton illusion, me pressa-t-il. Cela fonctionne si tu te focalises sur des points spécifiques du monde réel. Là, concentre-toi sur cette tache de sang ! Par le Dagor !

— Tout s'estompe devant mes yeux ! murmurai-je avec mauvaise humeur.

À la place des sables du désert imprégné du précieux liquide vital ondoyait une mer aux flots carminés et écumants.

— Nos ennemis ne vont pas franchement mieux, expliqua Fartuloon. Ils ont eux aussi été frappés par ces hallucinations, beaucoup plus que moi. Parfois, je réussis à vaincre les mirages et à y voir clairement. Essaie de même, Atlan !

Je fis un effort pour y arriver et, pendant un instant, je distinguai vraiment le Carabin devant moi avec son plastron tout éclaboussé du sang de l'adversaire.

— Je ne peux pas supporter autant de rouge, m'écriai-je.

Et je fus de nouveau immergé dans l'océan pourpre.

— Reste ici. Ne bouge pas de cet endroit, ordonna mon mentor. J'aperçois un de nos ennemis qui observe Griffe-de-Glace, mais il ne semble pas le considérer avec hostilité…

Le Carabin parut s'éloigner à la nage, ou peut-être pataugeait-il. Non, ce ne pouvait être cela, car quand quelqu'un progresse à travers un liquide, il doit rencontrer une résistance. Or, Fartuloon courait comme s'il n'y avait eu aucun obstacle devant lui. Dans la réalité il n'y en avait pas, l'eau n'existait que dans le monde de mes illusions. J'attendis sans bouger, ainsi qu'il me l'avait ordonné. Les vagues me balançaient en tous sens et je crus attraper le mal de mer. *Ce n'est que mon imagination*, me dis-je à moi-même. Mais cela ne me protégeait pas de la nausée qui montait en moi. Je devais sortir d'ici !

J'entrevis alors mon salut à proximité sous la forme d'une jetée. Comme elle avait l'air stable dans le déferlement du ressac !

Je sautai mais ratai mon but d'un cheveu. Je clignai des yeux et je reconnus ce dont il s'agissait vraiment. Au-dessus de moi se déployait le réseau mortel de filins argentés ! *L'autre* fit lui aussi un bond. Qui il était et d'où il venait, je ne le savais pas. Pour moi, il était juste *l'autre*. Désirait-il également échapper à une mer écumante pour gagner un rivage plus paisible ? Si seulement il réussissait, il y aura une crapule de moins dans ce monde.

Mais au fait, si *l'autre* était le Chrektor ?

— Griffe-de-Glace ! hurlai-je en marchant vers lui à travers la marée en furie. Griffe-de-Glace, ne fais pas ça, ce serait ta mort !

— Maintenant je te tiens, espèce de chien ! beugla *l'autre*.

Ce n'était pas le Chrektor.

— Je vais te briser la nuque à mains nues, arracheur d'entrailles !

Je sus alors que *l'autre* devant moi était soit Vafron, soit l'un de ses hommes. À cet instant, Fartuloon apparut sur ma gauche mais *l'autre* regardait vers le ciel comme s'il avait pu y distinguer le Carabin. Il le voyait là, sans aucun doute ; or, il ignorait qu'un mirage pouvait l'avoir trompé. Fartuloon utilisa le phénomène à son avantage. Ayant dégainé Skarg, il se glissa vers son adversaire alors que ce dernier était persuadé que la menace s'approchait de lui par le haut.

L'homme bondit dans les airs et, cette fois, il réussit à saisir quelque chose. Mais son hurlement de triomphe mourut sur ses lèvres avant d'avoir pu les franchir. Je le scrutai fixement, fasciné. Il s'était métamorphosé en une créature d'une incroyable beauté. Je savais pourtant ce qu'il en était en réalité, même si mes yeux m'avaient épargné ce constat.

— Cela en fait un de moins, chantonna Fartuloon. À présent, le seul qui subsiste est Vafron. Je t'amène Griffe-de-Glace par ici et, à partir de maintenant, vous restez ensemble tous les deux !

Quelqu'un s'agrippa à moi.

— Tu es aussi froid qu'un bloc de glace, Atlan, dit une voix familière.

Pendant un instant, j'entrevis le visage cristallin du Chrektor puis je fus soudain à nouveau seul, environné de voiles de lumière verdâtre. Il n'y avait que la pression de la main de Griffe-de-Glace pour me faire sentir qu'il était là.

— Il n'y a rien de froid aux alentours sur des kilomètres, murmurai-je. Nous sommes dans le Désert aux Arachnes et le soleil nous brûle la peau. Tu dois te fourrer ça dans le crâne !

— Mais je gèle ! gémit le Chrektor. Qu'y a-t-il de bon pour ma raison à saisir la réalité des choses ? Pour moi, seules mes sensations comptent. Et je perçois le froid qui s'infiltre dans mon corps. Ne te cogne pas contre moi, Atlan, sinon je vais me briser en morceaux !

— Griffe-de-Glace, il fait une chaleur accablante ! insistai-je, essayant de le lui graver dans l'esprit.

Il me lâcha brusquement.

— Non ! Non ! Je sens que je m'ankylose et que le froid vient de toi ! Malédiction, Atlan, tu es glacial !

— Ne te sauve pas ! lui lançai-je désespéré, tâtonnant autour de moi.

Mais le Chrektor n'était plus là.

— J'ai besoin d'un cocon de tiédeur, dit une voix surgie de quelque part au-delà des voiles de lumière verts. Je suis là pour en dénicher un et je vais le trouver !

— Griffe-de-Glace !

Un murmure ressemblant à un râle résonna, suivi d'un profond soupir de soulagement.

— Je tiens une source de chaleur, Atlan, cria le Chrektor, triomphant. Le froid ne peut plus rien contre moi maintenant. Je peux me réchauffer ici.

Je frémis puis trébuchai sur quelque chose. En cherchant avec les mains, je sentis les contours d'une forme arkonoïde accroupie devant moi. Les strates de lumière verdâtre commencèrent à se dissiper. J'étais de retour dans le Désert aux Arachnes. À mes pieds, je vis Griffe-de-Glace à genoux au-dessus de Vafron, lui étreignant de ses « mains-serres » la région du cœur. Notre ennemi avait eu une mort rapide. Son organe vital s'était figé en un bloc de glace à la vitesse de la pensée.

Je regardai autour de moi. Fartuloon n'était éloigné que d'une vingtaine de pas. Il s'approcha de nous lentement, dans un état manifeste d'épuisement total. Son combat contre les mirages avait dû l'obliger à puiser dans ses ultimes réserves. J'aperçus aussi les deux séides de Vafron. L'un d'eux était couvert de sang dans le sable. L'autre pendait à une corde d'argent.

Mon mentor dégagea Griffe-de-Glace de sa victime et le Chrektor continua à contempler, incrédule, ses serres glaciales. Le Carabin procéda à une fouille de Vafron. Quelques instants plus tard, il se releva, paraissant fixer le néant à travers ses paupières mi-closes. Il lança alors un juron retentissant.

— Qu'as-tu découvert ? demandai-je.

Désignant Vafron, il dit :

— C'étaient des Kralasènes !

Il ne donna pas d'autre explication et changea brutalement de sujet.

— Il nous faut retourner au Tarkihl ! Prenez les armes radiantes sur les cadavres. Nous en ferons toujours bon usage.

— Ne devrions-nous pas essayer de trouver l'équipement radio de Komyal et réclamer de l'aide ? suggérai-je.

Fartuloon s'y opposa farouchement.

— En aucun cas ! Nous rentrerons par nos propres moyens. Nous repasserons par le Vagabond. Je sais exactement où il se situe.

Je ne compris pas pourquoi il refusait de demander une assistance, mais je me rangeai à sa décision. Mon mentor devait certainement savoir ce qu'il faisait.

*
* *

Le soleil approchait du zénith et dardait sur nous ses rayons ardents avec une intensité impitoyable. Le filet argenté, au-dessus de nos têtes, n'offrait presque plus d'ombre mais c'était néanmoins un soulagement que de bénéficier de sa maigre protection.

Pour en profiter, il nous fallait nous déplacer en décrivant d'étranges zigzags. Cela me rappelait mon enfance, quand je jouais avec Farnathia. Dans des endroits précis du Tarkihl, nous devions éviter de marcher sur certaines plaques de mosaïque ornant le sol, tout en en favorisant d'autres. Le premier qui mettait le pied sur un carreau vert avait perdu. Et les jours d'après, c'étaient des dalles de couleur différente qui étaient interdites...

À présent, les règles étaient similaires. Griffe-de-Glace et moi les appliquions et suivions les minces lignes d'ombre projetées par les cordes d'argent. Seul Fartuloon ne s'en souciait pas et marchait droit devant lui. Au bout d'un moment, je me rendis compte que cela représentait une bien plus grande distance de respecter le lacis des ombres, aussi finis-je par choisir le trajet du Carabin. Mais le Chrektor n'était pas près de se détourner du sien.

— Si je survis à cette épopée à travers le Désert aux Arachnes, dit-il avec gravité, je ferai ériger un monument de glace. J'effectuerai un pèlerinage dans les régions polaires et j'y taillerai une statue géante que l'on apportera ici. Et je ne lésinerai pas sur le coût des installations techniques qu'il faudra pour éviter que le colosse fonde sous les ardents rayons du soleil !

Les geignements incessants du Chrektor commençaient à me porter sur les nerfs.

— Qu'est-ce que je ne donnerais pas pour une petite réfrigération ! se plaignit-il. Je ne serai pas capable de supporter cette chaleur beaucoup plus longtemps. Je vais me liquéfier !

— Si tu te liquéfies, le rabrouai-je, je remplirai un conteneur avec le fluide et j'irai l'enterrer dans le lieu de ton choix !

Comme prévu, Griffe-de-Glace se sentit offensé. Peu importait ! Je subissais moi aussi des privations mais je n'étais pas du genre à aller pleurnicher pour ça.

Mon mentor n'eut pas de réaction. Il ne bougeait pas et avait les yeux perdus dans le vide. J'étais sûr qu'il pensait à Vafron. En évoquant celui-ci et ses sbires, il avait fait allusion aux Kralasènes…

*
* *

— Des Zagoriens ! cria le Chrektor en dégainant son radiant.

— Baisse ton arme ! lui intima Fartuloon tout en continuant à avancer, imperturbable.

L'astre avait atteint son zénith. Le sol était plus brûlant que le soleil. J'aurais bien enlevé mes bottes, mais alors mes plantes de pied auraient probablement été rôties par le sable.

— Des Zagoriens ! s'exclama à nouveau Griffe-de-Glace. Malédiction, Carabin, tu ne vois pas ces reptiles ? On se dirige droit sur eux !

Les créatures continuaient à adopter une attitude extraordinairement calme. Mais c'était là leur comportement normal sitôt que le Dieu bourdonnant des cordes d'argent s'était manifesté.

— Fichons-leur la paix ! dit Fartuloon.

Je pouvais percevoir l'épuisement dans sa voix.

— Mais ils ont pris position face à nous ! s'écria le Chrektor, alarmé. Ils avancent !

— C'est seulement le vent !

— Ils se dirigent vers nous !

— C'est juste une illusion d'optique. Le scintillement de l'air te joue des tours.

Nous arrivâmes à hauteur d'une vingtaine de Zagoriens. Griffe-de-Glace s'apaisa en découvrant qu'ils étaient pendus aux câbles d'argent. Quelles visions cette Toile vibrante avait-elle dû leur faire miroiter pour les avoir conduits à tomber sous son emprise ? Cela resterait à jamais leur secret.

Mes pieds pesaient de plus en plus lourd. Devant moi, Fartuloon titubait dans la couche pulvérulente. À chaque fois qu'il soulevait une jambe, il oscillait de l'autre côté, si bien que le regarder me donnait quasiment le vertige. Cela lui coûtait un tel effort d'avancer dans le sable qu'on avait l'impression que celui-ci lui collait aux semelles. Et il ne voulait pas se débarrasser de son plastron, bien que je le supplie de le faire.

— Tu dois te sentir comme dans un four, dis-je... Ton armure absorbe la chaleur et l'accumule... Jette-la, libère-toi de ce fardeau ! l'implorai-je.

Mais il n'était pas plus utile d'exiger cela de lui que de lui demander d'enlever sa propre peau.

Griffe-de-Glace et moi nous soutenions mutuellement en marchant, ce qui était plus à mon avantage qu'au sien tant son corps était agréablement frais.

— Entends-tu ça, Atlan ? demanda le Chrektor.

— Le bourdonnement ?

— Oui. Maintenant, nous sommes fichus ! La Toile recommence à vibrer... La mélopée reprend...

— Imbéciles ! nous rabroua le Carabin sans se retourner. C'est seulement le vent !

Je secouai la tête d'un air dubitatif, bien qu'il ne puisse pas me voir. Devant nous apparut une étrange structure, quoique familière d'une certaine façon. Les cordes d'argent semblaient ne plus exister. Je m'écartai de Griffe-de-Glace et accélérai l'allure... dépassant même Fartuloon.

— Le Tarkihl ! s'écria le Chrektor.

Je connaissais ses proportions par cœur. D'ici, pourtant, j'étais incapable d'affirmer s'il s'agissait bien de cet édifice. Une nouvelle hallucination ? Les cordes d'argent ne généraient pas des visions effrayantes mais comblaient plutôt celles qui correspondaient à nos désirs secrets. Elles avaient ainsi fait surgir le Tarkihl du désert de sable. Il se dressait là sous les rayons du soleil, rutilant de la couleur bronze de ses saillies innombrables en forme de bosses qui projetaient une ombre fraîche et prometteuse.

J'accélérai encore l'allure. Tant qu'à être victime d'une illusion, je n'aurais pas renié la vision de Farnathia. Je la désirais même. De chaque fibre de ma volonté, je cherchais à évoquer sa présence.

Mais les filins argentés ne la firent pas naître du désert. Au lieu de cela, le bourdonnement et les vibrations créèrent une troupe de soldats.

*

* *

Je m'accordai une pause. Il ne s'agissait pas d'une illusion, les images étaient trop réelles. Ces soldats étaient bien proportionnés par rapport à leur environnement, ils produisaient des sons parfaitement synchronisés avec leurs mouvements et ils conservaient la cohésion de leur formation. C'était la réalité. Nous y étions arrivés pour de bon. Mais pour quelque obscure raison, je n'en éprouvais aucun sentiment de triomphe.

Le grand glisseur de combat avait atterri à proximité du Vagabond à moitié enfoncé dans le sable. Alors qu'un groupe d'hommes en armes assurait la protection du périmètre, un autre examinait le véhicule à chenilles. Notre engin était ouvert et avait été totalement pillé. Les Zagoriens avaient volé tout ce qui n'était pas riveté ou soudé. Bien sûr nous nous y attendions, pourtant j'avais secrètement espéré qu'au moins la radio serait restée intacte, ce qui nous aurait permis de prendre contact avec le Tarkihl. Peut-être que Fartuloon aurait même changé d'avis et se serait laissé convaincre de lancer un appel au secours. Mais à présent ces suppositions n'avaient plus d'importance.

Les soldats étaient tous des Arkonides de haute stature et imposants, qui portaient l'uniforme de la garde rapprochée du Tato. Je connaissais le plus grand d'entre eux.

Leur chef, affublé du grade d'orbton et simple naatoris, s'avança vers le Carabin.

— Fartuloon, médecin du Tato Armanck Declanter, je vous arrête au nom d'Orbanaschol, troisième du nom ! J'attends de vous que vous n'opposiez aucune résistance et que vous adoptiez le comportement d'un homme de votre rang.

— Résistance ? Comportement ? répéta Fartuloon avec dédain.

Le regard empreint de résolution, il interrogea plus directement le chef de la garde.

— Qui a ordonné cette arrestation ? Le Tato Declanter ?

L'interpellé hésita, puis il se reprit et répondit presque sur le ton du secret :

— Un homme de confiance de l'Empereur est arrivé au Palais. Il jouit ici des pleins pouvoirs. C'est lui qui a édicté votre mandat d'arrêt. Suivez-nous à présent, Fartuloon.

Les gardes du corps encadrèrent le Carabin et le conduisirent jusqu'au glisseur de combat. Griffe-de-Glace et moi-même fûmes ignorés et laissés en liberté. J'étais trop abasourdi et épuisé pour être encore capable d'une pensée claire. Tout cela était arrivé avec une rapidité stupéfiante.

Mon mentor placé en détention ? Pour quelle raison ? Qu'avait-il fait ? Je n'y comprenais rien, mais j'étais déterminé à le découvrir. Je pris le bras cristallin du Chrektor et suivis les soldats vers le glisseur. Quoi qu'il ait pu arriver, le vieux Carabin pouvait compter sur moi !

*
* *

Pendant le vol vers le Tarkihl, je clignai des yeux, somnolant de fatigue, en regardant sous nos pieds défiler à l'infini le Désert aux Arachnes dont les cordes d'argent s'écartaient de plus en plus les unes des autres – mais sans les voir réellement. Il s'écoulerait au maximum une ou deux tontas avant que nous ayions atteint notre but – peu de temps pour récupérer, à dire vrai, car il y en avait déjà plus de vingt que nous étions debout. À côté de moi, Griffe-de-Glace ronflait et j'avais moi-même les paupières qui se fermaient.

Je croyais entendre les instructions de Fartuloon me traverser l'esprit : « Tu dois manger et dormir dès qu'une occasion se présente. Qui sait quand surviendra la prochaine ! »

Et d'autres pensées, alors que j'étais déjà à moitié assoupi… *Aussi loin que remontent mes souvenirs, je vis sur cette planète et Fartuloon semble ne jamais m'avoir éclairé sur l'origine de mes parents ; tout au moins n'en parle-t-il pas. Malgré tout, durant mes tontas de réflexions, j'ai le sentiment qu'il en sait plus qu'il n'est prêt à l'avouer. Gortavor est un monde aux marches du Grand Empire arkonide. Il ne joue aucun rôle particulier sur le plan galactopolitique : nous y avons peu affaire avec les services publics impériaux et cela paraît très bien convenir au Carabin. Nous sommes redevables au Tato de Gortavor d'avoir mené une vie paisible, du moins jusqu'à aujourd'hui. Armanck Declanter est comme un oncle pour moi et, en tant qu'enfant orphelin, je lui en suis reconnaissant.*

Sa fille s'appelait Farnathia et était âgée de quinze ans, en temps standard d'Arkonis. J'avais rarement vu plus belle créature et j'osais affirmer qu'à l'inverse je ne la laissais pas indifférente. Du moins étions-nous liés par une solide amitié. Aucun jour ne passait sans que nous ne nous voyions. J'espérais que personne n'avait deviné les sentiments que nous éprouvions l'un pour l'autre, que ce soit son père ou Fartuloon.

Mais pourquoi avait-on arrêté le Carabin ? Que se passait-il donc ici ?

CHAPITRE V

FARTULOON, L'ARRACHEUR D'ENTRAILLES

De nombreuses années auparavant, quand Fartuloon avait fui pour trouver asile sur Gortavor, c'était dans l'intention d'élever Atlan afin de lui permettre d'occuper un jour la place qui lui revenait de droit. Les premiers temps furent les plus rudes, car il était seul contre un ennemi bien trop puissant. Ce fut une lutte dure et acharnée, jusqu'à ce qu'il ait suffisamment affermi sa position sur ce monde pour pouvoir offrir à Atlan un niveau de protection optimal.

Nommé au poste de médecin privé du Tato Armanck Declanter, il incarna rapidement une des personnalités les plus influentes de la planète. Sa situation le rendait quasiment inattaquable. Au cours des ans, une partie de son pouvoir se transmit à Atlan, qu'il prétendait avoir recueilli quelque part dans la brousse de ce monde, les solitudes sauvages de Gortavor. La couverture de Fartuloon était donc presque parfaite, et ne possédait qu'un unique talon d'Achille : Atlan lui-même.

Ce dernier avait grandi dans le Tarkihl, qui servait de palais au Tato et représentait également le seul bastion de la civilisation du Taï Ark'Tussan sur cette planète reculée, bien que cet édifice ait été bâti non pas par des Arkonides mais par un peuple inconnu. Ici, Atlan avait appris à vivre parmi les hauts dignitaires gouvernementaux et à fréquenter l'aristocratie. Fartuloon avait tout d'abord craint ces relations : d'un côté, il ne pouvait pas savoir ce que penseraient ces gens de l'origine orpheline douteuse d'Atlan. D'autre part, il n'était pas non plus en mesure de deviner comment celui-ci se comporterait à leur égard.

*
* *

Personne ne nous prêta plus attention, à Griffe-de-Glace et à moi, après cette incroyable interpellation. On n'empêchait pas les gens de pénétrer librement dans le Tarkihl, toutefois j'interceptai un regard de mon père adoptif m'exhortant à la prudence. Fartuloon, suivi de plusieurs gardes, disparut alors dans l'enceinte du gigantesque édifice. À vingt kilomètres à l'est s'étendaient les pistes du spatioport, dont le diamètre approchait la moitié de cette distance. Son pourtour était constellé de petites industries et d'usines modestes qui couvraient amplement les besoins de ce monde, du moins ceux qui n'étaient pas satisfaits par le commerce ou la contrebande.

Près de moi, Griffe-de-Glace demanda :

— Qu'est-ce que cela signifie ? Pourquoi l'Empereur a-t-il ordonné l'arrestation de Fartuloon ? Quel crime a-t-il commis ? Et pourquoi Declanter n'entreprend-il rien contre cela ?

— Tu devrais savoir que le Tato n'a aucun pouvoir face à un émissaire direct de l'empereur Orbanaschol III. Il doit se plier à ses ordres, que cela lui plaise ou non.

La transparence de la chair du Chrektor rendait l'expression de son visage difficile à décrypter. Pourtant, il me semblait y lire comme une sorte de détermination furieuse. D'autant que cela correspondait parfaitement à mes propres sentiments. Quoi qu'il advienne, jamais nous ne laisserions Fartuloon en difficulté. Toute la fatigue que nous avions accumulée au cours des dernières tontas paraissait s'être évanouie comme par enchantement.

— Nous allons au Tarkihl, annonça calmement Griffe-de-Glace.

— Oui, acquiesçai-je en hochant la tête. Nous y allons.

Nous pénétrâmes dans l'immense architecture de bronze par l'une des innombrables entrées latérales de sa pointe orientale. Personne ne nous barra la route ; toutefois, après l'interpellation de Fartuloon, je me montrai plus circonspect vis-à-vis de la garde du Tato. Sans nous faire repérer, nous parcourûmes aussi rapidement que nous le pûmes la distance qui nous séparait de nos appartements, au vingtième étage. Ils étaient situés en bordure d'une cour intérieure cylindrique abritée par une coupole semi-transparente qui constituait le toit de cette partie de l'édifice, et dont la géométrie des hautes parois n'était troublée que par les terrasses étagées des logements. En penchant la tête, on pouvait y distinguer les rampes d'évacuation des déchets, entourées de larges escaliers et d'ascenseurs antigrav empruntés chaque jour par les milliers de résidents du Tarkihl.

L'imposant édifice, culminant à plus de deux cents mètres avec des saillies, des proéminences élancées et des bossages qui rompaient ses façades décorées, n'était utilisé qu'en faible partie. La majorité des chambres surdimensionnées et des grandes salles restaient vides et inoccupées, de même que les couloirs infinis, tunnels et voies de communication dont l'éclairage permanent était assuré par d'infatigables générateurs nucléaires. Aucun aménagement mobilier, aucun objet personnel, aucun héritage des bâtisseurs inconnus n'avait jamais pu être découvert. Il ne subsistait d'eux que le mystérieux Tarkihl lui-même, vidé de tout ce qui avait pu l'être, et en majorité toujours inexploré. Du moins en ce qui concernait ses domaines souterrains.

Sa construction triangulaire s'était agencée selon trois

des points cardinaux. Son plus grand côté – dix kilomètres de long – suivait précisément une ligne nord-sud, tandis que les deux autres s'orientaient respectivement vers le nord-est et le sud-est avant de se rejoindre en coin. Du ciel, le bâtiment semblait matérialiser une flèche indiquant l'est et la direction de l'astroport. C'est là, entre ces murs de bronze, que se concentrait la majeure partie de l'activité de la planète. On y trouvait l'administration du Tato, ses quartiers privés, les logements de dizaines de milliers de résidents, les ateliers, les magasins ou encore les bureaux.

Griffe-de-Glace et moi émergeâmes du puits antigrav puis empruntâmes l'un des couloirs qui longeaient la cour intérieure. Nous bifurquâmes vers la gauche avant d'atteindre enfin l'appartement que je partageais avec mon père adoptif et maître. La porte coulissa silencieusement sur le côté dès que j'eus posé la main sur l'identificateur digital.

— Et maintenant ? m'interrogea le Chrektor en s'installant dans un fauteuil trop grand pour lui. Nous ne pouvons pas tout simplement nous présenter aux autorités et leur demander pourquoi Fartuloon a été arrêté !

Nous n'avions pas la moindre idée de l'endroit où l'intéressé avait été emmené, mais nous supposions qu'il s'agissait de la zone du Tarkihl à laquelle seuls Armanck Declanter et sa famille avaient accès.

— Ce serait la pire des erreurs, confirmai-je. Nous ne savons pas ce qu'on lui reproche. Peut-être n'est-ce qu'un malentendu.

— J'aimerais savoir si notre expédition dans le Désert aux Arachnes a un quelconque rapport avec ceci, pensa tout haut mon compagnon transparent.

Il crispa le poing droit, comme s'il cherchait à changer en glace un invisible adversaire.

— Jamais je ne pourrai croire que Fartuloon est un criminel !

— Il est évident que notre Carabin n'a rien à se reprocher, ajoutai-je, convaincu. Cependant, il lui est souvent arrivé d'émettre des allusions pouvant laisser supposer qu'il n'était pas spécialement satisfait du travail de notre Empereur. Peut-être a-t-il été trop imprudent.

Griffe-de-Glace haussa les épaules.

— Ce n'est pas en formulant des hypothèses que nous découvrirons de quoi il retourne.

Je songeai aux énigmatiques bâtisseurs du Tarkihl et à tous les passages secrets qu'ils avaient creusés. En ce moment, je leur étais reconnaissant pour leur prévoyance.

— As-tu déjà remarqué cette statue, juste à l'extérieur, dans le couloir ?

— Ce monstre quadrupède ?

— Oui, exactement, souris-je. Ne t'a-t-il jamais paru étrange ?

Le Chrektor leva sur moi un regard surpris.

— Qu'aurais-je dû remarquer ?

— Suis-moi. Je vais te révéler un secret que personne à part moi, dans le Tarkihl, ne semble avoir éventé. Abstraction faite de Farnathia, naturellement...

— Farnathia ? s'étonna Griffe-de-Glace.

— Tu sais bien que nous avons grandi ensemble. Tous les enfants possèdent leurs secrets. Nous-mêmes étions très fiers de savoir des choses dont les adultes n'avaient pas connaissance. Il existe un passage à travers ces gros murs. Celui-ci relie directement notre aile d'habitation aux quartiers du Tato.

Le Chrektor hocha la tête.

— Ah ! Et si Fartuloon a été enfermé dans l'une des chambres du Tato, cela constitue un excellent moyen d'en apprendre davantage.

— C'est certainement pour ça que ce passage a été construit autrefois. Viens !

Le couloir n'était guère plus qu'un tunnel au plafond

voûté. Une lumière crépusculaire sourdait de plusieurs lucarnes dans le mur. Nous tendîmes l'oreille, sans percevoir un bruit. Je saisis prudemment Griffe-de-Glace par la main et l'attirai jusqu'à une étrange statue de métal froid. Enfant, j'avais toujours ressenti une certaine appréhension à l'approche de la singulière créature représentée là. Jamais de toute ma vie je n'avais encore vu un tel animal. Il possédait un corps puissant qui reposait sur quatre grosses pattes musclées. Sa tête était recouverte d'une crinière dorée qui tombait presque jusqu'au socle tandis que, de sa gueule ouverte, émergeaient deux effrayantes rangées de canines acérées. Je vérifiai une dernière fois qu'aucun importun ne déambulait dans les parages et me penchai vers l'embase massive avant d'appuyer les mains sur deux renflements à peine visibles. Un grondement sourd qui paraissait provenir des entrailles de la bête métallique se fit entendre, puis le soubassement commença à pivoter pour dévoiler une série de marches qui descendaient vers les profondeurs.

Griffe-de-Glace scruta l'obscurité de l'ouverture d'un air sceptique. Le Chrektor, qui semblait vivre depuis toujours sur Gortavor, était un compagnon problématique. Il craignait l'inconnu tout autant que le froid ou la chaleur.

— Il n'y a que quelques mètres à parcourir pour rejoindre un autre tunnel, le rassurai-je. Nous ne quitterons pas cet étage. Ne t'inquiète pas. Viens, mon ami. Nous devons faire vite. L'ouverture va rapidement se refermcr.

Je n'attendis pas qu'il se soit décidé et me glissai d'un mouvement habile à travers la large brèche. J'atterris alors sur la première marche, me retournai et adressai un signe de la main au Chrektor. Celui-ci se résolut enfin à surmonter ses craintes et me suivit. À peine se fut-il retrouvé à mes côtés que la statue reprenait sa place, obstruant l'ouverture que nous avions empruntée.

Il faisait sombre, mais devant nous miroitait une faible lumière. C'était l'une des plaques du mur. La luminosité, qui semblait naître de l'intérieur de ce métal à l'apparence du bronze, était alimentée en permanence par une source d'énergie datant des bâtisseurs. On trouvait de tels éclairages presque partout dans le Tarkihl.

— Si nous continuons à avancer, l'air ne risque-t-il pas de fraîchir ? s'inquiéta Griffe-de-Glace.

Je souris de son angoisse perpétuelle.

— Non. La température reste constante. Mais à partir de maintenant nous devons nous taire. Allons ! Accroche-toi à moi pour ne pas me perdre.

Le passage suivait exactement la direction du couloir principal reliant une rangée d'appartements. L'épaisseur du mur devait avoir été prévue pour permettre l'aménagement de ce tunnel. Au bout d'un moment, nous captâmes des bruits de voix assourdis. Je n'avais donc plus besoin de mettre Griffe-de-Glace en garde. Il avait compris que si nous pouvions entendre parler les personnes se trouvant dans le couloir, elles aussi risquaient de saisir nos paroles.

Le chemin s'étrécit. Je pouvais maintenant toucher simultanément les deux parois en étendant les bras et le plafond n'était qu'à deux mètres de hauteur.

Nous progressions pas à pas. Les voix se firent bientôt plus nettes. Je parvins à distinguer l'intonation furieuse du Tato qui s'adressait à Fartuloon. Les deux hommes paraissaient être seuls, mais je ne serais sûr de rien avant de le constater de mes propres yeux. Toutefois, nous allions bientôt savoir…

Un fin rai de lumière apparut à une dizaine de mètres devant nous. Il provenait d'une fente dans le mur. Celle-ci mesurait moins d'un centimètre de haut mais bien cinquante fois plus en longueur, si bien que deux ou trois personnes pouvaient confortablement s'installer coude à coude et observer à loisir ce qui se passait de l'autre côté. En y jetant un regard, nous constatâmes que nous disposions d'une vue panoramique sur la grande salle de consultation du Tato, celle dans laquelle il menait les discussions avec les plus éminents représentants des organisations de la planète. Tout autour de la pièce se dressaient de puissantes colonnes qui soutenaient le haut plafond richement décoré. Les murs étaient couverts de fresques étranges, et j'étais persuadé qu'ils cachaient d'autres ouvertures secrètes à travers lesquelles n'importe qui pouvait s'adonner à sa guise à l'espionnage. Une longue table avec des chaises était installée sur une estrade de marbre.

La salle était équipée de cinq rangées de fauteuils pour les éventuels spectateurs. Aujourd'hui, cependant, il n'y en avait pas un seul. Seuls quelques hommes à l'allure brutale – qui n'étaient pas sans me rappeler les sbires de Vafron, avec qui nous avions eu maille à partir dans le Désert aux Arachnes – gardaient toutes les entrées. Leurs vêtements déguenillés devaient leur tenir lieu d'uniformes, mais les radiants thermiques arkonides dernier modèle qu'ils brandissaient formaient un contraste saisissant avec leur accoutrement.

De cette façon, on pourrait presque croire que le Tato est leur prisonnier !

« Oncle » Armanck Declanter mesurait un mètre quatre-vingt dix. Son visage fermé reflétait une contrariété. D'habitude, il savait afficher un masque de détermination impassible dès l'entrée d'un négociateur étranger. Pour le moment, néanmoins, il ne semblait pas beaucoup se soucier de son apparence. Nous avions les yeux fixés sur la salle et osions à peine respirer de peur de perdre un mot de ce qui se disait là en bas.

— … car une telle accusation est tout simplement ridicule, s'insurgeait justement Fartuloon en frappant du poing sur la table. Qu'ai-je à faire de telles choses ici, sur Gortavor ?

Le Tato n'avait pas l'air très sûr de lui, mais il tentait de cacher son embarras derrière une autorité de façade.

— Je ne peux ni ne veux décider de la suite des événements ! Le mandataire d'Orbanaschol incarne l'autorité de l'Empire et il a pour mission d'interroger le médecin Fartuloon. Je n'en sais guère plus. Et je ne désire rien savoir d'autre.

— Qui est ce mandataire ?

— Vous le verrez bientôt, Fartuloon.

Je constatai avec surprise que le Tato traitait mon père adoptif de manière plus formelle qu'à son habitude. Malgré leurs positions respectives, ils avaient toujours été bons amis et s'étaient toujours bien entendus. *Mais à présent...*

— Où ce type se cache-il ? s'emporta Fartuloon. Qu'il se montre et m'explique en face ce qu'il me reproche !

— Il le fera, promit calmement le Tato.

Pendant quelques centitontas les deux hommes se toisèrent, l'un plein de colère, l'autre plutôt gêné. Le Tato ne se sentait pas à son aise ; je l'avais remarqué dès mon premier coup d'œil dans cette pièce.

Fartuloon se décida à briser le silence :

— Si je jette un regard sur mes gardiens et les compare aux brigands qui nous ont attaqués dans le Désert aux Arachnes, de bien étranges conjonctures me viennent à l'esprit, Armanck. Si celles-ci devaient s'avérer correctes, je ne pourrais qu'en déduire que mes heures sont comptées. Ou allez-vous me dire, Tato, que vous ignorez tout des Kralasènes ?

Encore cette désignation !

Fartuloon l'avait déjà utilisée une fois, en apercevant Vafron et ses hommes dans le désert. Jamais auparavant il ne me semblait l'avoir entendue. Et Griffe-de-Glace n'était visiblement pas mieux informé que moi.

— Les Kralasènes ? répéta lentement le Tato, en apparence étonné.

Mais je lus sur son visage qu'il savait parfaitement à quoi Fartuloon se référait.

— Oui, les Kralasènes ! renchérit mon père adoptif avec fureur.

Quelque chose vibrait néanmoins dans ses intonations, comme une espèce de rage impuissante... *C'était la peur !*

— La plus infâme, la plus cruelle des troupes de mercenaires de notre souverain bien-aimé ! Les dogues de l'Empereur ! Avec pour chef...

Il s'interrompit soudain et fixa le Tato, les yeux écarquillés. Je retins mon souffle.

J'ai pourtant déjà entendu parler des Kralasènes !

Cela me traversa l'esprit. C'était au moment où Fartuloon avait fait allusion aux « dogues de l'Empereur ».

Naturellement ! Les Kralasènes !

À ma connaissance, lorsqu'ils avaient une mission à accomplir, ils s'en acquittaient toujours en usant de la pire des violences.

On dit qu'ils n'ont pas de conscience. Ils pillent, traquent et mettent à mort sans scrupules pour le compte de l'Empereur s'ils estiment la chose justifiée. On ne prononce leur nom qu'en tremblant !

Je repris progressivement mon souffle. Si mon père adoptif avait les Kralasènes aux trousses, il était perdu. Derrière eux se profilaient tout le pouvoir et la cruauté de l'Empire. Contre ces monstres, Fartuloon ne pouvait rien.

Je comprenais maintenant l'embarras et l'impuissance du Tato. D'une part il aurait souhaité aider son médecin personnel et ami, d'un autre côté il n'était pas en mesure d'oser s'élever contre la volonté d'Orbanaschol. Nul ne se dressait en travers du chemin du souverain du Taï Ark'Tussan sans en payer le prix – sa vie, en général.

— Oui, commença lentement Armanck Declanter. Il...

De l'autre côté de la salle, deux sentinelles s'écartèrent d'une large porte qui coulissa en grinçant. Quelques millitontas plus tard, un homme grand et sec pénétra dans la pièce. Un Arkonide comme je n'en avais encore jamais vu. Il s'avança de trois pas dans la salle puis s'arrêta. Ses mouvements étaient étranges, saccadés, tels ceux d'un automate. Le premier détail qui retint mon attention fut pourtant le fait qu'il semblait ne pas avoir d'yeux. Là où auraient dû se trouver ses globes oculaires émergeaient deux artefacts métalliques en forme d'entonnoirs, mesurant quatre ou cinq centimètres de long et réunis par une monture argentée. Ces « lunettes » étaient assujetties à sa tête par une courroie de cuir. Je supposai donc que l'individu était aveugle et ne pouvait voir qu'à l'aide de ces étranges instruments. Cela expliquait de plus sa démarche singulière.

Malgré sa maigreur, il arborait une combinaison moulante de cuir sombre et usé qui soulignait encore son aspect sinistre. Son visage hâve et osseux évoquait celui d'un mort-vivant, et sa tête était coiffée d'un capuchon de cuir élimé. Je remarquai un autre élément particulier : il portait un radiant à impulsions léger et compact sanglé à l'avant-bras, ce qui lui permettait de tirer sans avoir à dégainer son arme. À peine eut-il pénétré dans la pièce que je vis l'horreur se peindre sur les traits de mon père adoptif.

Aucun doute. Il le connaît.

— Sofgart l'aveugle ! s'écria-t-il d'une voix oppressée.

Pour toute réponse, il n'eut droit qu'à un ricanement méprisant. L'étranger avança encore de quelques pas incertains jusqu'à la table et tâtonna la surface de bois. Puis il choisit un siège, s'y carra confortablement, croisa ses jambes tendues et commença à examiner Fartuloon de ses yeux artificiels.

— Eh bien, cette piste était donc la bonne ! déclara-t-il d'une voix glacée qui me fit frissonner.

Qu'est-ce que ce monstre peut bien vouloir à mon père adoptif ? Lui qui a toujours été si bon pour moi !

— Il m'a fallu un sacré bout de temps avant de te trouver, reprit-il en considérant sa victime à travers ses entonnoirs oculaires qui accentuaient encore sa laideur.

— Je suis ici sur ordre de l'Empereur et j'ai un message à te délivrer. Je suis persuadé que tu as de précieuses informations à me fournir. Si tu t'y refuses, tu t'en repentiras. Tu as donc intérêt à n'omettre aucun nom, aucun détail, rien. Je suis convaincu que tu sais de quoi je suis venu te parler. Ai-je tort ?

Fartuloon n'eut même pas la force de dodeliner du chef. Il restait prostré dans son fauteuil, quasi paralysé. Sa mine autrefois si gaie et empreinte de joie de vivre n'était plus que l'ombre d'elle-même. Il se comportait comme si toute sa vie était en train de s'effondrer en un rien de temps. Je continuai à l'admirer en ce grave moment, même si je ne comprenais pas totalement ce qui se passait devant mes yeux. Après quelques centitontas de silence, il eut enfin le courage d'esquisser un signe indiquant qu'il était prêt à écouter le message de l'Empereur.

L'aveugle reprit la parole de sa voix monocorde.

— Le Prince de Cristal est vivant ! Ramène-moi sa tête !

Puis Sofgart attendit longuement, les yeux toujours fixés sur Fartuloon.

— As-tu quelque chose à me révéler à ce sujet, traître ?

Si mon père adoptif avait la moindre idée de ce qu'on lui demandait, il n'en laissa rien paraître, ou du moins ne parvins-je pas à m'en rendre compte.

Fartuloon était assis, immobile, mais il bondit alors brusquement sur ses jambes et s'exclama :

— Le Prince vivrait donc encore ? Et vous en êtes convaincu ? Sofgart, vous ne pouvez pas savoir combien cette nouvelle me réjouit. Cela remet au goût du jour le fait qu'Orbanaschol n'est qu'un imposteur ! Son neveu, le prince Mascaren, est notre souverain légitime !

Il s'effondra derechef sur sa chaise, visiblement épuisé par ce soudain transport d'allégresse.

— Et qu'ai-je à voir avec cela, Sofgart ?

Durant la tirade de Fartuloon, le Tato avait eu un sursaut mais il s'était vite repris. Je commençais à le détester, bien que je devine ses motifs. S'il avait agi autrement, il aurait mis en péril non seulement sa propre vie mais aussi celle de sa famille, ce qui incluait Farnathia.

— Ta question est plus que stupide, ricana l'aveugle. Tu sais exactement de quoi je parle… ou plus précisément de QUI je parle ! Nous ramènerons la tête du Prince de Cristal sur Arkonis et tu vas nous y aider, que tu le veuilles ou non !

— Et comment pourrais-je faire ?

— Tu en as meilleure idée que moi, Fartuloon. Que tu aies été le médecin personnel de Gnozal – avant qu'il ne perde la vie dans un regrettable accident de chasse et que son frère lui succède sur le Trône de Cristal – n'est pas innocent à tout cela.

— Ce prétendu accident n'était qu'un meurtre de sang-froid ! lança le Carabin.

Il marqua alors une pause lourde de sens. On eût dit qu'il cherchait à focaliser sur lui toute l'attention de l'aveugle et des Kralasènes, comme s'il voulait les détourner d'autre chose.

— Et peut-être même étiez-vous ce meurtrier, Sofgart !

Le ton de sa voix ne m'échappa pas. Ils se connaissaient et chacun savait où attaquer pour provoquer une réaction de l'autre. Un instant, j'eus l'impression que l'aveugle allait bondir mais il se maîtrisa avec un brio remarquable. D'un geste de la main, il repoussa les gardes qui accouraient.

— Voilà donc ta conviction, Fartuloon ? Réalises-tu que tu viens par là de signer ton propre arrêt de mort ?

— J'en suis parfaitement conscient. Alors faites votre travail et finissons-en !

Sofgart l'aveugle éclata d'un ricanement diabolique.

— Cela te serait bien agréable, n'est-ce pas, traître ? Un trépas rapide, et tout est terminé. Non, c'est trop facile ! Si tu dois mourir, je veux y prendre plaisir. Ne t'inquiète pas. Tu auras droit à la mort, mais elle sera loin d'être aussi expéditive que tu l'espères.

— Si j'étais vous, je me méfierais ! rétorqua mon père adoptif avec une impassibilité que je ne parvenais pas à comprendre.

Pourquoi Fartuloon éprouve-t-il le besoin de provoquer ainsi cet aveugle ? Pourquoi prononce-t-il lui-même sa sentence en critiquant ouvertement l'Empereur ? Que cherche-t-il ? Et le Carabin aurait-il réellement occupé la fonction de médecin personnel de Gnozal VII ?

Autant de questions qui se bousculaient dans ma tête. Fartuloon était énigmatique à plus d'un titre et de nombreuses rumeurs circulaient à son sujet.

Après tout, pourquoi pas ? Il est tout à fait capable d'avoir appartenu à la cour du Palais de Cristal !

L'aveugle se pencha en avant.

— Écoute, Fartuloon. Je vais te faire une proposition : tu me dévoiles où tu as caché le Prince de Cristal et, en échange, j'oublie tout ce qui vient de se dire ici. En d'autres mots : je te libère.

L'interrogé, qui avait eu le temps de se remettre du choc initial, renonça à la politesse dont il usait depuis le début de son entretien.

— Tu veux me libérer, Sofgart ? Vois ici tous les témoins qui assistent à cette transaction. Le Tato, tes hommes… As-tu l'intention de les tuer tous pour leur faire garder le silence ? (Il secoua la tête.) Non, mon cher. N'espère pas me voir tomber dans le piège de telles promesses à bon marché !

Voilà qu'il le tutoie, à présent !

— Tu me diras où se trouve le Prince de Cristal, que je te promette la vie ou non ! Et je te conseille de ne pas abuser plus longtemps de ma patience ! Parle !

Fartuloon afficha un sourire cynique.

— Même si je possédais cette information et si je te la donnais, que ferais-tu de lui ?

— Je ramènerais sa tête à l'Empereur, ainsi que celui-ci me l'a ordonné.

— Alors prends soin de garder cette tête intacte quand tu le tueras. Un tour de force impressionnant si – comme je le constate – tu utilises un radiant à impulsions !

— Mes hommes sont entraînés. Et si ça t'intéresse, laisse-moi te décrire la marche à suivre. Tout d'abord, il faut désintégrer proprement les jambes, puis…

— Il suffit, monstre ! l'interrompit Fartuloon, écœuré. Tes efforts sont vains, de toute façon. Je n'ai aucune information concernant le Prince de Cristal. Mais je ne peux qu'espérer – par souci de justice – qu'il vit encore.

— L'Empereur a promis une récompense qui nous permettrait d'acheter toute cette planète si nous le désirions. La tête du Prince doit rester intacte afin d'autoriser une identification infaillible.

— Je n'en ai que faire !

L'aveugle esquissa une moue sarcastique.

— Tiens donc ! Et pourrais-tu m'expliquer pour quelles raisons un certain Fartuloon – médecin personnel de Gnozal, dois-je le rappeler ? – aurait tout à coup décidé de disparaître soudainement et sans laisser de traces le jour où Orbanaschol prenait possession du trône orphelin ?

— J'avais mes raisons !

— Je n'en doute pas. D'ailleurs, je les connais.

— Je ne crois pas. Le cours que suivaient les événements à cette époque ne me convenait pas le moins du monde, c'est pourquoi j'ai quitté Arkonis. Ici, sur Gortavor, j'ai trouvé une nouvelle patrie et un nouvel emploi qui me plaisent tous deux. M'y sentant bien, pourquoi aurais-je dû décider de rentrer sur Arkonis ? Qu'y aurais-je fait ? Veiller à la santé du frère de mon ancien maître pour qu'il puisse sans soucis commanditer d'autres meurtres ?

De notre cachette, je voyais que l'aveugle ne parvenait que très difficilement à se dominer. Chaque phrase de Fartuloon était une nouvelle provocation. Je ne pouvais que m'interroger à propos de ses motivations.

Pourquoi doit-il ainsi mettre sa vie en jeu ? Ne pourrait-il pas arriver à un arrangement avec ce sinistre aveugle ? Un arrangement qui ferait leur affaire à tous deux ?

— Je connais justement un monde paradisiaque, déclara ostensiblement Sofgart. À ce que j'en sais, personne à y avoir été conduit n'a jamais exprimé le désir de le quitter. Aurais-tu envie de le visiter, Fartuloon ?

— Ta planète infernale ? Ganberaan, le monde des mille tortures ? Pourquoi pas, Sofgart l'aveugle ! Cela pourrait s'avérer intéressant. Je me demande seulement ce que tu escomptes que je t'y révèle. Je ne sais rien, et tu ne m'y extirperas rien d'autre.

— Nous verrons ! (Il désigna l'armure de Fartuloon.) Crois-tu réellement qu'elle te servira encore à quelque chose ? Ou alors penses-tu pouvoir dégainer l'épée que tu portes à ton côté et nous faire une démonstration de ta connaissance poussée de l'art martial de Dagor ? Quoi qu'il en soit, je te les laisse. Cela ne te sera pas d'une grande aide contre nos radiants à impulsions. Et moi, j'apprendrai la vérité, même si je dois l'extraire de mes propres mains de ta cervelle. Je te donne cinq tontas !

— Du temps – et pour quoi faire ?

— Réfléchir, traître ! Et choisir ce que vraiment tu préfères : continuer à vivre ta vie de médecin sur ce beau monde, ou avoir droit à la visite guidée de mon éden. Ai-je été assez clair, Fartuloon ?

— Tout à fait. Dommage que je n'aie aucune confiance en toi ! Même si je savais quelque chose et te le dévoilais, jamais il ne te viendrait à l'idée de me laisser la vie sauve.

— Tu bénéficierais au moins d'une mort rapide, lui répondit l'aveugle.

Puis il se leva, fit un signe de la main à ses gardes et s'adressa au Tato, qui n'avait pas prononcé un mot de toute la confrontation.

— Tato, auriez-vous l'amabilité de me guider jusqu'au cachot le plus sûr de cet étrange palais ? C'est là qu'attendra notre prisonnier. Je ne voudrais pas qu'il lui arrive malheur. J'ai à faire avec lui. Mais par-dessus tout (sa voix se chargea de menace), l'EMPEREUR en a encore besoin.

À ces mots, le Tato se leva mécaniquement, gratifiant Fartuloon d'un bref regard brillant de regrets et de compassion.

— Les profondeurs inexplorées du Tarkihl se trouvent à votre disposition, grand Sofgart, marmonna-t-il en s'inclinant avec soumission. Je vais vous conduire jusqu'à l'Aile Bleue.

À partir de cet instant, nul ne proféra plus une seule parole. Les gardes empoignèrent mon père adoptif et l'entraînèrent hors de la salle. Sofgart l'aveugle et Declanter, taciturnes, leur emboîtèrent le pas.

*
* *

Nous attendîmes un moment que les bruits de pas s'estompent, puis je tirai Griffe-de-Glace dans le fond de notre niche afin d'être sûr qu'un éventuel espion ne nous entende pas.

— Qu'en penses-tu ? Fartuloon est perdu si nous ne faisons rien pour lui.

— Mais nous l'aiderons, me rétorqua-t-il. Ou peut-être crois-tu que j'abandonnerais un ami simplement parce que quelqu'un cherche à lui soutirer des informations qu'il ne possède pas ?

— Mais n'en sait-il réellement rien ?

De nombreuses allusions énigmatiques de mon maître me revenaient à l'esprit.

— Bien sûr que non ! le défendit le Chrektor. Et même s'il savait quelque chose, il a de bonnes raisons de garder le silence. Moi, je lui fais confiance !

Ils le conduisent dans les profondeurs, ce secteur que je ne connais pas et dont tout le monde a peur.

— Viens, Griffe-de-Glace. Nous rentrons.

Nous poussâmes un immense soupir de soulagement lorsque nous franchîmes la porte de notre appartement et la refermâmes derrière nous. Je me contentai d'aller chercher quelques boissons, car nous ne nous sentions ni l'un ni l'autre assez d'appétit pour pouvoir nous offrir un repas plus consistant. Nous passâmes à nouveau en revue tous les événements incompréhensibles de ces dernières tontas et en conclûmes que mon père adoptif, qui ne tarissait pas de critiques concernant l'Empereur, ne les exprimait que parce qu'il cherchait à tout prix à détourner l'attention de ses ennemis d'une chose infiniment plus importante.

Il est prisonnier de Sofgart l'aveugle. Mais nous avons encore cinq tontas… Et Farnathia !

Il était singulier qu'elle me vienne à l'esprit à cet instant précis. Elle ne courait aucun danger tant que son père se tenait à l'écart de cette affaire ; si je l'y mêlais, en revanche, sa vie serait elle aussi compromise. D'un autre côté, impossible pour moi de laisser Fartuloon mariner dans ses problèmes. *Puis-je me permettre de dévoiler à Griffe-de-Glace mes sentiments les plus secrets ? Non. Ce bloc gelé ne sait même pas ce que sont les sentiments !*

— Nous devons demander son aide à Farnathia, déclarais-je à brûle-pourpoint. Tu sais que nous sommes bons amis…

— Évidemment ! Qui l'ignore encore ? Vous vous connaissez depuis votre plus tendre enfance. Mais qu'est-ce que cela a à voir avec Fartuloon ?

— Elle connaît mieux que moi de nombreux secteurs reculés du Tarkihl, ne serait-ce que par ouï-dire. S'il y est une personne capable de nous révéler où se situe cette fameuse Aile Bleue dans laquelle mon père est retenu prisonnier, c'est bien elle !

— L'Aile Bleue ? (Griffe-de-Glace acquiesça d'un signe de tête.) Très bien. Posons-lui la question.

— Attends-moi ici, lui intimai-je.

Je ne voulais pas prendre le risque qu'il apprenne des choses dont je ne souhaitais pas qu'il ait vent.

— Je vais voir Farnathia. Nous verrons bien si elle accepte de nous aider.

— Sois prudent, me mit-il en garde. J'ai cru entendre une fois que les représentantes du sexe féminin n'étaient pas toujours des personnes fiables.

Je ricanai et quittai notre appartement pour emprunter le chemin habituel vers les quartiers de Farnathia. Le fait que je rende visite en journée à la fille du Tato n'avait rien d'extraordinaire en soi, même maintenant que nous étions plus âgés. Tout le monde savait pertinemment qu'enfants, nous étions d'inséparables camarades de jeu et que nous en avions gardé de solides liens. Pourquoi n'aurais-je pas dû aller la voir ?

Je ne croisai personne.

Les appartements de Farnathia jouxtaient ceux de ses parents. Cela ne l'avait jamais perturbée outre mesure d'avoir un père et deux « mères », bien qu'une seule d'entre elles fût sa génitrice. Son éducation avait toujours été très stricte, et jamais encore elle n'avait pris le risque d'agir à l'encontre de la volonté de ses parents. Pourtant, elle possédait son propre caractère, et ses propres secrets…

Je frappai prudemment à sa porte. Elle m'ouvrit timidement après quelques instants et posa sur moi son regard aux reflets rubis. Elle n'avait que quinze ans, et c'était pourtant presque une adulte. Elle possédait un corps gracieux et très bien proportionné. Ses cheveux argentés tombaient en cascade jusque sur ses épaules.

— Atlan ? Je croyais que tu étais avec le Carabin…

Elle était au courant de notre expédition dans le Désert aux Arachnes mais ne s'attendait visiblement pas à ce que nous revenions si tôt.

— S'il te plaît, Farnathia. Ne pose pas de questions et suis-moi.

— Où cela ?

— Chez Fartuloon. Je dois te parler.

— Est-ce si important ? m'interrogea-t-elle avec un sourire malicieux. Qu'est-ce que cela peut bien être ?

— Nous n'avons pas une millitonta à perdre. Habille-toi chaudement, il est possible que l'endroit où nous devrons nous rendre ne possède pas de système de chauffage. Maintenant ne me demande plus rien. La vie de mon père en dépend.

— Je cours me mettre quelque chose sur le dos.

J'attendis dans le couloir et commençai à surveiller les deux côtés. J'appréhendais à tout moment de voir surgir l'un de ces Kralasènes. Mes craintes n'étaient évidemment pas fondées mais mon anxiété pour Fartuloon semblait susciter en moi une certaine paranoïa. Farnathia me rejoignit alors. Je regardai le panneau coulisser derrière elle. Elle portait un manteau épais et une écharpe turquoise qu'elle arborait souvent. Ses traits trahissaient curiosité et inquiétude.

— Alors, que se passe-t-il avec ton père ?

— Viens avec moi. Je vais te le dire, mais pas tout de suite.

Elle me suivit docilement ; hélas, je ne trouvai pas les circonstances propices à me réjouir du fait qu'elle m'accordait aussi aveuglément sa confiance... Il y avait davantage en jeu que notre complicité, notre amitié, et peut-être aussi... notre amour.

Nous atteignîmes rapidement les appartements de Fartuloon. Griffe-de-Glace, toujours installé dans son fauteuil, nous contempla avec curiosité.

— Je te salue, noble Farnathia, commença-t-il avant de se lever et de faire mine de lui ôter son manteau.

Je considérai ce geste comme pure perte de temps. Il ne nous restait que trois tontas et demie.

— Assieds-toi et écoute-moi... à moins qu'Atlan ne t'ait déjà tout expliqué ?

— Pas du tout. Il est resté muet comme une tombe, dit Farnathia.

— Je le reconnais bien là ! ironisa le Chrektor en me fixant avec insistance.

Je haussai les épaules.

— Cessez vos perpétuelles allusions et résumez-moi la situation ! s'impatienta Farnathia.

Elle resta très calme tout le temps que nous passâmes à l'informer des derniers événements. Mais quand je mentionnai « l'Aile Bleue », je vis sa mine devenir pensive, puis elle blêmit d'un seul coup.

— L'*Aile Bleue* ? s'exclama-t-elle avec un regard craintif dans notre direction. Bien que mon père, toi et moi connaissions le Tarkihl mieux que quiconque, Atlan, j'en ai seulement entendu parler.

— Où se trouve-t-elle ? voulus-je savoir.

— Quelque part, là en dessous. Mon père y fait

emmener les criminels et les y enferme sous bonne garde. La vie dans ces cachots doit être abominable ! De plus, c'est là que se terrent *les esprits* !

Le bruit courait que les fantômes des bâtisseurs défunts rôdaient encore dans les profondeurs inexplorées du palais. C'était peut-être vrai, peut-être pas. Nombre de rumeurs plus folles les unes que les autres circulaient parmi la population. La plupart d'entre elles reposaient probablement sur un fond de vérité. C'était la raison pour laquelle bien des Arkonides ou Gortavoriens choisissaient de vivre hors du Tarkihl.

Le visage de Griffe-de-Glace se couvrit brutalement d'un voile gris. Comme beaucoup d'habitants des mondes reculés, aux frontières de la zone explorée par le Grand Empire, il avait parfois tendance à se laisser prendre au jeu de la superstition.

— Oublions ces esprits, dis-je à Farnathia. Tu sais que je n'y crois pas. S'ils avaient réellement existé, nous les aurions rencontrés depuis longtemps.

Suis-je moi-même vraiment sûr de ce que j'affirme ?

D'anciens souvenirs tourmentés me revinrent soudainement à l'esprit. *Un rire d'enfant qui résonne dans l'obscurité, une voix de fille qui appelle. Et la mienne, rauque, qui lui répond. Un bruit vague à la limite du perceptible. Puis brutalement je l'avais vue tout près de moi… Si près. Farnathia avait alors douze ans. Son rire vibrait jusqu'aux tréfonds de moi-même.* J'eus l'impression de revivre ce moment-là. *Quatorze ans. Je possédais déjà une grande taille pour mon âge, et Farnathia m'arrivait à la poitrine… Je savais exactement ce à quoi j'avais pensé à cet instant. La sympathie, de nouveau ce fourmillement dans le bas-ventre, la gorge sèche. Son rire m'excitait. Je ne parvenais pas à garder la tête froide lorsque j'étais avec elle. Mais soudain, j'avais senti comme un souffle glacé dans mon cou. D'un mouvement involontaire, j'avais fait volte-face, fixant d'un regard angoissé le long couloir vide. Aujourd'hui encore le souvenir de ce souffle glacé me faisait frissonner. Le contact s'était établi de manière tangible. J'avais – ou je croyais avoir – été frôlé... touché par quelqu'un ou quelque chose. Des esprits ? Absurdité !*

— Nous ne sommes encore jamais allés là où ils se trouvent, insista Farnathia.

— Tu as raison, mais même si les *esprits* provoquent des ravages dans les domaines les plus reculés du Tarkihl, cela ne concerne pas l'Aile Bleue puisqu'elle sert de prison. Nous n'y croiserons donc pas le moindre fantôme. Peux-tu nous y conduire, Farnathia ?

Elle me regarda d'un air horrifié.

— Dans l'*Aile Bleue* ? Tu me demandes de t'emmener dans l'*Aile Bleue* ?

— Il le faut. La vie de Fartuloon en dépend. Je dois le libérer, comprends-tu ? Il est perdu si nous ne tentons rien pour l'aider.

— Mais cet aveugle...

— N'importe qui peut se laisser berner. Il ne fait pas exception à la règle. Nous devrons emporter de quoi boire et manger avec nous afin de pouvoir tenir un maximum de temps dans les profondeurs. Toutefois, nous devons nous décider rapidement. Si tu ne souhaites pas nous accompagner, décris-moi au moins le chemin à suivre. Mais il faut agir vite car nous n'avons pas une heure à perdre.

Elle leva sur moi un œil indécis. Elle me faisait confiance, mais elle redoutait de se prêter à ce que nous lui demandions.

— Bien. Je viens avec vous, décida-t-elle brusquement. Mais à une condition !

— Qui est ? me renseignais-je avec une légère appréhension.

— Mon père ne doit jamais avoir vent que je vous ai aidé. Il ne me pardonnerait jamais d'avoir osé quelque chose qu'il n'aurait peut-être pas approuvé, encore moins si cela comportait autant de risques.

Je ne pus me résoudre à lui mentir.

— Nous ne pouvons rien te promettre de tel, Farnathia. D'une part parce que nous ne savons pas ce qu'il pensera de tout ceci. D'un autre côté, parce que nous n'avons pas la moindre idée de la façon dont vont se dérouler les événements. Peut-être parviendrons-nous à libérer Fartuloon et à prendre la poudre d'escampette sans nous faire repérer, mais peut-être pas. Comment, alors, expliquerions-nous ta présence ?

Elle se rangea à mon opinion.

— Personne n'y arriverait. Pourtant, je vous y conduirai quand même. Quand partons-nous ?

— Immédiatement, Farnathia... Je te remercie du fond du cœur.

Elle sourit. Elle était merveilleuse quand elle souriait.

J'empaquetai en toute hâte nourriture et boisson et les fourrai dans un grand sac à dos, puis je distribuai les torches à Griffe-de-Glace et Farnathia. J'ouvris la marche tout en restant sur mes gardes. Pour l'instant, le couloir était vide. La fille du Tato actionna précipitamment le mécanisme d'accès à « notre » passage secret. Le socle coulissa et nous disparûmes promptement dans le tunnel reliant nos appartements. J'étais ébahi de constater que la route menant à l'Aile Bleue suivait tout d'abord le corridor oublié que nous avions jadis emprunté tant de fois. Farnathia avait apparemment gardé ce mystère pour elle seule. Il faudrait à l'occasion que je lui demande d'où elle tirait toutes ces connaissances. Mais pas maintenant. Nous longeâmes le tunnel pendant quelques centitontas avant d'atteindre la niche d'où le Chrektor et moi avions assisté à l'interrogatoire de mon père adoptif. La grande salle de consultation était vide. Un peu plus loin, Farnathia découvrit l'accès à un passage qui s'enfonçait vers les profondeurs insondables.

Je m'immobilisai et introduisis ma lampe à travers l'ouverture.

— Où cela aboutit-t-il ?

Sa voix n'était plus qu'un chuchotement hésitant.

— À l'Aile Bleue, entre autres choses.

— Avançons. Il ne nous reste que quatre tontas.

— Suffisamment longtemps pour que je gèle et me brise en mille morceaux, grogna Griffe-de-Glace.

J'ignorai sa remarque et, talonné de près par le Chrektor, suivis Farnathia qui avait repris sa progression. Après avoir parcouru environ un kilomètre, nous nous retrouvâmes – selon mes estimations – à presque trente mètres sous la surface planétaire. Évidemment, nous aurions eu moins de route à faire en empruntant le chemin officiel. Les gardes ne se donnaient pas la peine d'emmener des prisonniers le long de tunnels sombres et tortueux. Ils devaient même certainement utiliser des ascenseurs ou des puits antigrav. Mais nous n'avions pas le choix. Le bruit de nos pas résonnait entre les parois comme si nous avions séjourné au fin fond d'une caverne. En les écoutant, on avait l'impression que toute une troupe d'hommes nous accompagnait. J'attirai l'attention de Farnathia sur ce point. Elle interrompit sa marche.

— Bientôt, nous devrons être beaucoup plus prudents. Mais il n'y a actuellement aucun danger. Nous sommes séparés de l'Aile Bleue par un mur épais qui ne laisse filtrer aucun son.

Je jetai un œil à ma montre. Encore trois tontas et demie, s'il ne prenait pas à l'aveugle l'idée farfelue d'écourter le délai. Nous hâtâmes le pas. Je me rappelais les terribles histoires que l'on racontait au sujet des zones inexplorées du Tarkihl. Nombreux étaient ceux qui avaient un jour tenté d'y pénétrer. Peu d'entre eux en étaient revenus. C'était le genre de chose qui hantait autrefois nos imaginations enfantines, à Farnathia et moi. À deux reprises, j'avais accompagné Fartuloon lorsqu'il avait dû dispenser des soins à l'un de ces explorateurs prodigues, affaibli et mourant, sans pouvoir le sauver. Malgré ces incidents, de fabuleuses rumeurs circulaient encore. On affirmait même que des rivières et de véritables lacs coulaient au plus profond du Tarkihl, loin au-dessous du niveau de la surface de la planète. Mais à cela je n'étais jamais arrivé à croire. Il y avait sans aucun doute une explication rationnelle à tout ceci, à ces soi-disant esprits comme au reste.

Je heurtai Farnathia qui avait ralenti le pas.

— Nous entrons dans la zone de danger. As-tu encore quelque chose à me dire ? Tu n'en auras plus l'occasion avant un bon moment. L'Aile Bleue est continuellement gardée. Un escalier mène directement de celle-ci au Tarkihl supérieur, néanmoins je doute que nous puissions l'utiliser pour fuir.

Je pestai intérieurement contre moi-même. Je n'avais pas encore réfléchi à cette partie de l'expédition. Une fois Fartuloon libéré, nous n'aurions pas de temps à consacrer à l'élaboration d'un plan d'évasion.

L'essentiel est que nous le sortions indemne du cachot.

— Qu'y a-t-il ? intervint Griffe-de-Glace, derrière moi.

— Nous arrivons dans l'Aile Bleue, l'éclairai-je.

— Eh bien, le plus dur est déjà passé.

— Bien au contraire, mon ami. Nous n'avons encore rien fait !

Je ne voulais pas qu'un trop-plein d'assurance vienne mettre en péril notre entreprise. Le Chrektor fit une grimace et se tut.

Dix mètres plus loin, le passage bifurqua brutalement

sur la gauche et se termina en cul-de-sac. La fille du Tato s'immobilisa et attendit que nous l'ayons rejointe.

— Voilà une extension de la galerie dont personne – à part moi – n'a connaissance. Dès que nous nous y serons glissés, nous serons dans l'Aile Bleue. Toutefois, plusieurs centaines de salles ont été reconverties en geôles. Retrouver ton père ne sera pas chose aisée, Atlan.

— Alors nous chercherons, voilà tout.

Griffe-de-Glace émit l'idée qu'une garde renforcée pourrait trahir son lieu de détention.

— C'est très probable, acquiesça Farnathia.

Avant d'ouvrir le passage, elle nous posa une dernière question.

— Que ferons-nous si nous tombons sur des sentinelles ? Nous n'avons pas d'armes !

Je me maudis une nouvelle fois. Dans ma précipitation, j'avais oublié le radiant à impulsions. Maintenant nous ne pouvions plus faire demi-tour pour aller le chercher. Pour un peu, je me serais giflé !

Le Chrektor tendit la main vers moi.

— Nous n'aurons qu'à les changer en glaçons, proposa-t-il.

— Si seulement nous avions eu plus de temps ! grognai-je, furieux contre moi-même. Cependant, nous voici en fin de parcours. Si nous avions seulement pris la peine d'effectuer un inventaire, nous aurions sur nous de quoi nous défendre.

Nous convînmes encore de quelques signes afin de pouvoir nous comprendre sans avoir à parler, puis Farnathia se pencha pour démasquer la porte dérobée. Sans un bruit, la paroi rocheuse glissa de côté et nous libéra le passage.

La jeune fille se précipita la première dans un large couloir faiblement éclairé et nous fit signe de nous dépêcher. Le tunnel se referma alors promptement derrière nous. Deux millitontas plus tard, plus la moindre fente ne trahissait qu'une ouverture plus grande que nous trois réunis avait baillé là. Nous restâmes quelques instants collés contre le mur, immobiles. Ni à droite ni à gauche, nous ne voyions un quelconque endroit où nous pouvions nous dissimuler en cas de besoin. Si quelqu'un se pointait maintenant, nous étions perdus… à moins que nous ne réussissions à réduire l'intrus au silence.

Pour la première fois, je pris conscience de l'aventure insensée dans laquelle nous nous étions lancés. J'éprouvais une difficulté particulière à admettre en moi-même que je venais d'entraîner Farnathia face au pire des dangers.

S'il lui arrive quelque chose, je m'en voudrai toute ma vie !

Tout à coup, j'entendis au loin des bruits de voix étouffés. Ils résonnaient sur notre gauche. De l'autre côté, le couloir se perdait dans les ténèbres. Partout ailleurs, les « briques » à la lueur éternelle continuaient à dispenser leur lumière dans les murs. Le sol consistait en un dallage turquoise.

— Est-ce pour cela que l'on appelle ce secteur l'Aile Bleue ?

Farnathia nous adressa un signe et se faufila un peu plus loin en direction des voix. En désignant la paroi de bronze immaculée, elle me fit comprendre qu'il s'y cachait une autre porte dérobée. Même en scrutant attentivement la surface, il m'était impossible de distinguer la moindre irrégularité. Je remarquai seulement que ces endroits semblaient toujours se trouver à mi-distance exacte entre deux plaques lumineuses.

Nous perçûmes soudain un martèlement de pas. Farnathia bondit sur sa droite, à l'intérieur d'un renfoncement caché du couloir. Nous n'eûmes besoin d'aucune invitation pour la suivre. Griffe-de-Glace et moi nous précipitâmes sur ses talons. Le plafond était si bas que seul le Chrektor n'eut pas à se courber pour passer. Les claquements se firent plus forts, se maintinrent à un niveau constant pendant quelques instants puis s'éloignèrent.

Farnathia prit une profonde inspiration et me souffla à l'oreille :

— C'est l'heure de la relève de la garde. Il faut que nous attendions encore un peu, car les sentinelles actuelles vont bientôt pouvoir remonter et passeront forcément par ici. Maintenant, nous avons au moins la certitude de n'avoir affaire qu'à un seul groupe de factionnaires.

Je hochai la tête sans répondre. Une décitonta s'écoula avant que nous n'entendions s'approcher la première équipe, ce qui signifiait que les prisons étaient situées à plusieurs centaines de mètres de notre position actuelle. Il nous restait encore trois tontas. En principe, cela suffisait. Nous patientâmes jusqu'à ce que les bruits de pas se taisent.

— Maintenant ! chuchota Farnathia en effectuant un saut énergique hors de notre cachette.

Je m'étonnai. Où était la jeune fille si timide que je connaissais ? Elle semblait avoir totalement changé de personnalité. Et cela simplement pour sortir mon père de prison ? N'y avait-il pas une autre raison ?

Nous atteignîmes l'escalier en quelques centitontas. Il était large et vivement éclairé. J'aurais aimé savoir où il menait, mais je ne me risquai pas à poser la question. Devant nous se détachait un nouveau couloir aussi important et clair. J'identifiai à droite et à gauche les rangées de portes grillagées qui donnaient sur les différentes geôles. C'était un danger de plus qui se présentait à nous. Si nous passions devant ces ouvertures et si un quelconque prisonnier nous apercevait, il risquait de donner l'alerte, voire même de nous reconnaître. J'arrêtai Farnathia et m'arrangeai pour lui faire comprendre le problème à l'aide de notre langage gestuel.

Elle resta tout d'abord interdite puis m'indiqua qu'il fallait que nous franchissions chaque entrée de cellule d'un bond rapide. Les éventuels prisonniers ne remarqueraient alors peut-être rien de plus qu'une ombre, et avec un peu de chance croiraient au passage d'un gardien. À mon opinion, c'était loin d'être une méthode sûre, mais rien de mieux ne me vint à l'esprit.

Avant de reprendre la marche, nous observâmes attentivement le corridor. Il mesurait environ deux cents mètres de long et s'achevait sur un mur nu. Farnathia nous expliqua qu'il bifurquait en réalité sur la gauche et continuait plus loin. Puisqu'il ne s'y trouvait aucune sentinelle, nous supposâmes que Fartuloon n'était pas séquestré dans cette partie de la prison. Il était en conséquence inutile de perdre trop de temps à en contrôler les cellules. Mon père était forcément surveillé par un ou plusieurs geôliers.

Nous nous plaçâmes côte à côte, prêts à sauter sur un signe de l'un d'entre nous, puis nous nous élançâmes. Les barreaux des grilles étaient si serrés que la vision de l'extérieur devait être particulièrement mauvaise, mais quiconque se pressait tout contre pouvait nous remarquer. Un bref regard m'indiqua toutefois que les deux premières pièces étaient inoccupées. Il nous fallut un long moment avant de parcourir les deux cents mètres. Malgré notre lenteur, nous étions à bout de souffle en arrivant au virage du couloir. Cependant, nous entendions maintenant des voix humaines. Cette fois, je décidai de ne pas laisser Farnathia endosser seule tous les risques. Je la retins doucement par le bras et jetai un œil au-delà du coin du mur. Ce que j'aperçus alors me fit perdre toute mon assurance. Mon cœur battait si fort que j'eus peur que les gardiens ne l'entendent.

À une cinquantaine de mètres de nous, trois Kralasènes et un Gortavorien – probablement membre de la garde personnelle de Declanter – étaient en faction dans un couloir clair de presque quatre mètres de large. Ils avaient de toute évidence l'ordre de surveiller l'une des cellules, et il ne faisait aucun doute que c'était celle de mon père adoptif.

Je reculai et risquai un chuchotement.

— Comment allons-nous approcher sans qu'ils nous voient ?

Pour la première fois, Farnathia semblait elle aussi totalement découragée.

— C'est impossible, Atlan. La galerie est trop large, et même s'ils ne sont pas sur le qui-vive, ils ne peuvent pas ne pas nous remarquer !

Je jetai un coup d'œil à ma montre.

— Il nous reste moins de trois tontas. Il faut que nous l'ayons sorti de là dans une demi-tonta. Dans le cas contraire, nous n'aurons pas assez d'avance pour échapper à nos poursuivants.

La situation semblait effectivement désespérée. Mais je pouvais et ne voulais pas abandonner. Griffe-de-Glace colla ses lèvres diaphanes à mon oreille.

— Laissez-moi y aller. Je suis d'une transparence quasi totale. Je ne pense pas qu'ils comprendront immédiatement ce qui se passe s'ils voient planer mes organes et mes os dans les airs. Peut-être même parviendrai-je à les effrayer. Alors vous n'aurez qu'à profiter de l'occasion pour vous précipiter.

Je réfléchis. C'était peut-être notre seule et unique chance. J'espérai que les Kralasènes n'avaient encore jamais rencontré de Chrektor. Mais même s'ils en connaissaient l'apparence, la vision serait probablement plutôt inhabituelle pour eux dans une lumière artificielle.

Si nous pouvons utiliser l'effet de surprise…

— Très bien, Griffe-de-Glace, mais sois prudent ! N'oublie pas qu'ils sont lourdement armés. S'ils se remettent trop rapidement de leur effroi, ils te tueront sans hésiter.

— J'ai déjà vécu ce genre de situation, me rétorqua-t-il d'une voix sans timbre.

Sa remarque me rappela que, comme mon maître, il était âgé et possédait des secrets dont il ne parlait pas forcément.

Je pris Farnathia par la main pendant que le Chrektor quittait notre recoin et avançait en terrain découvert, droit sur les quatre gardiens. La lumière traversait son corps vitreux et donnait réellement l'impression que ses os, ses organes et ses nerfs planaient librement dans les airs. La vision était véritablement sinistre. Par chance, le soldat du Tato venait de faire demi-tour et partait dans la direction opposée, certainement pour aller contrôler les autres salles de l'Aile Bleue. Les trois Kralasènes le suivirent du regard, nous tournant ainsi le dos.

Griffe-de-Glace s'approcha à moins de dix mètres. L'un des gardiens dit alors quelque chose à ses compagnons et ils se retournèrent. Quand ils aperçurent le Chrektor, ils se figèrent comme pétrifiés, les yeux écarquillés. Néanmoins, ils se remirent très vite en mouvement. Je dus admettre l'efficacité de l'entraînement qu'ils avaient reçu au sein de ce corps d'élite. Cependant, notre ami fut encore plus rapide. Il les assaillit avant qu'ils n'aient le temps d'ôter le cran de sécurité de leurs armes. Je me précipitai pour l'aider.

Seul contre trois, il n'a aucune chance !

Je me trompais. D'un geste prompt de ses mains, il saisit deux des factionnaires et resserra sa poigne. Leurs bras se changèrent en glace et leurs hurlements de douleur me firent frémir. Ils lâchèrent leurs armes et s'effondrèrent au sol. Dans la panique, le troisième Kralasène ouvrit le feu sans ajuster son tir et toucha le plafond. Comme je m'y attendais, la chaleur aiguisa les réflexes du Chrektor. Occupé que j'étais à me protéger du rayonnement thermique, j'entendis seulement des bruits de verre pilé et le fracas d'une arme qui tombait au sol.

Griffe-de-Glace roula au sol, attrapa le radiant à impulsions et exécuta les trois individus avant que j'aie eu le temps de protester.

Devant mon air horrifié, il déclara sur un ton laconique :

— Ils voulaient notre vie, Atlan, donc nous prenons la leur. C'est aussi simple que cela !

Farnathia était blême. Elle posa un regard confus sur les trois hommes morts.

— Où est Fartuloon ? demanda-t-elle d'une voix éteinte, nous ramenant à notre mission première. Nous devons trouver où ils l'ont enfermé !

— Il ne doit pas être loin, supposai-je.

— La dernière sentinelle risque bientôt de repasser par ici, nous rappela le Chrektor. Je pars à sa rencontre pendant que vous cherchez Fartuloon.

J'aurais presque oublié ce détail si Griffe-de-Glace ne nous avait pas rappelés à l'ordre. Suivi par Farnathia, je passai rapidement devant les cellules par bonds successifs. Nous découvrîmes mon père adoptif dans la onzième d'entre elles. Il ne semblait pas nous avoir remarqués. Ou du moins n'en laissait-il rien paraître car il restait prostré dans un coin de son cachot, le regard vide. Il ne leva même pas les yeux quand il entendit nos pas.

— Fartuloon ! s'écria joyeusement mon amie.

Pour elle, c'était un oncle comme son père l'était pour moi. Jusqu'à peu de temps encore, il remplissait fidèlement son rôle de Carabin et de médecin privé. C'était un homme reconnu et estimé par tous. Nous le considérions comme un membre à part entière de notre famille.

Il leva finalement la tête et nous aperçut. Jamais je n'aurais cru voir un jour une expression de surprise mêlée de tant d'horreur.

— Êtes-vous devenus complètement fous ? s'exclama-t-il.

— Tais-toi et recule ! lui ordonnai-je en brandissant mon radiant à impulsions dans le but de détruire la grille. Il risque de faire très chaud dans ta cellule. Mais cela ne durera guère.

Fartuloon secoua la tête d'un air déterminé.

— Non ! Il n'est pas question que vous me libériez. Je dois me débrouiller seul. Vous pouvez encore rebrousser chemin et sauver votre vie. Personne ne vous suspectera. (Il posa sur moi un regard interrogatif.) Comment diable avez-vous réussi à arriver jusqu'ici au nez et à la barbe des gardiens ?

— Ils sont morts.

Le visage de Fartuloon se couvrit d'un voile blafard.

— Alors vous êtes perdus, pauvres fous ! Comment avez-vous pu ne serait-ce que penser réussir ainsi ?

— Nous devions te trouver et te sortir d'ici, lui rétorquai-je avec fureur, contrarié par son entêtement. Ne t'interpose pas et retourne-toi. Je vais faire fondre la grille.

Il n'avait maintenant plus d'autre choix que de nous écouter. Après tout, nous avions tué trois Kralasènes. Au bout de quelques centitontas, Fartuloon put enfin mettre un pied hors de sa geôle. Il fixa Farnathia un long moment avant de nous révéler ce à quoi il pensait.

— Tu as aidé Atlan ? Tu me sembles plus courageuse que ton père. Tu dois me porter en plus haute estime que je ne le mérite, si tu as osé prendre autant de risques !

L'espace d'un éclair, j'eus envie de lui dire que c'était pour moi qu'elle avait fait tout cela. Mais je préférai garder le silence. Entre-temps, Griffe-de-Glace était revenu. Il nous annonça qu'il n'avait pu rattraper la quatrième sentinelle. Celle-ci avait certainement quitté l'Aile Bleue en suivant un autre chemin.

— Nous pouvons nous éloigner en empruntant le passage que vous avez suivi pour venir jusqu'ici, ou bien par l'escalier principal. Avec un peu de chance, nous aurons la possibilité de nous cacher un moment dans mon appartement. Personne ne sait qui a tué les trois Kralasènes. Et si, dans l'intervalle, votre absence n'a pas été remarquée... Pourtant, il n'est pas exclu que...

Il se tut brusquement. Il ne me fallut pas longtemps pour en comprendre la raison. Des bruits de pas retentissaient dans le couloir, un peu plus loin. Griffe-de-Glace se précipita jusqu'au tournant et risqua un œil au-delà. Puis il revint en hâte vers nous.

— Toute une colonne, Fartuloon ! Au moins vingt hommes ! Des gardes du corps du Tato et des Kralasènes ! Que devons-nous faire maintenant ?

— Allez, tous avec moi ! Je connais une retraite provisoire.

*
* *

Peu après, je commençai à m'étonner de la façon dont Fartuloon était familier des lieux. Nous avions depuis un long moment déjà franchi la frontière du secteur que connaissait Farnathia, ne serait-ce que par ouï-dire. Nous avancions donc maintenant en territoire totalement ignoré. J'étais persuadé que Fartuloon était déjà venu ici plus d'une fois. Il nous conduisait avec assurance à travers les corridors étroits et les portes secrètes dont il semblait maîtriser tous les systèmes d'ouverture. Je ne pouvais me permettre de le questionner pour l'instant, mais je me jurai d'y remédier dès que l'occasion se présenterait.

Au terme d'une longue marche éreintante dans des couloirs obscurs, nous atteignîmes une pièce spacieuse qui, à notre grande surprise, était remplie de vieux meubles en tous genres. Ce fut avec un plaisir visible que Fartuloon scruta nos mines ébahies tandis que nous contemplions les armoires, les coffres et les lits. Il ne faisait pas spécialement froid, pourtant j'étais frigorifié. Griffe-de-Glace semblait se trouver dans le même cas que moi, au contraire de Farnathia qui s'enquit d'une petite voix tremblante :

— Où sommes-nous ?

Fartuloon nous indiqua les couches.

— Installez-vous, les enfants. Ici, nous sommes temporairement en sécurité. Qu'as-tu dans ton sac, Atlan ?

Ce fut seulement là que je me rendis compte à quel point j'étais affamé.

— Heureusement que j'y ai pensé, répliquai-je en déballant les provisions. En attendant, tu serais aimable de répondre à la question de Farnathia.

Il rumina quelques millitontas avant de reprendre la parole :

— Où nous sommes ? Eh bien… Dans les entrailles du Tarkihl, à une centaine de mètres sous la surface. Soyez tranquilles, nul ne viendra nous chercher ici. Mais nous ne pouvons y rester indéfiniment.

— Le chemin du retour sera très long, commenta Griffe-de-Glace.

Fartuloon secoua la tête.

— Tu te trompes, mon translucide ami. Nous n'avons pas à aller bien loin pour remonter. Mais personne à part moi ne paraît être au courant. Dans une demi-tonta, je peux être chez moi, et ceci simplement en « traversant » les murs. Nous avons décrit une courbe et nous trouvons maintenant sous les appartements du Tato. (Il sourit et désigna le plafond.) Même les prisons sont presque à notre verticale.

— D'où sais-tu tout cela ? lui demandai-je alors brusquement.

Il me toisa d'un air que je qualifierais d'indulgent.

— Durant les dernières années, j'ai eu beaucoup de temps pour étudier le Tarkihl. Je voulais découvrir quelle était son origine et qui l'avait construit. Je vais vous décevoir, mais je n'y suis jamais parvenu. Néanmoins, durant mes investigations, j'ai repéré de nombreux passages similaires à celui-ci. Il en existe à tous les étages et dans tous les secteurs de l'édifice. Si ce bâtiment était correctement aménagé, des millions d'Arkonides pourraient y vivre confortablement.

— Et tu connais tous ses secrets ?

— Tous ? Bien sûr que non ! Mais plusieurs, assurément.

J'avais une autre question sur le cœur. Je décidai de ne pas hésiter plus longtemps.

— Pourquoi t'a-t-on arrêté ?

Il me considéra, soudain pensif.

— Je déduis des remarques que vous émettez depuis quelque temps que vous avez été témoins de mon interrogatoire. Je sais qu'il existe des couloirs secrets dotés de niches d'observation qui donnent sur la salle de consultation du Tato. Tu as tout entendu, alors pourquoi me poses-tu la question ?

— Et qui est le fils de l'empereur Gnozal ?

— Je te le dirais volontiers à condition d'en avoir la moindre idée !

— Alors je ne comprends pas pourquoi Sofgart est venu te traquer jusqu'ici !

— Mon garçon, n'oublie pas que j'ai beaucoup vécu et vu de nombreuses choses. Tu sais que j'ai été le médecin personnel de Gnozal VII. Il n'y a donc aucune surprise à ce que je fasse partie des principaux suspects aux « yeux » de Sofgart !

Griffe-de-Glace avala le dernier morceau de sa ration. J'aperçus la bouillie alimentaire glisser le long de son œsophage.

— Que tentons-nous à présent ? Combien de temps allons-nous rester ici ?

Fartuloon dodelina calmement du chef.

— Pour le moment, nous ne pouvons rêver cachette plus sûre. Mais il nous faut pourtant nous nourrir. Aujourd'hui même, je monterai m'occuper du ravitaillement. J'apprendrai peut-être à l'occasion quelles mesures ont été édictées après mon évasion, et qui est suspecté.

Farnathia intervint :

— Tu n'iras pas, Fartuloon. Explique-moi le chemin à prendre ! Je ne suis pas suspecte, tout le monde sait que je me promène souvent dans le Tarkihl. Même si quelqu'un me repère, cela ne signifiera rien.

— En aucun cas tu ne peux t'exposer à un tel danger, m'exclamai-je. Je te l'interdis !

Son regard étonné tomba sur moi.

— Tu me l'interdis ?

Puis elle s'étira et sourit.

— Personne ne peut m'interdire quoi que ce soit, je suis ici de mon propre gré ! Réfléchis : si Fartuloon se fait coincer, nous aurons accompli tout cela pour rien. Tandis que toi et Griffe-de-Glace êtes certainement déjà sur la liste des suspects. Par contre, personne ne pourra rien me reprocher : de toute évidence, j'aurai une fois de plus entrepris une de mes excursions favorites dans le Tarkihl, c'est tout…

Que je sois d'accord avec elle ou non, je ne trouvai rien à opposer à sa logique. Ce devait être la même chose pour mon père adoptif car il se mit sans hésitation à lui décrire le chemin. Après la troisième indication, elle l'interrompit.

— C'est parfait, Fartuloon. À partir de là, je sais comment rejoindre tes appartements. Il ne me faudra pas longtemps avant d'être de retour ici.

— Nous craignons pour ta sécurité, lui répondit-il avant d'ajouter gravement : Je veux que tu nous promettes quelque chose.

— Et quoi donc ?

— Qu'après cela tu regagnes tes propres appartements et ne les quittes plus. Tu pourras vérifier si personne n'a remarqué ton absence. Nous trois, nous resterons ici. Plus tard, s'il n'y a rien à signaler, donne-nous de tes nouvelles. Nul ne pourra alors te soupçonner si tu te livres à une autre excursion dans le Tarkihl.

Elle hocha la tête.

— Tu n'auras pas ma parole, mon oncle. Je fais partie de votre groupe et ne le lâcherai pas. Attendez-moi dans une tonta, deux au maximum. Je dois tout de même aller chercher de quoi manger !

Avant que nous n'ayions pu ajouter quoi que ce soit, elle se leva et disparut dans le passage. Je voulus la retenir mais Fartuloon m'agrippa par le bras.

— Laisse-la aller, Atlan. Elle a pris sa décision. Quant à nous, il serait bon que nous dormions, à présent. Nous aurons bientôt besoin de toutes nos forces.

Je suivis son conseil et m'étendis sur l'un des lits.

Je m'endormis presque immédiatement. La fatigue accumulée au cours des deux dernières tontas exigeait son tribut.

CHAPITRE VI

FARTULOON, L'ARRACHEUR D'ENTRAILLES

Sofgart l'aveugle était réputé comme le plus cruel exécuteur des basses œuvres de l'Empereur. Sofgart et ses mercenaires, les redoutés Kralasènes... On disait même qu'il possédait une planète privée sur laquelle il soumettait ses prisonniers à d'impitoyables interrogatoires. C'était seulement pour annoncer la réussite totale d'une mission qu'il revenait vers Orbanaschol III. Voilà pourquoi Sofgart l'aveugle avait été envoyé pour dénicher le Prince de Cristal, ce qui l'avait naturellement mené sur les traces de Fartuloon.

Victime de son dévouement envers l'ancien Empereur d'Arkonis, le Carabin s'était à maintes reprises trouvé sur le fil du rasoir. Les espions d'Orbanaschol III rôdaient partout, jusque dans le Tarkihl, et Fartuloon avait toujours fait des pieds et des mains pour ne pas éveiller leur méfiance. Il avait toujours cru qu'Atlan ne pourrait se trahir puisqu'il ne connaissait rien de ses origines. Mais c'était sans compter sur les souvenirs antérieurs du jeune homme. Vagues et estompés, ils lui revenaient de temps à autre sous la forme de rêves. Il arrivait ensuite qu'Atlan les mentionne parfois lorsque les conversations entre aristocrates tournaient autour d'Arkonis et du Palais de Cristal. Les questions que se posait l'adolescent au sujet de sa prime enfance et les associations d'idées qu'il établissait alors avec ces songes s'étaient plus d'une fois révélées sources de problèmes.

Un jour, une de ces réminiscences avait failli lui être fatale : Atlan avait dépeint à un aristocrate avec lequel il s'était lié d'amitié les représentations précises qu'il s'était forgées de Gos'Ranton ou Arkonis I, le Monde de Cristal, bien qu'il n'y soit jamais allé. Puis il s'était mis à exposer des choses censées être inconnues du public. Le noble, un favori d'Orbanaschol, en avait immédiatement conçu des soupçons. Fartuloon était toutefois parvenu à l'éliminer discrètement avant qu'il n'ait le temps d'alerter l'Empereur.

Atlan, seul et unique témoin de cet acte, n'avait pas manqué de lui demander pourquoi il avait tué un homme qui bénéficiait de sa confiance et de son amitié. Le Carabin avait alors été bien près de lui révéler toute la vérité. Il n'en avait pourtant rien fait. La raison l'avait emporté, et depuis lors Fartuloon attendait avec impatience le jour où il pourrait sans risque briser le sceau du secret qui l'avait lié dès son arrivée sur cette planète. Ce jour était désormais imminent…

*
* *

Je me réveillai brutalement lorsque Farnathia laissa tomber les deux sacs et se mit à pleurer. Je bondis de mon lit et m'approchai d'elle. Je la pris délicatement dans mes bras.

— Tout va bien, Farnathia. Je suis là, tu as réussi.

Cependant, ses larmes ne tarirent pas. Son corps était secoué de spasmes. Je la guidai vers une des couches et l'y allongeai doucement.

— Repose-toi, jeune fille. Reprends ton calme.

Le Chrektor, qui avait émergé en même temps que Fartuloon, demanda :

— Que lui arrive-t-il donc ?

Je lui jetai un regard furieux.

— Tu ne peux pas comprendre, avec ton cœur de

glace ! le blâmai-je. Nous avons été durement éprouvés par cette aventure.

Farnathia se redressa et nous dévisagea avec une tristesse infinie.

— Jamais plus je ne pourrai voir mes parents, commença-t-elle d'une voix rauque en sanglotant. J'ai... je crois... j'ai tué l'aveugle, Sofgart. Il voulait... il me voulait... dans ma chambre...

Elle s'interrompit et se recroquevilla contre le mur. Fartuloon était blanc comme un linge et me scrutait, impuissant. Impassible, Griffe-de-Glace saisit les sacs et vérifia leur contenu, poussant à plusieurs reprises des grognements de satisfaction. Je posai ma main contre le front brûlant de mon amie.

— Dors, maintenant. Tu nous raconteras le reste plus tard, en temps voulu. M'entends-tu ? Nous sommes en sécurité ici, à moins que... (Je frissonnai à cette idée) À moins que tu ne sois aussi essoufflée parce que quelqu'un t'a suivie...

Elle secoua la tête et enfouit son visage entre ses mains. Nous patientâmes sans la brusquer.

Elle a blessé – voire tué – Sofgart l'aveugle. Du moins s'est-elle battu avec lui et lui a échappé. Il lui est donc impossible de rentrer chez elle pour le moment. Peut-être même ne le pourra-t-elle plus jamais. Elle dépend maintenant de nous comme nous dépendons tous les uns des autres. Envers et contre tout, elle est liée à nous.

— Atlan a raison. Tu dois te reposer. Cette histoire peut attendre, chuchota Fartuloon.

Mais elle leva vivement les yeux et posa un regard désespéré sur le petit groupe.

— Non. Il faut d'abord que je vous raconte tout, ensuite je dormirai quand je le déciderai ! Il vaut mieux que vous sachiez ce qui s'est passé afin de réfléchir à ce que nous allons pouvoir faire pour nous tirer de ce guêpier !

*
* *

Farnathia avait immédiatement trouvé le premier passage secret dont nous avait parlé Fartuloon, emprunté l'escalier, et était arrivée dans un long corridor qu'elle avait suivi jusqu'au repère d'après. Puis elle avait couru, sans changer de niveau, pour enfin atteindre sur la droite un large couloir qui rejoignait l'aile principale abritant les appartements du Tato. Deux décitontas plus tard, elle était parvenue aux siens et s'y était engouffrée précipitamment. Infiniment soulagée, elle retira alors son manteau, se laissa tomber sur le lit et se détendit quelques instants. Grande était la tentation de fermer les yeux et de tout oublier, comme si tout cela n'avait été qu'un mauvais rêve. Son inquiétude pour ses amis fut cependant la plus forte. Elle se leva prestement et activa le canal holovidéo d'information qui diffusait en permanence des nouvelles de Gortavor.

Elle n'avait encore jamais vu Sofgart, mais la description que lui en avait faite Atlan lui suffit pour l'identifier au premier regard. L'homme était si laid qu'elle faillit avoir le réflexe d'éteindre l'appareil ; elle se contrôla pourtant et se contraignit à écouter ses paroles. Il était justement en train d'annoncer à la planète la fuite du criminel Fartuloon et offrait, pour sa capture, la prime colossale de cent mille chronners !

Il sait pertinemment que le Carabin jouit d'une immense popularité au sein du peuple, et que personne ne le trahirait si la récompense n'était pas conséquente !

Simultanément, le chef des Kralasènes déclara que l'alerte générale était déclenchée sur l'ordre d'Armanck Declanter. La traque avait commencé. Farnathia poussa un soupir quand l'affreux visage disparut.

Voir la physionomie de l'officier des gardes du Tato

qui transmettait aux habitants du Tarkihl les consignes usuelles en cas d'alerte fut un vrai plaisir pour elle à côté de ce à quoi elle venait d'assister. Elle remarqua que l'agitation commençait déjà à gagner. Fartuloon devait êtrc extrêmement précieux pour Sofgart, mais peut-être la fureur du bourreau de l'Empereur n'était-elle qu'une question de fierté offensée.

Tout à coup, le carillon de la porte retentit. Farnathia sursauta et retint son souffle. Était-on déjà sur sa trace ?

Dans ce cas ils ne sonneraient pas !

Elle se leva et ouvrit. C'était son père. Derrière lui, deux factionnaires étaient figés en position défensive. Il sembla soulagé en apercevant sa fille.

— Est-ce que je te dérange ? demanda-t-il avant d'entrer.

Farnathia ferma la porte et le suivit. Il désigna du doigt l'holoconsole.

— Je constate que je n'ai rien de neuf à te révéler. Fartuloon a pris la fuite.

— Oui, père, et j'espère sincèrement qu'on ne le retrouvera pas !

Le Tato fit quelques grands gestes affolés, comme s'il craignait d'être écouté par un espion invisible.

— Dans le Tarkihl, les murs ont des oreilles ! la prévint-il. Évite désormais de déclarer de telles choses à la légère ! Me comprends-tu ?

— Nul ne peut nous entendre ici, père, soyez tranquille. Je connais tous les secrets du Tarkihl.

Il recouvra rapidement son sang-froid et attira un fauteuil.

— Sois tout de même prudente. Cet émissaire d'Orbanaschol est un véritable démon. Je crains qu'il ne réussisse à mettre la main sur Fartuloon. Le Tarkihl est ceinturé de toutes parts par les soldats. Personne ne passera entre les mailles du filet.

— Ne pouvais-tu vraiment rien faire pour aider Oncle Fartuloon, père ?

— En agissant dans ce sens, je nous aurais tous plongés dans le plus grand des malheurs, mon enfant. Personne ne contrarie impunément l'Empereur. Je n'avais pas le choix, mais il semblerait que quelqu'un ait ensuite tranché à ma place. Trois Kralasènes ont été tués par les inconnus. Sofgart écume de rage. Il a promis d'expédier les libérateurs de Fartuloon sur sa planète maudite. Ce que cela signifie, nous le savons tous…

— Il faudrait déjà qu'il les découvre, sourit Farnathia.

— Tu te réjouis de cette évasion ? s'étonna-t-il. N'en fais part à personne d'autre que moi !

— Bien sûr. As-tu une idée des coupables ?

Il haussa les épaules.

— Sais-tu où se cache Atlan ? Je reviens à l'instant de l'appartement de Fartuloon. Même ce « Griffe-de-Glace » a disparu, bien qu'il aient tous deux été vus en train de pénétrer dans le Tarkihl.

— Cet édifice est très vaste, père.

— Gigantesque, veux-tu dire ! Tu n'en connais qu'une infime portion, et c'est certainement bien plus que je n'en ai moi-même exploré. Crois-tu qu'Atlan serait parti à l'aventure dans ses entrailles ?

Farnathia avait conscience de danser sur le fil du rasoir.

— Il m'a souvent accompagnée, mais je doute qu'il ose tenter une investigation poussée sans mon aide. Pourquoi me demandes-tu cela, père ?

— Il serait bien naturel qu'il lui vienne à l'esprit de vouloir libérer son père adoptif, ne crois-tu pas ? Il te faudra bien admettre cette possibilité s'il tarde à resurgir.

— Et même si c'était le cas, que ferais-tu ? Songerais-tu à le livrer ?

— Non. Mais je ne pourrais pas lui apporter mon aide.

Elle le crut sur parole. Il avait décidé de ne pas se mêler de ce qui pourrait le mettre en danger, lui ou sa famille et se comportait donc de façon totalement neutre.

— Je suis fatiguée. J'aimerais dormir, murmura-t-elle.

Declanter jeta un dernier regard sur l'holoconsole qui diffusait à présent des informations sous forme écrite, puis il se leva et se dirigea vers la sortie.

— Je reviendrai te voir plus tard.

Elle le suivit des yeux tandis qu'il quittait la pièce. Elle avait le terrible sentiment de l'avoir vu pour la dernière fois.

Et si maintenant je décidais de rester ici, d'oublier tout ce qui se rapporte à Atlan ou à Fartuloon, je serais délivrée de tout souci. Personne n'aurait rien à me reprocher, pas même ce terrible Sofgart et sa garde déguenillée... Atlan !

Elle bondit sur ses jambes et verrouilla soigneusement le panneau pour que personne ne la surprenne, puis elle fouilla ses réserves en quête de provisions. Elle fourra le tout dans deux sacs et les fixa à une courroie pour pouvoir tout porter sur ses épaules.

Elle revint ensuite dans sa chambre. Peut-être ne la reverrait-elle pas de sitôt. Avec de la chance, aucun soupçon ne s'orienterait dans sa direction même si elle disparaissait pendant un temps anormalement long. Les gens pouvaient supposer qu'elle avait été victime d'un quelconque fantôme des abîmes durant l'une de ses incursions aventureuses au plus profond du Tarkihl. Aucun Arkonide sensé ne se hasarderait à conclure qu'elle se cachait avec Fartuloon. Elle enfila son manteau, saisit les sacs, ouvrit la porte et se retrouva nez à nez avec Sofgart l'aveugle.

Elle vacilla sous le choc, à deux doigts de perdre

conscience. Ses genoux flageolèrent et elle ferma les yeux pour ne plus contempler cet affreux visage. Mais elle réalisa soudain qu'en cet instant, son sort dépendait uniquement de la façon dont elle allait se comporter et de sa vivacité d'esprit à l'égard de ce monstre. Elle se contraignit à sourire.

— Oh ! dit-elle, sans plus.

Un rictus et un ricanement glacé répondirent à son exclamation.

— Vous voulez partir, ma jolie ? (Sofgart désigna les sacs.) Êtes-vous au courant que nous sommes en état d'alerte, mon enfant ?

Plus mon mensonge sera proche de la vérité, moins j'aurais l'air suspecte.

— Je ne pars pas loin, Zhdopan. Juste me promener dans le Tarkihl, sans en sortir. Je vais toujours marcher lorsque je m'ennuie.

— Vous pouvez m'appeler Sofgart…

Pourquoi tant de politesse ? s'étonna Farnathia, révulsée.

— Je suppose que vous possédez une grande connaissance du Tarkihl. Êtes-vous déjà allée dans l'Aile Bleue ?

Une vague de frayeur glaciale la fit intérieurement frissonner.

— Non ! Jamais ! Je ne le puis, Zhdo… Sofgart. C'est un endroit où je n'ai pas le droit de me rendre. Mon père me l'a formellement interdit.

— Et vous respectez toutes ses interdictions ?

– Naturellement ! Je suis une fille obéissante.

L'aveugle ricana de plus belle.

— Je venais simplement vous rendre visite. Votre petite excursion peut attendre… ou ne le peut-elle pas ?

Farnathia hocha la tête sans mot dire et recula pendant que l'autre entrait dans l'appartement. Puis elle demanda timidement :

— Que voulez-vous de moi, Sofgart ?

— Juste vous poser quelques questions. Qu'y a-t-il dans ces sacs ?

Elle hésita, et ce fut là son erreur. Il les lui arracha sans peine des mains et les ouvrit. Son sourire disparut subitement.

— Avez-vous l'intention de consommer tout cela durant une simple promenade, ma mignonne ? Vous devez posséder un estomac particulièrement volumineux !

Avant qu'elle n'ait le temps de l'en empêcher, l'aveugle se pencha et posa une main sur son ventre. Le frisson de dégoût de Farnathia, impossible à réprimer, chassa le nouveau ricanement qui accompagnait ce geste. Sur ses bras, la jeune fille sentit se hérisser quelques fins poils blonds.

— Pourtant, à première vue, on ne dirait pas !

Farnathia se sentait acculée dans ses derniers retranchements. Convulsivement, elle chercha une excuse.

— Je me suis égarée une fois, Sofgart, commença-t-elle d'un air aussi sincère que possible. Des pauvres bougres sont déjà morts de faim, là en bas. Et je ne veux pas que le même sort m'arrive, à moi.

— Je comprends… Mais je ne vous crois pas le moins du monde. Vous savez où se cache Fartuloon et vous cherchez à l'aider ! Menez-moi jusqu'à lui.

— Je n'en ai pas la moindre idée. Je vous jure…

Il s'approcha encore et lui asséna une violente gifle, la projetant sur le lit, puis il vint rapidement s'asseoir près d'elle pour l'empêcher de s'échapper et immobilisa le canon du radiant sanglé à son avant-bras à quelques centimètres du corps tremblant de Farnathia.

— Vous avez grandement intérêt à parler, fille de l'honorable Tato de Gortavor, si vous ne voulez pas que je vous fasse souffrir d'une façon que vous n'avez pas même imaginée dans vos pires cauchemars !

Elle ne savait pas ce qu'il avait l'intention de faire, mais son instinct la mit en garde. Elle tâtonna désespérément autour d'elle, en quête d'une arme. Son regard tomba alors sur une statuette de métal posée sur sa table de chevet. C'était une copie de l'animal quadrupède qui dissimulait le mécanisme d'ouverture de nombreux passages secrets. Elle mesurait une vingtaine de centimètres de haut et pesait très lourd. Si elle pouvait la saisir et l'écraser sur ce crâne haï... Sofgart l'aveugle et ses entonnoirs oculaires de métal, lui avait dit Atlan, semblait ne pas voir aussi vite qu'un Arkonide « normal ». Peut-être cela lui sauverait-il la vie...

— Il n'en est pas question ! s'écria-t-elle afin de le provoquer et de détourner son attention.

Il se pencha alors prestement et défit le manteau de Farnathia. Tandis qu'il cherchait les autres fermetures, ses doigts se mirent à trembler d'une excitation soudaine. Durant un instant, la jeune fille ne vit plus rien d'autre que le capuchon de cuir qui couvrait la tête de son tortionnaire. Elle se releva alors brutalement, comme si elle avait tenté de se défendre. L'aveugle esquissa un geste pour l'obliger à se recoucher et elle s'empara de la statuette, puis l'abattit de toutes ses forces sur le crâne de l'adversaire. Sofgart s'effondra immédiatement sous le choc et s'affala sur elle. Avec toutes les peines du monde, elle parvint à se débarrasser de la charge. Selon toute apparence, l'aveugle était inconscient ou bien mort. Quoi qu'il en soit, il ne bougeait plus. Le sang suintait d'une plaie béant à son front, et la flaque s'élargissait toujours davantage.

*
* *

Farnathia conclut son récit sur ces mots :

— Je serais incapable de vous dire s'il est mort ou non. Son capuchon de cuir a probablement amorti l'impact. En tout cas, il ne remuait plus. Toutefois, s'il revient à lui, il se lancera immédiatement à notre recherche. Il sait que nous sommes ici, en bas. Il ne lui a pas fallu longtemps pour tout comprendre après qu'il a découvert les provisions. J'ai tout remis dans les sacs puis j'ai utilisé ma carte-code pour verrouiller la porte de mes appartements. Mon retour jusqu'à vous n'a été marqué d'aucun incident notable.

Nous gardâmes le silence pendant plusieurs centitontas. Puis Fartuloon prit la parole.

— Le Tarkihl est en état de siège. Même si nous réussissions à atteindre la surface sans nous faire repérer, nous n'aurions aucun moyen de fuir. L'unique solution, pour le moment, consiste à nous dissimuler du mieux que nous le pouvons – à savoir dans les profondeurs insondables de l'édifice. Là seulement, nous serons en sécurité.

Griffe-de-Glace frissonna.

— Quelle y est la température ? Fait-il froid ou chaud ?

— Tu n'as rien à craindre, le rassura Fartuloon.

Je proposai de prolonger notre pause pour donner à Farnathia l'occasion de se reposer. Elle devait avoir subi la pire frayeur de sa vie lorsqu'elle avait compris ce que lui voulait Sofgart. Même si personne ne l'avait ouvertement exprimé, nous savions tous de quoi il s'agissait.

Nous avalâmes sans appétit un repas frugal avant d'emballer les restes. Puis une pensée terrible me traversa l'esprit.

— Fartuloon, dis-je d'une voix incertaine, nous n'avons rien à boire. Farnathia a oublié…

Il hocha lentement la tête. En tant qu'homme d'expérience, il avait depuis longtemps déjà noté ce détail.

— La nourriture nous permettra de tenir plusieurs pragos si nous nous rationnons raisonnablement. Pour le reste, là où nous allons, il y a plus d'eau que nous ne pourrons jamais en boire !

— Comment peux-tu le savoir ?

— Je le sais. Un point, c'est tout !

Sur ces mots, il s'allongea sur un lit et ferma les yeux. Je n'avais d'autre choix que de l'imiter. Rongé par tous nos soucis, j'eus du mal à m'endormir. Farnathia se blottit contre moi et je l'enlaçai en fixant le plafond. L'espace d'un prago, mon monde et tout ce en quoi je croyais venaient de s'écrouler. Jamais l'avenir ne m'avait paru si sombre. J'avais l'impression que le sol ferme s'était dérobé sous mes pieds. Malgré le courage dont elle avait dû faire preuve, seule Farnathia semblait exempte de toute inquiétude. Elle sommeillait paisiblement. C'est alors que je pris réellement conscience d'un sentiment qui m'habitait depuis longtemps – voire depuis toujours. J'étais amoureux.

*
* *

Une vingtaine de tontas plus tard, Fartuloon nous offrit une autre démonstration de son impressionnant savoir. Si j'avais parfaitement compris que l'exploration de cette zone « interdite » du Tarkihl n'était pas chose nouvelle pour lui – ce qui était plutôt rassurant pour nous –, cette certitude ne faisait qu'augmenter l'aura de mystère qui planait autour de mon père adoptif. Depuis un bon moment déjà, nous n'empruntions plus d'issue dérobée ni de tunnel souterrain. Nous marchions le long de vastes couloirs et traversions d'immenses salles dont les plafonds, situés à plus de dix mètres au-dessus de nos têtes, miroitaient d'une lumière pastel. De plus en plus souvent, nous découvrions dans ces pièces des machines et d'étranges appareils dont nous ne parvenions pas à deviner les fonctions. Fartuloon était lui aussi incapable de nous dire à quoi ils servaient et qui les avait construits – du moins nous l'affirmait-il.

Tout autour de nous résonnait un bourdonnement continu et presque inaudible, comme si nous avions côtoyé des convertisseurs nucléaires travaillant à plein régime. Griffe-de-Glace émit l'hypothèse que nous progressions à proximité des installations énergétiques, datant de l'époque des bâtisseurs, qui alimentaient tout le Tarkihl en électricité. Fartuloon ne le contredit pas.

— C'est là qu'on trouve les systèmes de retraitement des déchets domestiques ou radioactifs, les répartiteurs centraux de la climatisation, de l'eau chaude et du chauffage, et même les équipements sanitaires.

Farnathia se tenait près de moi. Elle avait repris des forces et donnait une grande impression de confiance. Elle semblait avoir surmonté le choc initial et être certaine que plus personne ne nous suivait.

Fartuloon s'immobilisa soudain.

— Encore quelques centaines de mètres, et vous allez avoir une grande surprise. Je suis déjà passé par là plusieurs fois, mais sans m'octroyer le temps de m'y attarder. Maintenant, nous en avons plus qu'il n'en faut. Nous séjournerons un ou deux pragos dans *la ville*.

— *La ville* ? répétai-je en le dévisageant comme s'il avait perdu la raison. Que veux-tu dire ? Pas qu'il existe ici-bas une véritable ville au sens où nous l'entendons, je suppose ?

— N'ai-je pas été assez clair ? me rétorqua-t-il d'une voix qui trahissait son irritation.

Nous reprîmes notre avance. Le couloir s'élargissait avec régularité. Cela n'était pas sans me rappeler les avenues et rues immenses que montraient les holophotographies de cités gigantesques édifiées sur d'autres planètes de l'Empire. Ici aussi il semblait y avoir plusieurs chaussées, mais aucun véhicule ne les parcourait. Les glissières de guidage partageaient la surface de métal poli en cinq allées différentes mesurant chacune environ cinq mètres de large. Les bordures de cette voie étaient occupées par des bandes porteuses destinées aux piétons, toutefois elles ne fonctionnaient pas. Plus loin, l'artère s'enfonçait un peu avant de déboucher dans une caverne à l'étendue démesurée. À quelques centaines de mètres de nous s'élevait une ville de taille honorable, ici, sous la surface de Gortavor !

Il ne nous fallut que quelques centitontas pour l'atteindre. Un réseau de rues s'éparpillait dans toutes les directions à partir d'une place centrale. Tout le secteur était constellé de constructions régulières, de hautes colonnes parallélépipédiques aux façades miroitantes entourées d'anciens parcs moribonds. Loin au-dessus de nos têtes s'étalait un ciel artificiel bleuté, pour lequel le réalisme avait été poussé jusqu'à y faire figurer un soleil et des nuages. J'estimai le diamètre de la cité à deux kilomètres et la hauteur du soleil à deux cents mètres, mais je pouvais me tromper du simple au double.

Fartuloon jouissait de notre confusion avec un plaisir évident. Il nous indiqua un entablement étroit qui suivait la paroi de la cavité et nous invita à imiter son exemple. Il s'assit aussi confortablement qu'il le pouvait et se mit à nous raconter comment il avait découvert tout ceci.

— Voilà environ dix ans que je connais ce lieu, depuis la première fois où j'ai osé m'aventurer jusqu'ici. Cette ville est une merveille de technologie et d'architecture non arkonides. Autant que je peux me souvenir, nulle cité de ce genre n'est mentionnée où que ce soit dans les archives. Ce qui signifie à coup sûr qu'elle n'a pas été bâtie par des Arkonides mais par les membres de la civilisation qui nous a précédés sur ce monde. Des ruines et artefacts du Grand Peuple dont parlent beaucoup de légendes ont été retrouvés sur de nombreuses planètes. Je m'étonne encore aujourd'hui que les véhicules qui devaient autrefois animer ces rues aient tous disparu, à l'instar de leurs propriétaires, ceux qui vivaient ici à une époque reculée.

— Peut-être ont-ils entrepris une expédition interstellaire et se sont-ils perdus… hasarda Griffe-de-Glace.

Fartuloon hocha la tête sans moquerie.

— Malgré l'apparente absurdité d'une telle hypothèse, peut-être est-ce la stricte réalité.

C'était incompréhensible. J'avais vécu presque deux décennies dans ce palais – au demeurant déjà remarquable – et jamais encore je n'avais su que les ruines d'une fière civilisation reposaient sous mes pieds, inconnues et inexplorées. Nous décidâmes d'une pause pour nous restaurer. Mais la soif commençait à se faire sentir. J'en avisai Fartuloon.

— Ne t'inquiète pas, mon garçon. En bas, dans la ville, il y a assez d'eau pour nous tous. De l'eau fraîche. Les épurateurs fonctionnent toujours. Probablement depuis des millénaires !

Bien que cette information soit plutôt rassurante, elle eut en même temps sur moi un effet angoissant.

Pourquoi les bâtisseurs d'une telle ville avaient-ils éprouvé le besoin de s'établir aussi profond sous la surface de leur monde si les conditions de vie étaient meilleures à l'air libre ? Quelle raison avait bien pu les pousser à se retirer dans les entrailles de Gortavor ? Et par-dessus tout : où étaient-ils passés ?

Comme s'il avait lu dans mes pensées, Fartuloon répliqua :

— Inutile de se poser des questions, Atlan. Voilà dix ans que je le fais et je n'ai encore trouvé aucune réponse. La ville est là. C'est la seule chose dont nous pouvons être sûrs. Alors, qu'y a-t-il à manger ?

Une fois nos rations terminées, nous continuâmes à suivre l'allée et nous retrouvâmes au niveau des premières habitations. Nous ne pûmes nous empêcher de pénétrer dans la plus proche d'entre elles pour boire, même si Fartuloon nous avait informés que nous n'étions pas loin d'une fontaine. Dans plusieurs pièces, nous identifiâmes quelques meubles. La fonction de certains était évidente tandis que je ne savais pas quoi penser des autres. Sans tarder, je découvris le distributeur d'eau. Quand je pressai le bouton, un liquide glacé coula du robinet et je me mis à boire avec avidité. À chaque gorgée, ma confiance en Fartuloon augmentait. Bientôt rassasié, je rejoignis la sortie. Les autres m'avaient attendu. Ils reprirent la marche dès qu'ils m'aperçurent.

Mon père adoptif nous informa qu'il nous conduisait à un endroit précis qu'il avait repéré durant un précédent séjour.

— Nous y trouverons un logement confortable, de l'eau et d'autres choses qui pourraient vous intéresser. Avec un peu de chance, nous mettrons même la main sur un moyen de regagner la surface à l'extérieur du Tarkihl. Les intelligences qui ont construit cette cité ont pensé à tout, y compris au fait que nous aurions un jour besoin d'une voie d'évasion !

Notre chemin s'enfonçait dans la ville fantôme. Nous atteignîmes bientôt une place qui, selon mes estimations, était située au centre de l'agglomération. De nombreuses rues y débouchaient, longées par des séries d'habitations individuelles à quatre étages. Le ciel azuré scintillait au-dessus de nous, et le soleil artificiel stationnait maintenant à notre exacte verticale. Il était sans doute alimenté par un microréacteur à fusion et soutenu par de puissants champs antigrav. L'« horizon » était dissimulé par les édifices, mais j'arrivais sans peine à imaginer qu'il n'était composé que d'une paroi de roche nue équipée de projecteurs holographiques qui contribuaient à augmenter le réalisme de la voûte céleste. Ici, en centre-ville, il suffisait de séjourner durant un court laps de temps pour oublier que l'on se tenait à l'intérieur d'une immense cavité rocheuse.

— Je n'aurais jamais cru qu'il puisse exister de telles choses là en bas ! s'émerveillait Farnathia. C'est fantastique !

Le bras tendu, Fartuloon effectua un tour sur lui-même.

— Voilà où vivaient les étrangers qui ont bâti le Tarkihl. De cet endroit, peut-être ont-ils régné sur toute la planète comme le fait aujourd'hui le Tato au nom du Grand Empire. Personne ne nous trouvera ici. Nous sommes en sécurité. Suivez-moi. Vous allez voir que j'ai été bien inspiré en prévoyant une telle situation.

Puis, d'une intonation qui donnait l'impression qu'il souhaitait s'excuser, il ajouta :

— Quoique…

Griffe-de-Glace frissonna de bien-être.

— Comme il fait chaud ! J'espère que ce soleil va rester à sa place !

— Il y restera. Toutefois, il s'éteint à intervalles réguliers et une nuit fraîche tombe alors. Le système automatique est dissimulé quelque part dans la roche autour de nous. Je ne l'ai pas encore repéré, mais il doit être relié au complexe énergétique du Tarkihl.

Fartuloon nous conduisit jusqu'à une habitation qui ressemblait trait pour trait à celle que nous avions visitée. De larges marches menaient jusqu'à l'intérieur. Tout y était étonnamment bien rangé, comme si les occupants des lieux allaient rentrer de promenade d'un instant à l'autre. Du grand vestibule partaient divers couloirs, mais je ne distinguai aucune porte.

Fartuloon indiqua un escalier.

— Nous montons, dit-il en joignant le geste à la parole.

Au deuxième étage, nous échouâmes sur une rangée

de vantaux. Fartuloon ouvrit l'un d'eux et se tourna vers nous.

— Je vous propose de visiter mon humble résidence secondaire, déclara-t-il avec une révérence ironique en pressant la main sur un capteur thermique.

Ce fichu cachottier ! pensai-je malgré moi en faisant un pas dans le salon douillet – doté de tous les aménagements possibles et imaginables – qui venait de se dévoiler devant nous.

Fartuloon paraissait avoir récupéré des équipements dans toute la ville, comme s'il avait projeté d'ouvrir un musée.

Il nous observa en ricanant tandis que nous admirions sa « résidence secondaire ».

— Je savais que j'en aurais un jour besoin, déclara-t-il en s'installant dans un fauteuil de forme singulière. Griffe-de-Glace, ferme la porte pour éviter les courants d'air !

Nous entamâmes la visite des pièces avoisinantes, généralement dépourvues de tout meuble. Dans certaines nous trouvâmes certes des lits ou des tables, mais rien de plus. J'entendis la voix de Fartuloon appeler derrière moi.

— Atlan ! Deuxième porte à gauche ! La cuisine !

J'avais décidé en moi-même de ne plus m'étonner de rien. Certains objets de la fameuse cuisine me parurent bien étrangers, néanmoins je parvins à identifier leurs fonctions. Le distributeur d'eau était opérationnel. Dans une glacière, je découvris des provisions tout droit sorties des réserves du Tato. Elles nous auraient suffi pour tenir au moins deux années arkonides ! Je revins au salon.

— Tu as magnifiquement planifié ta fuite, murmurai-je en m'asseyant. As-tu d'autres surprises dans ton sac ?

Fartuloon hocha la tête.

— Certainement, et je vous les ai promises !

De son fauteuil, il actionna une commande à distance. La porte de l'une des armoires s'ouvrit et dévoila un écran vidéo de plus d'un mètre carré qui s'illumina immédiatement. Je reconnus la salle de consultation du Tato.

— Comme tu le constates, nous pouvons sans bouger d'ici suivre tout ce qui se passe en haut. Et cette installation n'est même pas de moi. Je l'ai trouvée en parfait état de marche à mon arrivée ici. Dommage qu'aucun entretien n'ait lieu en ce moment, mais j'aurai bien assez tôt l'occasion de vous faire une démonstration !

L'écran s'éteignit et disparut de nouveau au fond du placard. Farnathia s'était remise de sa stupeur effarée. Je lui montrai la cuisine et les réserves. Il n'y avait que des mets sélectionnés, ce qui ressemblait parfaitement à mon père adoptif. Elle secoua la tête.

— Comme si ton maître avait pressenti qu'il devrait fuir un jour, Atlan ! Mais tout cela me donne à espérer que nous avons une chance de nous en sortir. Ce Sofgart – au cas où il vivrait encore – ne peut éternellement séjourner sur Gortavor pour nous rechercher. Pourvu qu'il ne soit pas mort ! La seule idée d'avoir ôté la vie à un Arkonide m'est insupportable !

— Ce n'est pas un Arkonide mais une brute sanguinaire, la contredit Griffe-de-Glace qui avait entendu ses mots. Quel lit puis-je utiliser ?

Sa question fit office de déclic. Nous sentîmes soudain la fatigue peser comme du plomb dans nos membres et, bientôt, nous nous retrouvâmes tous allongés dans les lits.

*
* *

Le « soleil » était levé depuis plusieurs tontas, mais je n'en avais rien remarqué. Fartuloon me confirma que j'avais dormi plus de dix tontas. J'étais par conséquent en pleine forme et prêt à l'action. Il en allait de même pour mes autres compagnons. Farnathia entreprit de préparer le petit déjeuner, cependant elle nous chassa hors de la cuisine quand nous voulûmes lui offrir un peu d'aide. Nous nous assîmes donc ensemble au salon.

Fartuloon s'affairait à la console de commande de l'écran d'observation dont il entreprit de m'expliquer le fonctionnement.

— Voici le sélecteur, Atlan. D'ici, nous pouvons avoir un œil sur la majeure partie des secteurs supérieurs et inférieurs du Tarkihl.

Une nouvelle image indistincte – quoique parfaitement reconnaissable – apparut sur l'écran : l'Aile Bleue…

Le grand couloir principal était bondé de soldats du Tato et de quelques Kralasènes, flânant comme s'ils attendaient quelque chose. Quelques-uns portaient des sacs en bandoulière et un étui à la hanche. Nous ne pouvions nous faire une idée de la quantité de provisions et de munitions dont ils disposaient. Quoi qu'il en soit, ils étaient tous lourdement armés. À l'arrière-plan, dans l'escalier qui menait au Tarkihl supérieur, nous perçûmes un mouvement. Trois hommes descendaient dans l'Aile Bleue, et parmi eux…

— Sofgart l'aveugle, confirma calmement Fartuloon. Il a survécu à ton coup, Farnathia. Voilà une occasion d'apprendre ce qu'il projette.

Flanqué de ses deux sbires, visiblement d'autres Kralasènes, il rejoignit la troupe et s'immobilisa. D'une voix stridente, il ordonna que soient sondées les profondeurs du Tarkihl afin de retrouver la trace des fugitifs.

Il termina sur ces mots :

— Il me faut le Carabin vivant, ainsi que la fille. Vous connaissez la récompense que j'offre pour leur capture ! Il est également possible que le fils de Fartuloon les accompagne, mais je ne place aucune prime sur sa tête. Éventuellement pour cet étrange Chrektor qui a tué au moins un Kralasène, peut-être les trois. Où est celui qui doit nous guider dans ce labyrinthe ?

L'un des gardes du Tato s'avança.

— Très bien ! Marche devant et montre-nous le chemin !

Ils se mirent en route et disparurent à nos regards, la caméra du corridor ne pouvant les suivre.

— Parviendront-ils jusqu'ici ? m'enquis-je, inquiet.

— Probablement. L'aveugle ne reculera devant rien.

— Pouvons-nous tenter quelque chose contre eux ?

— S'ils nous repèrent, nous n'aurons d'autre choix que la fuite, mon fils. Nous pourrons nous enfoncer encore plus loin dans les profondeurs, mais nous n'y trouverons ni ville ni confort d'aucune sorte. Il serait peut-être judicieux de commencer à préparer quatre paquetages de provisions et d'eau afin de ne pas perdre de temps. Peux-tu t'en charger, Farnathia ? Je vais voir s'il y a moyen d'activer les dispositifs d'alarme de la ville.

Je ne posai pas d'autre question. Fartuloon savait ce qu'il avait à faire. Après son départ, je m'installai face à l'appareil de surveillance et découvris qu'à partir de celui-ci rien ne pouvait échapper à nos regards. Je constatai, ébahi, que des caméras secrètes étaient dissimulées dans nos anciens appartements puis je parcourus les secteurs inférieurs du Tarkihl, vides et désolés. Malgré le cours accéléré de Fartuloon, j'avais encore du mal à maîtriser toutes les commandes du système. Pendant ce temps, Griffe-de-Glace entreprit d'explorer la cité. Il rentra un peu plus tard chargé d'un tas de vieilleries qu'il pensait emporter. Je m'étonnai de l'étrangeté des objets qu'il avait réussi à dénicher.

Fartuloon revint peu de temps avant l'extinction du soleil.

— Je pense que cela devrait marcher. Il existe un détecteur à mi-chemin entre l'entrée de la caverne et nous. S'ils découvrent la ville, nous les repérerons immédiatement. Toutefois, il est nécessaire que l'un de nous surveille en permanence l'écran. Dès que l'aveugle et ses hommes seront là, nous aurons une demi-tonta, pas un instant de plus. J'assurerai le premier tour de garde.

Je déplorais que ce « détail » nous empêche de profiter au maximum de tout le confort que nous avions à notre disposition, mais d'un autre côté nous ne pouvions pas séjourner ici éternellement. Sitôt Farnathia endormie, je me dirigeai vers ma chambre. Griffe-de-Glace s'accroupit sur son lit et entama l'inventaire de ses nouveaux trésors. Je poussai un ricanement ironique et sautai dans le mien.

Sofgart l'aveugle et ses Kralasènes se montrèrent deux tontas plus tard. Notre ennemi avait été aperçu un court moment durant le tour de garde du Chrektor, avant de disparaître du champ de la caméra. Fartuloon nous accorda cinq centitontas pour charger nos sacs et nous préparer à prendre la fuite.

— Il leur a fallu trois quarts de tonta pour arriver jusque-là. Ils doivent être épuisés, mais la vision de la ville risque de leur insuffler de nouvelles forces. Si nous sommes assez prudents pour ne laisser aucune trace derrière nous, ils ne pourront pas nous suivre. La cité possède une douzaine de sorties qui partent toutes dans des directions différentes. Nous prendrons la plus longue.

— Mais… Fartuloon, commençai-je, indiquant par là même que je me demandais si sa décision était à cet instant la plus opportune.

— Ayez confiance ! Je sais parfaitement ce que je fais. Si nous voulons quitter la ville – nous ne pouvons pas nous y cacher, ils nous retrouveraient tôt ou tard – il nous faut choisir le chemin qu'ils considéreront comme le moins susceptible de nous aider dans notre fuite !

— Il est aussi fort probable que ceux qui nous pourchassent auront besoin de plusieurs jours pour fouiller toute cette zone, compléta Griffe-de-Glace. D'ici là, nous nous serons volatilisés.

Fartuloon lui adressa un signe de tête pour confirmer son assentiment.

— Nous gagnerons du temps et cela nous permettra à coup sûr de trouver une nouvelle cachette. Mais, avant cela, j'aimerais envisager une autre possibilité.

Nous posâmes tous sur lui un regard interrogateur, néanmoins il secoua la tête et garda le silence. Je savais qu'il serait vain de lui poser maintenant des questions. Nous attrapâmes donc nos paquetages et quittâmes la maison en prenant soin d'effacer un maximum de traces. Les Kralasènes ne pouvaient pas ne pas tomber sur ce repaire, mais ils devraient se demander où nous avions disparu. Ils allaient perdre énormément de temps à nous chercher.

Les artères périphériques de la ville montaient toutes en altitude vers l'« horizon ». Nous suivîmes à la lettre les directives de Fartuloon, car il savait mieux que nous tous où aller et de quel délai nous disposions. Nous atteignîmes un tunnel, large bien que bas de plafond, qui s'enfonçait dans la roche. Dès que nous nous y fûmes engouffrés, Fartuloon s'immobilisa.

— Reposez-vous maintenant. Nous avons encore un long chemin à parcourir.

Il revint en arrière, à l'entrée de la cavité, passa la tête à l'extérieur et examina prudemment les alentours. Ne pouvant dompter plus longtemps ma curiosité, je m'approchai et m'installai près de lui. Farnathia et Griffe-de-Glace étaient assis sur le trottoir qui délimitait la chaussée.

— Vois-tu quelque chose ?

Il acquiesça sans me regarder.

— Ils sont de l'autre côté, à deux kilomètres d'ici.

C'est la première fois de leur vie qu'ils contemplent cela. Je donnerais cher pour savoir à quoi ils pensent à cet instant !

Nos chasseurs n'étaient rien de plus que de minuscules taches mouvantes se détachant contre l'horizon bleuâtre. Je ne parvins pas à distinguer davantage de détails. Je levai les yeux sur les toits de la cité. D'autres points s'y déplaçaient çà et là.

— La ville les retiendra un long moment, chuchotai-je pour ne pas être entendu à plus de deux mètres. Peux-tu me révéler où tu comptes nous emmener ?

Il esquissa un léger sourire mais reprit rapidement son sérieux.

— Comme tu voudras ! Nous allons visiter une zone du Tarkihl qui m'est aussi étrangère qu'à toi !

Je me figeai.

— Encore un secteur inconnu ? Comment comptes-tu nous guider si tu ignores autant le chemin à suivre que notre destination ?

— Je connais certains domaines, et j'ai lu les descriptions d'autres. Pour le reste, nous devrons improviser.

— Des descriptions ?

J'étais de plus en plus surpris.

— Comment as-tu trouvé des descriptions fiables de la partie non explorée du Tarkihl ?

— Dans la bibliothèque du Tato. Un livre parmi des milliers d'autres. Personne n'y a jamais fait attention, mais moi je l'ai découvert et je l'ai lu. Il contient le plan du Tarkihl et des indications concernant tous ses passages dérobés. Cependant, un détail m'a toujours troublé : ce livre est très ancien. Il se pourrait qu'entre temps certaines choses aient changé. De plus, je suis persuadé qu'il a été écrit par un Arkonide et non par les bâtisseurs du Tarkihl.

Il me paraissait très improbable que Fartuloon fût le seul à avoir connaissance de l'existence de cet ouvrage.

Est-il possible qu'un tel livre puisse dormir dans une bibliothèque sans que jamais nul ne le lise ? Il faut bien que quelqu'un l'y ait mis, peut-être même cette personne l'a-t-elle catalogué…

Les points sombres, dans la ville, commençaient à se regrouper et à explorer systématiquement chaque habitation. Je savais quel état d'esprit était le leur, et je ne les enviais pas. Fartuloon me tira par le bras.

— Nous devons repartir. Il est absurde de rester ici à surveiller leurs faits et gestes. Et encore une fois : ne laissez rien qui pourrait trahir le chemin que nous avons suivi !

Griffe-de-Glace, qui escomptait justement se débarrasser d'une première pièce de son étrange collection, afficha une grimace de dépit. Fartuloon lui rappela brièvement qu'il l'avait averti de ne pas en ramasser autant, mais que l'occasion de se délester du superflu se présenterait bientôt.

L'allée s'achevait devant une paroi rocheuse. Je demandai à Fartuloon quelle signification pouvaient avoir ces larges avenues qui se terminaient ainsi face à des murs.

— Il y a deux possibilités : soit les bâtisseurs originels avaient des projets qu'ils n'ont – pour une raison ou pour une autre – pas menés à terme, soit cette paroi n'est qu'un camouflage. Après tout, nous sommes au cœur du Tarkihl, et il est loin de nous avoir révélé tous ses secrets !

Après quelques centitontas de recherche, Fartuloon finit par découvrir une étroite galerie transversale dissimulée derrière une porte dérobée. Il ne devait sa trouvaille qu'aux fameuses descriptions dont il avait parlé. Selon toute logique, pour une personne ne les ayant pas lues, la voie s'arrêtait ici. Farnathia et Griffe-de-Glace nous emboîtèrent le pas. Il fallut très peu de temps avant que l'obscurité devienne totale, et nous fûmes forcés d'allumer nos torches.

Le chemin continuait à descendre. J'avais de plus en plus de mal à admettre que nous nous enfoncions sous la croûte planétaire. D'après mes estimations, nous étions quasiment à mille mètres sous la surface de Gortavor.

Nous débouchâmes enfin dans une gigantesque grotte – ce que je supposai, du moins, puisque tout à coup nos lampes n'arrivaient plus à éclairer ni la paroi opposée, ni le plafond. Ce fut là que nous rencontrâmes les premiers habitants de ce monde souterrain.

*
* *

Farnathia poussa un cri lorsque le cône de lumière de sa torche tomba sur une boule livide et sans visage, portée par deux jambes pas plus épaisses que du fil de fer. Quatre bras tout aussi grêles décrivaient des courbes dans les airs, comme pour nous adresser des signes. Fartuloon s'arrêta.

— Les *serviteurs silencieux*, déclara-t-il calmement. Ils n'incarnent nul danger mais ils peuvent nous gêner. Ils assistaient autrefois les bâtisseurs inconnus du Tarkihl, auxquels ils ont de toute évidence survécu. Ils ne nous feront aucun mal, cependant ils ne sauront nous aider car il n'y a pas moyen de communiquer avec eux.

Farnathia serra si fort mon bras que j'aurais presque hurlé de douleur et de surprise. Je tentai de leur parler.

— N'ayez pas peur. Vous êtes inoffensifs et souhaitez seulement servir, hélas l'obédience est souvent plus embarrassante et dangereuse qu'autre chose.

Je me rappelais avoir déjà vu ces *serviteurs silencieux*. Une fois dans ma vie, durant l'une de mes incursions dans le Tarkihl, j'étais tombé nez à nez avec l'une de ces curieuses boules sur pattes. J'avais fui sans chercher à comprendre la présence de cette étrange chose sphérique. Des rapports précisaient que ces créatures étaient déjà montées à la surface pour aider les Arkonides, mais ceux-ci n'avaient pas voulu de leurs bons offices car les tâches qu'exécutaient ces êtres étant totalement absurdes.

La boule s'approcha d'un mouvement irréel, presque burlesque. De quoi subsistaient-ils, ici en bas ? Là où il n'existait ni nourriture ni lumière ? Étaient-ils capables de survivre et de prospérer dans cette obscurité ? Ou étaient-ils immortels ?

Une deuxième sphère surgit, suivie d'une troisième puis d'une quatrième. Nous fûmes bientôt entourés par deux douzaines de *serviteurs silencieux* qui souhaitaient de toute évidence porter nos paquetages.

Fartuloon nous ordonna de ne leur confier en aucun cas nos sacs à provisions, et il s'adressa à Griffe-de-Glace :

— Donne-leur tes vieilleries. Je suis convaincu qu'ils les feront disparaître quelque part. Il faudra profiter de ce répit pour avancer.

Le Chrektor se laissa délester à contrecœur. Les *serviteurs silencieux* s'emparèrent de tous les objets qu'il avait amassés dans la ville souterraine et les emportèrent au loin. Il en aurait probablement été de même si nous leur avions laissé nos sacs.

Les esprits !

Je compris soudain pourquoi tant de monde y croyait, dans la partie supérieure du Tarkihl. Il ne pouvait s'agir que de ces créatures qui avaient survécu à leurs anciens maîtres.

— Nous devons nous en débarrasser, dit Fartuloon. Mais de quelle manière ?

— Ne pourrions-nous leur confier aucune tâche ? voulus-je savoir.

— Bien sûr que si. Par exemple, les envoyer dans la ville s'occuper de Sofgart l'aveugle et de ses hommes, à condition de trouver comment le leur ordonner !

— Cela arrêterait sans nul doute nos poursuivants, émis-je, ne voyant aucune solution immédiate au problème.

Farnathia m'attira de côté. Je pressentis qu'elle avait quelque chose sur le cœur.

— Qu'y a-t-il ?

— Promets-tu de ne pas me trahir ?

Je n'avais pas la moindre idée de ce dont elle parlait.

— Dis-moi ce qui t'arrive !

Elle fouilla dans ses poches puis en sortit une petite boule. C'était une pelote de fil.

— J'ai laissé une trace, Atlan. Pas pour nos chasseurs, mais pour nous. Comme ton père ne connaît pas ce secteur, je craignais que l'on ne puisse plus jamais retrouver notre chemin, aussi ai-je déroulé et noué ce fil en plusieurs endroits à partir de la ville.

Mon sang se figea dans mes veines. Nous étions perdus. Il était quasiment impossible que les hommes de Sofgart ne repèrent pas l'indice tôt ou tard, car les issues de la cité étaient forcément les lieux où leur attention était la plus concentrée. Ils n'auraient alors plus qu'à remonter jusqu'à nous.

— Comment as-tu pu faire une chose pareille ? Griffe-de-Glace t'a-t-il remarquée ?

— Il m'y a aidée…

Je réfléchis avec fébrilité. Nous devions de toute urgence effacer cette trace. Mais aucun d'entre nous ne se sentait l'envie de suivre le chemin en sens inverse pour dénouer et récupérer le fil.

— Il faut que nous en informions Fartuloon.

— Non. J'ai peur.

Malgré l'amour que je lui vouais, je devais placer notre survie avant toute autre chose.

— Reste ici, Farnathia. Je m'en charge. N'aie nulle crainte. Ton idée risque de nous être d'une grande utilité vis-à-vis des *serviteurs silencieux*, finalement.

J'allai voir mon père adoptif et lui expliquai non seulement ce qu'avait fait la fille du Tato, mais aussi l'angoisse que cela provoquait en elle. Il montra tout d'abord quelques signes de contrariété puis, dès que j'eus mentionné les créatures sphériques, son visage s'éclaira.

— Voilà la solution ! s'exclama-t-il en saisissant la pelote que lui présentait Farnathia.

Après quoi il la tendit aux *serviteurs silencieux.*

— En-rou-ler, dit-il en articulant lentement et très distinctement. Comprenez-vous ? En-rou-ler !

Tout en parlant, il joignit le geste à la parole et enroula le fil sur un bon mètre de longueur.

— Suivez ce fil jusqu'à la ville !

Il fallut un long moment avant que les curieux êtres livides saisissent vraiment ce que l'on voulait d'eux. C'étaient peut-être des créatures organiques, des robots, voire des machines à encéphale biologique. Quoi qu'il en soit, ils avaient été élevés ou programmés pour une obéissance absolue et sans faille. Plusieurs d'entre eux se précipitèrent le long du passage pour tenir le fil tandis que d'autres s'accaparaient la pelote et s'entraidaient pour la reconstituer. Sans un bruit, ils s'évanouirent dans l'obscurité.

Fartuloon poussa un grand soupir, puis attira Farnathia jusqu'à lui.

— J'oublierai ceci pour cette fois, mon enfant, mais à l'avenir, je te conseille de m'aviser avant de prendre de telles initiatives ! Me le promets-tu ?

Elle le regarda, mortifiée, et hocha plusieurs fois la tête.

— Je te le promets !

— Les *serviteurs silencieux* vont passer du temps à suivre le fil et à l'enrouler en totalité. Après cela, ils arriveront dans la cité et rencontreront ceux qui nous traquent. J'imagine aisément l'effroi de ces derniers.

J'espère seulement qu'ils ne massacreront pas un trop grand nombre de ces boules inoffensives.

Farnathia sursauta.

— Je n'avais pas pensé à ça !

Mais Fartuloon leva un bras.

— Les *serviteurs silencieux* ont les moyens de se défendre, et ils les emploieront si nécessaire. Mais ne me posez pas de questions !

Il semble être au courant de tout et ne divulgue ses informations qu'au compte-gouttes !

Je fus distrait dans mes pensées par les quelques êtres sphériques qui restaient. Ils avaient l'air impatients de recevoir nos directives. Fartuloon recommença son mime en indiquant le chemin qui menait vers la ville, jusqu'à ce qu'ils considèrent l'enroulement du fil comme la tâche la plus importante de l'Univers. Puis ils se volatilisèrent, partant rejoindre leurs congénères et nous laissant à nouveau seuls. Nous reprîmes notre périple vers les profondeurs. Il me semblait maintenant entendre, au loin, le mugissement d'une cascade souterraine.

CHAPITRE VII

FARTULOON, L'ARRACHEUR D'ENTRAILLES

Orbanaschol III régnait sur l'Empire sans le moindre scrupule et d'une poigne de fer. Il affermissait son pouvoir d'Empereur en éliminant sans pitié ses opposants arkonides ou les peuples galactiques qui refusaient de plier sous son joug. Bien que les troupes impériales soient impliquées – en plus des répressions visant à museler les races rétives – dans une guerre de plus en plus totale contre les Méthaniens, le Taï Ark'Tussan était à l'apogée de sa prospérité, mais pas grâce à son souverain. Bien au contraire, Orbanaschol en gaspillait les forces vives et les énergies à détruire tout ce que ses prédécesseurs sur le Trône de Cristal – Gnozal VII, entre autres – avaient bâti.

Il n'avait hérité du pouvoir que suite au décès de son frère lors d'un accident de chasse – du moins était-ce la version officielle. De nombreuses rumeurs sous-entendant que le drame n'avait été qu'une mise en scène montée par Orbanaschol circulaient dans tout l'Empire. Et personne ne savait mieux que Fartuloon quelle parcelle de vérité renfermaient ces rumeurs. Le Carabin d'Armanck Declanter, Tato de Gortavor, avait jadis occupé le rang de médecin attitré de Gnozal VII et fui la prise de pouvoir d'Orbanaschol III.

Ce dernier n'était pourtant pas l'héritier en titre du trône, car Gnozal VII avait laissé un fils derrière lui. Un fils qui avait mystérieusement disparu peu après le décès de l'empereur. Orbanaschol l'avait déclaré mort et avait pris sa place sur le trône. Le bruit courait donc que le tyran avait sur la conscience non seulement l'élimination de son demi-frère, mais aussi celle de son neveu Mascaren de Gnozal. Rares étaient ceux qui savaient qu'il n'avait pourtant rien à voir avec la disparition du Prince de Cristal. Lui-même, étrangement, pressentait que le jeune homme vivait toujours.

Ainsi Orbanaschol III, identifiant là une éventuelle remise en cause de son pouvoir, avait-il lancé une opération intensive de recherches à travers toute la galaxie, jusqu'alors en pure perte. Il soupçonnait néanmoins Fartuloon, le médecin personnel de l'ancien Empereur, d'avoir disparu avec l'enfant, treize ans plus tôt. Durant tout ce temps, ses chasseurs étaient toujours rentrés bredouilles. Or, Fartuloon avait abandonné le Palais de Cristal dans le seul dessein de sauver la vie de ce gamin de quatre ans – car Atlan était le Prince de Cristal.

*
* *

Plus nous avancions, plus le grondement s'intensifiait. Le Chrektor commença à frissonner et s'immobilisa après avoir remarqué que la température continuait à baisser.

— Je risque d'éclater, Fartuloon. Nous approchons d'une véritable glacière et cela nuit à ma santé !

Le Carabin s'arrêta en même temps que nous tous.

— Une glacière ? En aucun cas, mon ami. Nous arrivons probablement à la réserve d'eau des bâtisseurs. Il n'est en rien question de glace !

— Tu sais pourtant que de trop grands écarts de température…

— Je sais, je sais. Calme-toi, ce n'est pas ici que tu te briseras. Il n'y a que quelques degrés de différence avec le lieu que nous avons tout juste quitté.

Je me débarrassai du sentiment d'être déjà venu ici, ou dans un lieu semblable, au moins une fois. Cette impression avait l'air profondément enfouie dans mon subconscient, toutefois je préférai éviter de poser la question à Fartuloon qui était fort occupé à suivre les indications de sa mémoire. Si je le perturbais, il était possible que nous nous perdions, et cela signifierait notre mort. Le sol commençait à se faire humide et glissant, alors que jusqu'à maintenant il avait toujours été totalement sec.

Griffe-de-Glace pestait continuellement et nous prédisait à intervalles réguliers son trépas prochain. Nous le connaissions heureusement assez pour ne pas nous affliger outre mesure de ses jérémiades. Malgré tout, j'étais frigorifié, et Farnathia de même. Je l'obligeai à enfiler ma veste sous son manteau. Après cette courte interruption, nous reprîmes notre progression sans marquer de pause plus conséquente. Malgré le froid qui nous tenaillait, je ressentais la soif. Je n'avais pas bu une seule goutte depuis que nous avions quitté la ville.

Le passage s'étrécit tout en montant légèrement. Je promenai le cône de lumière de ma torche sur les murs. Ils étaient lisses, presque polis, mais constitués de roche – rien à voir avec le simili-bronze que nous connaissions aux étages supérieurs. La nature avait joué les architectes. Il ne pouvait subsister aucun doute à cela, même si des étrangers y avaient plus tard contribué.

Fartuloon s'arrêta si brusquement que je le heurtai.

— Nous allons bientôt atteindre un grand lac, annonça-t-il en déballant nos provisions. Je propose que nous fassions ici une halte.

— J'aurais quelques questions à te poser, murmura Griffe-de-Glace, visiblement inquiet.

— Eh bien, pose-les maintenant que nous avons un peu de temps !

Le Chrektor examina le Carabin d'un regard empli de doute.

— Y répondras-tu ?

— J'essayerai, tout au moins.

– Bien, bien, grimaça Griffe-de-Glace dont les joues vitreuses tremblotaient comme s'il était en train de mâcher. Qu'est donc ce grand lac ?

— Rien de particulier. Seulement de l'eau, en principe…

Le Chrektor déglutit de façon perceptible.

— De l'eau… Oui, je m'en doutais un peu ! Mais qu'y a-t-il d'autre ?

— Devine ! lui renvoya sèchement Fartuloon. Des berges !

— Ah, des berges aussi, répéta le Chrektor. Un honnête lac, en bonne et due forme. Et quand nous l'aurons atteint, que ferons-nous ?

— Je n'en ai pas la moindre idée, avoua mon père adoptif. Je ne le connais que par sa description. Le bruit que nous entendons doit être provoqué par la cascade qui l'alimente.

Nous ne savions pas combien de temps nous pourrions encore tenir avec les réserves que nous étions en train de consommer. Je remarquai alors que Farnathia n'avait quasiment rien avalé. Je m'approchai doucement.

— N'as-tu pas faim ?

Elle secoua la tête.

— Tout cela est si… terrible, si inattendu. Ces lieux sont interdits. Nous allons mourir ici…

— Non, Farnathia, nous ne mourrons pas, la rassurai-je. C'est ce qu'on t'a fait croire parce que personne ne voulait que nous nous aventurions jusqu'ici. Je ne sais pas non plus quelle est l'origine de ces croyances. Peut-être un explorateur mythomane ?

Je m'adressai à Fartuloon :

— Qu'en penses-tu ?

Il hocha la tête.

— Tu as raison, Atlan. Les superstitions se répandent souvent à tort. C'est monnaie courante sur tous les mondes habités !

Farnathia se décida finalement à manger quelque chose, toutefois avec une évidente répugnance. J'avais encore plus soif qu'avant. Enfin, au bout d'une tonta, Fartuloon donna le signal du départ. Nous prîmes nos paquetages sur le dos et le suivîmes. Il tenait maintenant la lampe et avançait très lentement. À chacun de nos pas, le grondement s'intensifiait. Il me semblait déjà sentir de l'humidité dans l'air. Griffe-de-Glace, qui marchait en queue de file, se plaignit plusieurs fois qu'il ne supportait pas le phénomène et risquait d'éclater à tout instant.

Le passage s'acheva si brusquement que j'aurais trébuché si Fartuloon ne m'avait pas rattrapé. J'aurais de plus plongé dans l'eau, car le rivage était constitué d'une petite falaise et ne mesurait que deux mètres de large. Devant nous s'étalait le grand lac. Au début, j'eus l'irrésistible impression de me retrouver face à la ville… submergée entre-temps. La caverne possédait une taille sensiblement similaire et était éclairée par un soleil atomique du même type, perdu au milieu d'un ciel artificiel. Cependant, la luminosité était relativement faible comme si la nuit était en train de tomber. Sur notre droite, une immense cascade dégringolait du « ciel » et se déversait dans l'eau, créant d'impressionnants tourbillons d'écume blanche. Les vagues roulaient le long de la « mer » et s'écrasaient près de mes pieds.

Fartuloon confirma mon pressentiment.

— Ici devait jadis s'élever une cité semblable à l'autre, mais qu'une catastrophe a inondée. Cela a dû se produire avant que soit écrit le livre que j'ai lu. Pour être franc avec vous, je suis incapable de vous dire ce qui se trouve au-delà, mais nous pouvons au moins nous réjouir d'avoir de l'eau. Atlan, n'es-tu pas assoiffé ?

Je déposai mon sac et dévalai la pente rocheuse escarpée. La surface était calme et les vagues venaient lécher mes orteils en clapotant. Je puisai des deux mains dans les flots glacés et portai à ma bouche cette coupe improvisée. L'eau était pure et fraîche. Les autres suivirent mon exemple, puis nous nous mîmes à longer le rivage entre la paroi de pierre et le lac jusqu'à découvrir une niche relativement sèche. Les saillies de rochers environnants nous servirent de sièges.

Griffe-de-Glace, qui avait momentanément oublié sa peur, demanda :

— Fartuloon, explique-nous ce que nous allons trouver plus loin. Tu as lu un livre qu'aucun d'entre nous ne connaît. Nous ramèneras-tu un jour à la lumière ?

Le Carabin lui jeta un regard montrant qu'il réfléchissait intensément, puis il sourit.

— As-tu froid ?

Je pris cela pour une diversion de sa part, toutefois je ne m'y attardai pas. J'avais d'autres préoccupations. Le corps tremblant de Farnathia se pressait contre moi. Elle cherchait chaleur et protection. Je passai mes bras autour d'elle.

— Oui, Fartuloon, j'ai froid, avoua le Chrektor. Mais je t'ai posé une question !

— Ce qu'il y a plus loin ? Je dois essayer de me souvenir, Griffe-de-Glace. Il est vrai que j'ai lu cet ouvrage, à une époque où je ne pensais pas avoir besoin de mémoriser en détail son contenu. Quoi qu'il en soit, avec ou sans cela, nous trouverons le *Seuil*. Je te demande de t'en tenir à cette certitude !

— Le *Seuil* ? Qu'est-ce encore que cela ?

Fartuloon fit la moue, comme s'il en avait déjà trop dit.

— Une indication du livre. Je ne sais pas ce qu'elle

signifie. J'espère que cela désigne un chemin vers la sortie. Ce lac est l'une des étapes, ce qui sous-entend que nous sommes sur la bonne route.

— Pourquoi appelle-t-on cela le *Seuil* ? insista Griffe-de-Glace.

— Je n'en sais rien !

Le Chrektor cessa de poser des questions et je choisis de faire de même. Farnathia se blottissait contre moi. Elle ne tremblait plus autant. Ma chaleur devait lui suffire. J'étais heureux d'être ici avec elle, et je déduisis des regards qu'elle me lançait que ce sentiment était partagé. Au bout d'un moment, Fartuloon se décida à reprendre la parole :

— Nous allons suivre la rive gauche jusqu'à ce que nous découvrions l'unique passage qui permet de regagner le Tarkihl. Ensuite nous atteindrons le *Fleuve aux Ondes Lentes* – c'est du moins ce qu'indique le livre. Je serais bien incapable de vous dire ce que c'est. *Fleuve aux Ondes Lentes* est peut-être une traduction inexacte, considérant le fait que le texte original a été rédigé dans une langue étrangère.

— Et le lac ? nous interrogea Griffe-de-Glace. Son eau se renouvelle en permanence, il doit donc exister une voie d'écoulement. Peut-être même mène-t-elle jusqu'à la surface…

— C'est exact, reconnut Fartuloon. Tu oublies cependant que nous sommes à plus de mille mètres de profondeur. Comment l'eau ferait-elle pour remonter ? Soit elle circule au sein des abîmes, soit elle est expulsée vers le haut par une puissante installation de pompage. Personnellement, je n'ai aucune envie d'échouer à l'intérieur de ce genre de dispositif !

Impossible de ne pas lui donner raison sur ce point. Si Fartuloon ne trouvait pas d'issue, notre situation était désespérée.

Que peut bien être ce Seuil dont il a parlé ?

— Nous pourrions peut-être faire un feu, proposa Griffe-de-Glace.

– Malheureusement nous n'avons pas de bois, lui répondis-je en serrant davantage encore Farnathia contre moi. De toute façon, je n'ai pas froid.

Le Chrektor me gratifia d'un regard équivoque.

— Je te crois volontiers !

Pour un peu, je l'aurais balancé à l'eau. Au lieu de quoi je m'adressai à Fartuloon :

— Que prévois-tu ?

— Quand nous serons reposés, nous essaierons de dénicher un passage de l'autre côté du lac. Après, nous aviserons.

J'avais perdu toute notion du jour ou de la nuit. Nous possédions évidemment toujours nos montres, mais les tontas paraissaient ne pas suivre le même cours ici-bas. Nous calculions le temps écoulé à la distance parcourue et à notre faim, notre soif ou notre fatigue. Fartuloon se leva le premier et j'aidai Farnathia à se remettre sur ses jambes. Malgré mes protestations, elle me rendit ma veste. Elle affirmait que son propre manteau lui suffisait amplement. Peu après que nous eûmes repris notre marche, le rivage commença à se rétrécir. Le grondement diminuait tandis que nous nous éloignions de la chute d'eau. Le soleil atomique diffusait toujours une lumière faible mais néanmoins suffisante pour nous éviter de devoir utiliser nos torches. L'autre rive du lac s'estompait dans le crépuscule.

Devant nous, le chemin décrivait une courbe serrée vers la gauche. Je remarquai l'excitation de Fartuloon. Apparemment, il venait d'identifier l'un des repères mentionnés dans le livre. C'était une baie, mais l'avancée sableuse qui se transformait en plateau me faisait plutôt penser à une terrasse. Il y avait même une entrée.

— C'est ça ! soupira-t-il, comme soulagé d'un fardeau. Le chemin vers le *Fleuve aux Ondes Lentes* !

— Nous voilà bien avancés !

Fartuloon ne réagit pas à ma remarque sceptique. Il alluma sa torche et s'élança. N'ayant pas reçu de consigne contraire, nous le suivîmes. Les parois du tunnel étaient lisses, comme si l'eau avait coulé ici il y avait longtemps. Les traces d'érosion étaient clairement reconnaissables. Le lac avait donc autrefois possédé ici un affluent.

— Je gèle ! grogna Griffe-de-Glace derrière moi.

Je m'arrêtai pour lui répondre :

— Tu m'étonnes de plus en plus, mon cher. En dépit de nos conseils, tu n'as pas enfilé le moindre vêtement et te promènes nu. Ne sois donc pas surpris de geler ! Et maintenant, tais-toi !

C'était assez grossier, mais les éternelles jérémiades de notre compagnon nous rappelaient continuellement la froide réalité dans laquelle nous nous trouvions.

— Les habits ne me sont d'aucune utilité ! grommela-t-il.

Puis il entreprit de nous faire un exposé sur son étrange métabolisme. D'un signe de la main, je l'exhortai au silence.

Fartuloon ne s'était en rien soucié de notre bref conciliabule, se contentant de continuer à avancer. Le tunnel sinueux possédait ici et là quelques escaliers usés, indice évident qu'il datait d'avant la submersion de la seconde cité. Le mauvais état des marches nous obligeait à déployer des techniques d'alpinistes mais au moins, plus nous montions, plus la température s'adoucissait. Griffe-de-Glace rouspétait à présent contre cet effort inhabituel.

Soudain, mon père adoptif s'immobilisa et parcourut les murs avec sa lampe, comme s'il cherchait quelque chose de précis.

— Ah ! Voilà ! s'écria-t-il en illuminant un dessin dans la roche. Ceci est dû à l'auteur du livre et a été tracé à la main. Il n'existe que cet exemplaire.

Je ne comprenais pas comment l'eau avait pu ne pas effacer une telle marque, mais je me souvins alors que Fartuloon avait affirmé que le livre avait été écrit après la catastrophe.

— Et que signifie cette inscription ? demandai-je en étudiant celle-ci.

Elle représentait deux lignes sinusoïdales entrecroisées.

— Nous allons bientôt le savoir. Il suffit que je trouve le mécanisme, déclara Fartuloon à notre grande surprise.

Nous attendîmes pendant qu'il sondait la paroi rocheuse. J'eus un instant une vision terrible. Et si on nous avait attirés dans un piège mortel ? Peut-être, derrière l'issue dérobée, se cachait-il un autre lac. Sans tarder, il déferlerait sur nous et…

Mais je n'eus pas le temps de réfléchir plus avant. Une portion du mur coulissa. Aucun flot meurtrier ne s'empara de nous, seul un souffle d'air chaud nous fouetta le visage. Derrière moi, Griffe-de-Glace soupira de bien-être. L'antique système de ventilation du Tarkihl fonctionnait imperturbablement depuis des millénaires. Dans le cas contraire, il y avait longtemps que nous aurions étouffé. Toutes les machines des profondeurs, construites en des âges immémoriaux, continuaient infatigablement d'obéir à leur programmation originelle.

— Attendez-moi ici. Je pars en éclaireur. Vous ne me suivrez que si je vous appelle.

Sans écouter nos protestations, il disparut dans l'ouverture. Nous nous assîmes tous à proximité et allumâmes la torche qui nous restait. La porte ne semblait pas devoir se refermer. Il fallut un long moment avant que je cesse d'entendre les pas de Fartuloon.

— Pourquoi est-il parti seul ? chuchota Farnathia.

— Peut-être suppose-t-il l'existence d'un lieu dangereux qu'il se doit d'explorer avant de nous y emmener, me hasardai-je. Il va bientôt revenir.

Nous parlâmes peu, car nous n'avions rien de particulier à nous dire. Nous ne pouvions qu'attendre le retour du Carabin. Peu après, nous perçûmes à nouveau le bruit de ses pas avant d'entrevoir le reflet de sa lampe. Soudain, il resurgit devant nous.

— Venez, nous intima-t-il brièvement. Nous allons passer dans une autre salle.

Sitôt que nous fûmes tous entrés dans le passage, il enclencha le mécanisme de fermeture de la porte pour éviter que nos éventuels poursuivants ne nous retrouvent. Puis il reprit la tête du groupe.

— Avant d'atteindre le *Fleuve aux Ondes Lentes*, nous devons traverser plusieurs pièces qui font office – je suppose – d'anciennes salles d'expérimentation ou de laboratoires d'essais techniques. C'est mentionné dans le livre, mais sans y être vraiment expliqué. Si vous suivez mes instructions à la lettre, il ne vous arrivera rien.

— Ne veux-tu pas nous expliquer… ? commençai-je.

Il m'interrompit presque grossièrement.

— Il n'y a rien à expliquer, Atlan ! J'en sais un peu plus que toi ou les autres, c'est tout ! Dans la première salle, la gravitation est nulle. Vous allez vous sentir très légers. Vous verrez bien, pour le reste !

Il repartit et nous attendit plus loin à l'entrée d'une salle totalement nue. Je découvris cependant de grands anneaux métalliques et des barres de maintien fixés aux murs. C'était probablement là que les bâtisseurs inconnus du Tarkihl préparaient leurs astronautes à l'apesanteur.

— La sortie se trouve à cinquante mètres d'ici. Si vous quittez le sol, essayez de vous accrocher aux barres pour corriger si nécessaire votre trajectoire. Certes, il n'existe ici aucun champ de sustentation mais, excepté cela, vous vous sentirez comme à l'intérieur d'un ascenseur antigrav.

Prudemment, Fartuloon franchit l'invisible seuil et chancela. Il réussit juste à temps à s'élancer et fila vers le haut jusqu'à ce que ses mains tendues touchent le plafond, puis il appliqua une poussée à son corps et partit dans une autre direction ; mais il se mit alors à tournoyer autour de son propre axe. Il s'aida de l'anneau suivant pour ralentir sa course, nous adressa un signe et se propulsa vers le boyau qui faisait office de sortie. Il saisit un deuxième anneau et avança les pieds jusqu'à ce qu'il commence de nouveau à sentir son poids, puis il lâcha prise et se laissa tomber dans le creux qui se trouvait derrière l'ouverture. Après quoi, il pivota vers nous.

— Au suivant !

Farnathia s'élança d'un seul coup. Sans réfléchir, je bondis derrière elle et la saisis au vol. Nous tourbillonnâmes ensemble dans les airs jusqu'à ce que je parvienne à agripper l'un des anneaux latéraux. Nous avions déjà parcouru la moitié du chemin. Je visai soigneusement Fartuloon et repartis, étreignant solidement la fille du Tato. Cependant, peu avant d'atteindre la sortie, je touchai le sol des pieds et hésitai à me lancer de nouveau. Je commençais déjà à sentir le poids de nos deux corps.

Fartuloon nous attrapa avant que nous chutions au sol.

— Bien joué ! nous félicita-t-il. À toi, Griffe-de-Glace ! Fais attention de ne pas te lancer trop fort et de ne pas aller te briser contre le plafond !

L'interpellé garda le silence, nous dévisagea sans s'attarder puis se décida. Il bondit directement vers nous et plana un moment avant d'arriver jusqu'à nous. Nous le saisîmes et l'aidâmes à se mettre debout.

— Bon sang ! s'écria Fartuloon. Où as-tu appris cela ?

Le Chrektor ricana.

— Je ne l'ai pas appris. Je suis naturellement adroit, c'est tout.

Après une centaine de mètres, nous arrivâmes à la deuxième salle. Elle était totalement nue. Pas d'anneaux ni de crochets. Rien, excepté des murs lisses et un plafond légèrement miroitant. La sortie se trouvait exactement devant nous, à une cinquantaine de mètres. Fartuloon tourna un moment en rond dans le tunnel, jusqu'à ce qu'il déniche une pierre aussi grosse qu'un poing humain. Alors, il la lança. Le projectile parcourut tout juste un mètre avant de disparaître brusquement. Il s'était simplement dissout dans les airs. Mais à peine un instant plus tard, de l'autre côté de la pièce, quelque chose frappa le mur et roula au sol : *le caillou* ! Intact !

Fartuloon respira.

— Je dirais que c'est une sorte de transmetteur de matière. Je n'ai pas de meilleure explication, affirma-t-il. Nous entrons ici et nous resurgissons au niveau de la sortie. Je suppose que c'est un genre de système expérimental.

Sans me laisser le temps de m'y opposer, il fit une dizaine de pas et disparut sous nos yeux. Avant que j'aie pu réaliser, il se trouvait déjà à cinquante mètres de nous et nous adressait un signe joyeux. Je pris la main de Farnathia et hochai la tête à l'intention du Chrektor, en guise d'encouragement. Puis nous entrâmes tous deux dans le champ du transmetteur invisible. En un éclair, nous nous rematérialisâmes aux côtés de Fartuloon. Nous n'avions rien ressenti. Aucune douleur. Aucune perte de temps. Rien. Griffe-de-Glace nous rejoignit sain et sauf.

Plusieurs autres salles se présentèrent. Dans l'une, la gravité était accentuée et nous dûmes ramper tout du long. Dans la suivante, il régnait une chaleur pire que caniculaire. Malgré sa phobie, le Chrektor n'opposa pas trop de réticence à la traverser. Malheureusement, la température de la pièce d'après était loin au-dessous du zéro, ce qu'il redoutait plus que tout. Il n'y avait pourtant que vingt mètres à parcourir. Nous lui laissâmes le temps de récupérer de la chaleur de la salle précédente et attendîmes. Il livrait de toute évidence un intense combat intérieur.

— Cours à toute allure ! lui intima Fartuloon. Tu peux y arriver !

— Je me change en cristal ! gémissait Griffe-de-Glace. Je suis sûr qu'un simple cheveu pourrait me briser en mille morceaux !

— Ne dis pas n'importe quoi ! Tu vas y arriver ! Et tout sera terminé. Le *Fleuve aux Ondes Lentes* est juste devant nous.

— Vous parlez d'une consolation ! Si je survis, il faudra que vous me rattrapiez. J'y vais.

Il s'élança à une vitesse digne d'un champion de course et atterrit dans nos bras. En un seul bloc, absolument indemne !

— Que vous avais-je dis ? Je savais que j'y arriverais ! haleta-t-il.

Nous restâmes interdits.

Nous n'avions maintenant plus aucune salle à traverser, mais les précédentes nous suffisaient amplement. Nous décidâmes de marquer une halte une fois arrivés au *Fleuve aux Ondes Lentes*. Au bout d'une tonta, nous perçûmes un murmure liquide assourdi, puis nous nous retrouvâmes brusquement sur la rive. Quand j'aperçus la masse mouvante, je compris immédiatement pourquoi l'auteur du livre l'avait surnommée « *Fleuve aux Ondes Lentes* ». Son lit n'était pas occupé par de l'eau mais par une mélasse opaque qui faisait penser à un épais sirop. Une voûte phosphorescente s'arrondissait de l'une à l'autre de ses berges. Selon mon estimation, le fleuve mesurait deux cents mètres de large et coulait lentement de notre gauche vers notre droite. Toutefois, notre déception concernant sa nature fut bientôt reléguée à l'arrière-plan. Bien plus préoccupant, en effet, il n'y avait plus de chemin. De part et d'autre ne s'élevait plus que des murailles abruptes. Immobiles sur l'avancée rocheuse, nous posâmes des regards embarrassés sur le fluide visqueux.

— Faisons notre pause et réfléchissons, décida Fartuloon. Jusqu'à maintenant, nous avons toujours su trouver une issue.

Il resta assis un long moment, perplexe, semblant chercher un détail particulier dans sa mémoire. Nous préférâmes ne pas le déranger, car nous savions que cela risquait de le mettre hors de lui. Je me levai et approchai du bord du fleuve. Après une longue hésitation, j'y plongeai un doigt. Le liquide était frais et épais comme une purée. Même si j'apercevais la rive d'en face, le flot disparaissait à gauche et à droite dans une brume miroitante, à environ trois cents mètres de chaque côté. Je ramassai une pierre près de moi et la jetai un peu plus loin. Elle ne s'enfonça pas immédiatement.

— Nous devons traverser le fleuve, dit Fartuloon derrière moi. C'est évident mais impossible. Si nous avions un bateau...

— Les meubles de la ville nous seraient bien utiles en ce moment, constatai-je un peu désespéré. Nous pourrions fabriquer un radeau.

— Les meubles ? répéta-t-il joyeusement. D'après le livre, il existe plusieurs appartements entre les salles de tests et la rivière. Nous sommes certainement passés à côté sans les voir. Attendez-moi ici. Je reviens tout de suite.

— Mais... il n'y avait aucune entrée nulle part ! m'étonnai-je.

Il eut un sourire bienveillant.

— Naturellement ! Tout cela se cache derrière des portes dérobées. Tu devrais pourtant commencer à en avoir l'habitude.

Il avait raison. Il se pouvait que nous soyons passés

devant une douzaine d'accès sans y prêter attention. Fartuloon s'équipa de sa torche et disparut par la galerie que nous avions empruntée pour arriver ici. Sous la chaleur ambiante, Farnathia s'était finalement décidée à ôter son manteau.

Griffe-de-Glace semblait maintenant lui aussi dans son élément. Il désigna le fleuve.

— Peut-être y a-t-il moyen de boire un peu…

— Je ne te le conseillerais pas. J'aimerais cependant savoir de quoi ce flot est composé.

— Pas moi, rétorqua-t-il avant d'ajouter : Je vais faire un tour. Peut-être trouverai-je des choses intéressantes.

Il suivit Fartuloon à travers le tunnel. Farnathia et moi nous retrouvâmes seuls. Elle s'assit près de moi et vint se blottir contre ma poitrine. Je me souvenais de la majorité des excursions que nous avions entreprises quand nous étions enfants, et jamais encore je n'avais tant ressenti que ce qui nous liait était plus qu'une simple amitié. La conscience de sa proximité éveillait en moi une impression de sérénité… de sérénité absolue.

— As-tu peur ? demandai-je plus pour combler le silence et vaincre mon embarras que pour obtenir une véritable réponse.

Elle me regarda.

— Non, puisque tu es avec moi.

Sa confiance m'emplit de bonheur car elle ne pouvait me faire de plus beau cadeau. Je repensai alors à l'aveugle Sofgart, qui avait failli briser sans scrupules la vie de cette jeune fille. Oui. Si jamais je le rencontrais, je le tuerais.

— Fartuloon trouvera un moyen de nous sortir d'ici.

Elle se blottit encore un peu plus contre moi.

— Qu'il en trouve un ou non m'importe peu, tant que nous sommes ensemble. J'ai seulement peur pour mon père, car l'aveugle se vengera sur lui.

— Il n'a aucune raison d'agir ainsi. Tu n'as fait que te défendre, et Sofgart le sait. Il n'arrivera rien au Tato.

Nous nous tûmes. Griffe-de-Glace nous rejoignit peu après, les mains vides.

— Je n'ai rien vu que de la rocaille, partout. En tout cas, Fartuloon s'est volatilisé. Il doit avoir découvert l'une de ces portes cachées.

— Es-tu remonté jusqu'aux salles d'expériences ?

— Oui. Aucune trace de lui.

La disparition de Fartuloon me rassura quelque peu. Les indications du livre mystérieux semblaient toutes être véridiques. Il allait dénicher de quoi nous construire ce radeau.

Il revint une demi-tonta plus tard.

— Nous avons de la chance, annonça-t-il en s'asseyant. Nous allons devoir remorquer les matériaux sur un demi-kilomètre, mais nous pourrons fabriquer de quoi traverser.

— Penses-tu que nous arriverons à atteindre l'autre rive ?

— Ta pierre n'a pas coulé tout de suite, ce qui signifie que ce liquide est un meilleur porteur que l'eau. Cependant, sa résistance sera elle aussi plus grande.

— Encore une chose, intervint Griffe-de-Glace. Il faut que nous trouvions un emplacement adéquat pour débarquer sur la berge opposée. Il se peut là aussi que nous ayons à chercher longtemps.

— Et pourtant nous n'avons pas le choix ! acheva Fartuloon pour couper court à cette inutile discussion.

Farnathia resta à surveiller nos paquetages tandis que nous suivions le Carabin jusque dans le passage. Il avait laissé la porte ouverte, si bien que nous n'eûmes pas à le rechercher. L'appartement était constitué de plusieurs pièces creusées directement dans la roche, tout en étant convenablement aérées. La poussière recouvrait de nombreux équipements d'un genre que nous avions déjà rencontré dans la ville. Ces derniers étaient constitués du même matériau plastométallique non identifié. J'acquis immédiatement la certitude qu'il s'agissait là de logements de première nécessité, mais il se pouvait que je sois dans l'erreur. Nous en savions trop peu sur les inconnus qui avaient bâti tout ceci.

— La question est : avons-nous les moyens de travailler ce matériau ? murmura Griffe-de-Glace, sceptique. S'il a su résister à l'usure de tous ces millénaires, j'imagine mal comment nous allons pouvoir en tirer quoi que ce soit !

— J'y ai déjà réfléchi et j'ai effectué quelques recherches, nous informa Fartuloon. Il y a un atelier un peu plus loin. Au besoin, nous emploierons notre radiant. Ce serait bien le diable si ce matériau ne lui cédait pas !

Nous ne trouvâmes aucun instrument qui pouvait de près ou de loin évoquer une scie. Il ne nous restait donc qu'à adopter la solution proposée par Fartuloon, à savoir découper les armoires en utilisant le radiant à impulsions que le Chrektor avait pris aux Kralasènes morts.

— Le radeau flottera, m'assura mon père adoptif après une remarque inquiète de ma part concernant le poids de la matière inconnue. La densité du liquide est largement supérieure à celle de l'eau. Je n'ai aucune inquiétude à ce sujet. Ce que je me demande, par contre, c'est comment nous arriverons à progresser pour rejoindre l'autre rive. L'auteur du livre y est forcément parvenu. Sinon, il n'aurait pu décrire ce qui se trouve au-delà.

Donc nous réussirons, pensai-je, confiant.

Avec une énergie renouvelée, nous nous mîmes au travail et remorquâmes le meuble pièce par pièce jusqu'au bord de la masse mouvante, puis nous soudâmes le tout pour obtenir un radeau informe – après avoir au préalable vérifié que le matériau flottait en en jetant un morceau dans la rivière. Farnathia nous aida autant qu'elle le pouvait. Son regard tentait régulièrement de percer la brume qui estompait les environs, en vain toutefois. Nous savions que nous entreprenions une expédition dans l'inconnu, mais il nous était impossible de faire demi-tour.

Après trois tontas de labeur, le radeau était enfin prêt et Fartuloon plaida en faveur d'une pause bien méritée.

— Les *serviteurs silencieux* auraient pu nous apporter leur aide s'ils avaient été là, grogna Griffe-de-Glace en examinant ses doigts. Malheureusement, ils n'apparaissent que lorsqu'on n'a pas besoin d'eux !

Nous nous restaurâmes pendant que Fartuloon retournait chercher de l'eau dans les appartements que nous avions visités. Nous chargeâmes deux bidons pleins et nos provisions sur l'embarcation de fortune, puis y posâmes prudemment un pied avant de lui appliquer une poussée pour la livrer au courant. Elle ne s'enfonça que de quelques centimètres. Nous y sautâmes rapidement sans oublier nos pagaies artisanales. Au premier coup de rame, je craignis de briser la mienne tant la résistance opposée par le fluide était forte. Nous commençâmes progressivement à nous éloigner du bord, pas dans la direction que nous avions choisie, toutefois – c'est-à-dire vers l'autre berge – mais vers l'aval.

— En aucun cas nous ne devons échouer, nous alerta Fartuloon. Il faut que nous atteignions la rive d'en face, même si cela doit nous épuiser !

C'était plus facile à dire qu'à faire ! Nous poussions désespérément dans cette mélasse douteuse pour un résultat plus que médiocre. Nous ne pouvions plus changer d'avis car nous étions déjà éloignés de plus de dix mètres du bord, et nous n'avions pas la moindre chance de réussir à avancer contre le courant. Nous étions irrésistiblement entraînés. C'était une situation irréelle. Plusieurs fois, nous replongeâmes nos pagaies dans le fluide en parvenant à peine à dévier notre trajectoire de quelques centimètres. Inutile de songer à nager là-dedans, le liquide – si l'on pouvait qualifier de liquide cette substance – était trop porteur. Après une décitonta d'efforts éreintants, nous avions réussi à nous écarter de cinquante mètres de la berge, hélas nous avions dérivé de la même distance dans le sens du courant.

— Accordons-nous un répit ! ordonna Fartuloon en se laissant tomber sur le fond du radeau.

Farnathia voulait continuer mais nous l'en empêchâmes. Seule, elle n'aurait pu nous aider et se serait inutilement épuisée. Griffe-de-Glace grogna et nous avertit qu'il avait trop chaud. Nous ne relevâmes pas sa remarque. Nous reprîmes rapidement nos efforts pour ne pas dériver trop loin. Nous pouvions constater que le bord opposé se rapprochait, quoique bien trop lentement à mon goût.

Je l'entendis le premier. Un battement… ou un glouglouteMent sourd et irrégulier qui s'amplifiait dans la direction vers laquelle nous étions entraînés. Je ne trouvai tout d'abord aucune explication vraisemblable au phénomène, puis un soupçon terrible s'imposa à mon esprit. Ce bruit pouvait être provoqué par la mélasse qui se déversait par vagues et d'une grande hauteur dans un bassin. Cependant, j'eus beau me fatiguer les yeux à scruter la brume, je ne parvins pas à distinguer quoi que ce soit.

Ce fut Fartuloon qui acquit le premier la certitude du danger qui nous menaçait. Il hurla un avertissement pour que nous redoublions d'énergie. Il fallait que nous atteignions l'autre rive avant la cascade, sinon nous étions tous perdus. Nous manquions presque de souffle à force de pagayer. Le bouillonnement se rapprochait de plus en plus. Je tentai de chasser la vision qui s'imposait involontairement à moi : notre radeau arrivant au bord d'une falaise puis basculant avec le liquide épais – peut-être même risquions-nous de nous retrouver dedans –, et pour finir notre chute dans un énorme lac de ce sirop opaque. Nous ne mourrions peut-être pas tout de suite, mais nous serions rapidement asphyxiés…

— Nous pouvons y arriver, courage ! cria Fartuloon, coupant court à mes sombres pensées. La cascade se trouve encore à trois cents mètres alors que le rivage n'est plus qu'à quatre-vingts !

Il avait raison ; cependant, je commençais à ne plus sentir mes bras et avais du mal à tenir ma pagaie. Griffe-de-Glace était dans le même état que moi, néanmoins il souquait avec l'énergie du désespoir. Farnathia s'aidait des mains pour nous assister. Encore cinquante mètres… puis j'aperçus le bord de l'abîme. Le courant se fit plus fort. Encore trente mètres… D'un seul coup et sans explications, Fartuloon passa sa rame à Farnathia et sauta dans la mélasse. Il s'enfonça rapidement jusqu'à hauteur du nombril. Il devait nous confirmer plus tard qu'il avait au préalable mesuré la profondeur à l'aide de sa pagaie.

Attrapant le bord du radeau des deux mains, il se mit à pousser à contre-courant et vers la rive. Derrière notre embarcation naquit une série de gros bouillons qui s'estompaient deux mètres plus loin, comme avec réticence. Nous avions compris l'intention de Fartuloon et redoublâmes d'efforts. Farnathia ramait de toutes ses forces. J'aperçus la rive étroite. Si nous parvenions à l'atteindre, nous étions sauvés, mais l'abîme n'était plus distant que d'une centaine de mètres.

Le fluide montait encore jusqu'aux genoux de Fartuloon. S'il s'arrêtait maintenant, il serait probablement capable de retenir le radeau sans que celui-ci continue à dériver. Je décidai de sauter derrière lui pour l'aider. Je sentis une forte résistance au niveau des tibias, mais je savais que plus rien de fâcheux ne pouvait nous arriver car notre embarcation touchait désormais le fond. La suite des événements m'était à présent tout à fait égale.

Nous tirâmes le radeau jusque sur la terre ferme, ignorant si nous en aurions encore besoin.

— Nous avons de la chance, constata Fartuloon en désignant la ligne où la rivière semblait s'interrompre brusquement. Quelques mètres de plus, et nous ne pouvions plus rien faire.

Nous en étions tous conscients. Nous ramassâmes nos réserves. La berge s'étendait dans les deux directions et ne mesurait qu'un mètre de large, toutefois cela nous suffisait. Fartuloon et moi échangeâmes un regard entendu.

— Attendez-nous ici. Nous allons jeter un coup d'œil sur l'abîme.

Je frémis en découvrant ce à quoi nous avions échappé. Le fluide accomplissait une chute vertigineuse entre d'énormes blocs rocheux et s'enfonçait sous la surface inerte d'un large bassin, presque cent mètres plus bas. Le chemin s'achevait au niveau de l'à-pic. Tout le plafond de la zone semblait recouvert d'une matière fluorescente.

— Je me doutais que nous ne pourrions aller plus loin de ce côté-ci mais je voulais m'en assurer. Atlan, nous devons suivre le courant à contresens jusqu'à ce que nous trouvions une issue. Ensuite, nous continuerons notre route.

— Vers où ?

Il me considéra avec un air bizarre.

— Mais vers le *Seuil*, mon garçon !

Je décidai à nouveau de ne pas le questionner là-dessus. Il devait savoir ce qui nous attendait, et jusqu'à maintenant il nous avait bien guidés. Il méritait bien toute ma confiance.

— Nous avons besoin de dormir quelques tontas.

Il hocha la tête en signe d'assentiment.

— Exact, mais pas ici. Si nous découvrons le passage, je doute que nous ayons beaucoup à parcourir avant de tomber sur de nouveaux appartements. C'est là que nous nous reposerons. Si tu proposais à Farnathia de porter son sac ?

Nous rejoignîmes les autres qui se montrèrent visiblement déçus que nous interrompions leur pause chèrement gagnée. Nous chargeâmes nos bagages et marchâmes vers l'amont jusqu'à ce que nous apercevions, bâillant dans la paroi rocheuse, le tunnel que nous cherchions.

— Il n'y a rien dans le livre à son sujet. Son auteur n'a probablement pas pris la peine de l'explorer en profondeur, et nous ne le ferons pas non plus sauf si la route principale ne nous mène pas à destination.

Nous allumâmes nos torches, car le passage était obscur. La vibration continue sous nos pieds prouvait à l'évidence que l'alimentation énergétique était toujours assurée. Fartuloon avançait d'un pas résolu en ignorant toutes les galeries latérales qui se présentaient. Nous parvînmes finalement dans une grande salle qui avait jadis dû servir de rotonde d'accès aux divers secteurs. Le Carabin s'arrêta et observa les entrées qui conduisaient vers d'autres souterrains, puis il désigna l'une d'elles.

— Ce doit être ce tunnel ! Encore cinquante mètres et nous pourrons prendre du repos.

Nous n'eûmes pas la force de prononcer un seul mot. La fatigue pesait comme du plomb dans nos membres.

Si cela ne dépendait que de moi, je resterais bien ici deux ou trois pragos !

Farnathia n'aurait visiblement pas refusé une pause au moins deux fois plus longue. Seul Griffe-de-Glace paraissait frais et dispos, peut-être parce que la température se maintenait à un niveau constant – environ vingt degrés. Les appartements que nous découvrîmes ne se différenciaient guère de ceux que nous avions déjà explorés. Il y avait de l'eau fraîche et même des toilettes. Le

Chrektor marmonna d'un air satisfait et jeta son sac sur l'un des lits avant d'annoncer :

— Je m'installe ici !

Fartuloon hocha la tête.

— Nous aussi. Au moins un prago.

— Un prago seulement ? s'étonna le Chrektor.

— Naturellement, ou crois-tu que nous trouverons un magasin d'alimentation au prochain carrefour ? Nos provisions sont limitées.

Farnathia fit une rapide toilette et s'allongea. Elle était endormie avant que j'aie eu le temps de lui parler. Nous étions tous épuisés et aucun d'entre nous ne tarda à trouver le sommeil.

*
* *

J'ignorais pendant combien de temps j'avais dormi, mais Fartuloon n'était plus dans son lit quand je me réveillai. Farnathia et Griffe-de-Glace n'avaient pas encore ouvert les yeux. Précautionneusement, pour ne pas les surprendre, je me levai et saisis le message que je venais de remarquer sur la couchette de mon père adoptif :

Entre ici et le Seuil *se dresse une nouvelle difficulté que je dois aplanir. Avec un peu de chance, peut-être parviendrai-je à négocier.*

C'était tout – et cela ne faisait qu'amplifier le mystère. *Avec qui Fartuloon doit-il négocier ?* Une pensée monstrueuse me traversa. *Il ne serait tout de même pas parti aviser Sofgart l'aveugle de notre présence en ces lieux ? Il doit pourtant savoir que tenter de discuter avec lui serait totalement vain. Non. Fartuloon n'agirait jamais de manière aussi irréfléchie. Il en aurait au moins parlé avec nous. Quel est donc cet obstacle ? Et qui peut bien être ce négociateur invisible ?*

Je me recouchai sur mon lit sans toutefois pouvoir

retrouver le sommeil. D'après ma montre, j'étais resté endormi une dizaine de tontas ; j'avais pourtant l'impression de ne pas avoir bougé depuis plusieurs pragos. J'avais une faim d'ogre mais je préférai attendre le réveil de mes compagnons. Mon optimisme originel s'était quelque peu étiolé. Quand nous avions réussi à sortir Fartuloon de sa prison et à fuir, tout m'avait paru gagné d'avance. Maintenant, en revanche, il y avait trop longtemps que nous progressions sans entrevoir la fin de notre calvaire. Si la surface de Gortavor était rasée en un éclair par un bombardement nucléaire, nous ne remarquerions rien.

Où nous dirigions-nous ? Le Tarkihl grouillait de Kralasènes, et personne ne pouvait ni y entrer ni en sortir sans subir un contrôle en règle. Notre seule chance de fuir était de trouver un passage qui menait vers l'air libre, de préférence à grande distance du titanesque édifice, et de laisser la zone dangereuse derrière nous. Se pouvait-il que nous découvrions un chemin vers les labyrinthes de Zagooth, dans le Désert aux Arachnes ? Peut-être était-ce ce *Seuil* dont parlait Fartuloon ?

Griffe-de-Glace émit un curieux cliquètement et ouvrit les yeux, puis il tourna la tête vers moi et nota que je ne dormais plus. Sans un mot, je lui tendis le message. Il le lut à la hâte avant de me le rendre.

— Si je comprends bien, nous avons le temps de manger un morceau, murmura-t-il pour ne pas déranger Farnathia. J'ai aussi faim qu'un… qu'un…

— Qu'un Chrektor, terminai-je.

Il ricana en hochant la tête. Farnathia venait de se redresser.

— Belle comparaison, ironisa-t-elle.

Je lui montrai le petit texte. Elle cessa immédiatement de sourire.

— Négocier ? s'étonna-t-elle. Avec qui compte-t-il négocier là en bas ?

— Ça m'est égal ! coupa Griffe-de-Glace en fouillant dans les réserves. Nous l'apprendrons bien assez tôt.

Il avait raison. Nous ne pouvions maintenant plus rien changer à notre situation et n'avions d'autre choix que d'attendre le retour de Fartuloon. Nous mangeâmes en prenant garde à ne pas réduire nos réserves. Trois tontas d'oisiveté s'écoulèrent ainsi. Au moment où je commençais sérieusement à m'inquiéter pour mon mentor, nous entendîmes des bruits de pas. Qui cela pouvait-il être d'autre ?

— Vous êtes enfin réveillés ? lança-t-il en entrant dans la salle avant de s'asseoir. Je croyais que vous alliez hiberner toute la journée. Avez-vous trouvé mon mot ?

— Où étais-tu ? voulut savoir Farnathia. Avec qui astu négocié ?

— Oh… Aurais-je oublié de le mentionner ? Avec les *serviteurs silencieux*, naturellement ! Le livre précise qu'ils n'autorisent personne à franchir le *Seuil*.

Aucun d'entre nous n'avait pensé à ces singulières créatures. Mais je me demandais comment il était possible de négocier avec eux, sachant qu'ils ne pouvaient ni communiquer ni nous comprendre.

— Qu'ont-ils répondu ? m'enquis-je avec ironie.

Fartuloon haussa les épaules.

— Rien du tout. Néanmoins, leur attitude montre clairement qu'ils ne laisseront personne traverser. Ils nous bloquent l'accès au *Seuil*.

Griffe-de-Glace prit un air irrité.

— Vas-tu enfin nous révéler ce qu'est ce fichu *Seuil* ?

— Je ne le sais pas plus que toi, lui renvoya Fartuloon sans s'énerver. Le livre mentionne seulement que c'est une sorte de passage vers l'extérieur du Tarkihl. Une sortie parfaitement sûre. C'est tout ce que je peux te dire.

— Et les *serviteurs silencieux* refusent de nous laisser l'emprunter ?

— Leurs réactions sont sans équivoque à cet égard, confirma Fartuloon. J'ai tenté de les chasser. C'est totalement inutile, ils sont bien trop nombreux !

— Alors prenons-les pour jouer au ballon, proposa le Chrektor avec un demi-sourire.

— Je crains que tu n'aies ni assez de bras, ni assez de jambes !

Si ce *Seuil* représentait effectivement notre unique issue, alors il fallait que nous l'atteignions. C'était un fait avéré. Toutefois, nous aurions des scrupules à tenter une percée en force à travers les rangs de ces boules inoffensives. Nous pourrions certainement nous frayer une trouée au radiant à impulsions, mais ce ne serait pas sans pertes de leur côté. Il devait exister une autre solution.

— Que faisons-nous maintenant ? demandai-je, embarrassé.

— Laissez-moi d'abord manger quelque chose, s'écria Fartuloon. Je meurs de faim !

*
* *

Une tonta plus tard, nous empaquetâmes nos affaires et suivîmes le Carabin dans un large couloir qui, à notre grande surprise, était brillamment éclairé. L'air y était pur et tiède. Ici, tout semblait encore fonctionner comme des milliers d'années auparavant. Peut-être les *serviteurs silencieux* avaient-ils à leur charge l'entretien des lieux. S'ils étaient organiques et ne se reproduisaient pas, ils devaient jouir de l'immortalité. Par contre, s'ils pouvaient se multiplier, où trouvaient-ils donc de quoi s'alimenter ? Je penchais de plus en plus en faveur de l'hypothèse selon laquelle il s'agissait bel et bien de robots.

D'un seul coup, nous nous retrouvâmes face à eux. Même s'ils ne montraient aucun signe d'agressivité, ils s'alignaient sur plusieurs rangs serrés qui bloquaient le couloir. Seuls leurs bras filiformes fouettaient l'air de façon menaçante.

— Vous voyez ? nous dit Fartuloon. Que peut-on y faire ? Ils ne réagissent à rien. Ils doivent savoir que nous voulons continuer mais ils ne nous laisseront pas passer.

Il y avait au moins sept ou huit lignes de ces créatures agglutinées devant nous. Elles ne possédaient pas de visage qui nous aurait permis de déchiffrer leurs sentiments, néanmoins leur posture trahissait clairement leurs intentions. Contrairement à leurs congénères que nous avions rencontrés plus haut, ces serviteurs-ci ne semblaient guère disposés à nous venir en aide – c'était plutôt l'inverse ! Peut-être obéissaient-ils à quelqu'un d'autre, mais à qui ? Au début de notre aventure, je croyais qu'au fur et à mesure de notre progression nous éluciderions les secrets du Tarkihl. Au contraire, le mystère ne faisait que s'épaissir et les questions qui se bousculaient dans ma tête étaient de plus en plus confuses. Je n'avais pas la moindre idée concernant la façon dont nous allions bien pouvoir nous tirer de ce pétrin.

— En voilà assez ! s'exclama Griffe-de-Glace.

Il avait apparemment abandonné son projet de jouer au ballon.

— Préparez tout de même le radiant pour me couvrir. Je vais essayer la méthode de la violence douce !

Ni Fartuloon ni moi ne nous opposâmes à sa décision. Il s'avança sur le premier *serviteur silencieux* et l'écarta d'un grand geste de la main. Il se retrouva bientôt entouré de toutes parts. Ce qui se passa alors fut plutôt surprenant : quatre ou cinq individus se jetèrent sur le Chrektor, le soulevèrent de leur bras filiformes et l'emportèrent au loin.

— À l'aide ! hurla Griffe-de-Glace, saisi de panique. Sortez-moi de là !

Mais Fartuloon nous retint.

— Naturellement ! Suis-je bête ! Pourquoi n'y ai-je pas pensé tout de suite ?

— Quoi donc ? demandai-je avec incrédulité en rengainant le radiant.

— Finalement, ils ne diffèrent en rien des autres et ne veulent que nous assister ! Ils sont en train d'emmener Griffe-de-Glace jusqu'au *Seuil* ! Tout ce que j'ai fait, c'était essayer de les écarter de mon chemin sans les approcher assez. C'est pour cela qu'ils n'ont pas bougé !

— Comment peux-tu être certain que nous allons le retrouver sain et sauf ? Il n'est pas impossible qu'ils le transportent en un lieu tout à fait différent ou qu'ils le réduisent en morceaux !

Il ne fournit aucune réponse à ma question.

— Allons-y, avant de perdre de vue Griffe-de-Glace !

C'était déjà le cas depuis longtemps, mais je n'hésitai pas à suivre son conseil. J'attrapai Farnathia par la main et la tins fermement afin d'être assuré que les êtres-boules ne l'entraînent pas dans une autre direction. Ce fut un sentiment bien étrange que de rejoindre délibérément les rangs des *serviteurs silencieux* et de se laisser soulever puis emporter. Je gardai la main gauche serrée sur celle de mon amie et la droite crispée sur le radiant à impulsions. J'étais déterminé à l'utiliser si besoin était. Je n'eus toutefois pas de souci à me faire, car nous allions tous dans la même direction.

Au loin, je repérai Griffe-de-Glace. Il avait été déposé au sol et paraissait pourtant affolé. D'un mouvement convulsif, il cramponnait contre lui son sac à provisions alors qu'aucun *serviteur silencieux* n'esquissait le moindre geste pour le lui subtiliser. Son visage s'éclaira lorsqu'il vit les sphères blêmes nous lâcher à ses côtés. Puis, comme à leur habitude, celles-ci se retirèrent sans un bruit.

— Je me suis focalisé sur la certitude qu'ils étaient hostiles et n'ai tout bonnement pas osé m'approcher d'eux, nous avoua Fartuloon d'une voix rauque. Comment pouvais-je deviner qu'ils nous aideraient ?

— Nous aider ? répétai-je, sceptique.

Je regardai tout autour de nous sans rien distinguer d'autre qu'une salle rocheuse vide.

— Comment peux-tu savoir qu'ils nous ont amenés jusqu'à ton *Seuil ?*

— La description correspond et les *serviteurs silencieux* étaient mentionnés dans le livre, pas de cette manière pourtant. Son auteur doit être passé de force. Il parlait d'un grave danger bloquant l'accès au *Seuil.*

— Je me pose toujours la question concernant la nature de celui-ci, reprit Griffe-de-Glace. Je ne vois rien du tout !

Fartuloon avança de cinq mètres dans la caverne. Nous constatâmes avec surprise que les sphères pâles ne le suivaient pas. Après quelques pas, il s'arrêta.

— Rejoignez-moi lentement. Nous devons trouver le bon chemin.

Il y avait cinq passages à l'allure similaire. Nous fûmes rassurés de voir que les boules restaient à distance. On eût dit qu'elles craignaient de pénétrer en territoire interdit. Cela devait correspondre à leur programmation. J'avais entre-temps acquis la certitude qu'elles n'étaient que des robots. Fartuloon choisit le tunnel central. Nous dûmes allumer nos torches car l'obscurité y était totale. Nous échouâmes dans un cul-de-sac au bout de cent mètres. Nous consacrâmes en vain quelques instants à la recherche d'une porte dérobée, avec la certitude que nous avions pris une mauvaise option. Fartuloon pesta.

— Allons essayer les autres.

La chance nous sourit à la quatrième tentative. Après cent mètres, le plafond et les parois s'illuminèrent. Contrairement aux boyaux voisins, celui-ci ne s'achevait pas brutalement mais menait directement à une pièce rectangulaire vide de laquelle nous pouvions décider de continuer soit à droite, soit à gauche. Nous nous hasardâmes vers la gauche, et le couloir nous fit échouer dans un petit local aux murs métalliques couverts d'écrans. En dessous de ceux-ci saillait un panneau de contrôle face auquel étaient disposés deux fauteuils.

Un poste de surveillance en bonne et due forme !

— Est-ce le *Seuil* ? haleta Griffe-de-Glace.

Fartuloon hésita à répondre mais se forgea rapidement une opinion.

— Non. J'en doute fort. Pour l'atteindre, nous devrons certainement emprunter l'autre passage. Pourtant, d'ici…

Il laissa sa phrase en suspens. Nous étions tous d'avis de marquer une halte, surtout Farnathia, bien que personne ne se soit encore plaint. Mon père adoptif posa ses bagages et s'installa devant le pupitre. Au hasard – à mon avis –, il pressa plusieurs touches et enclencha quelques commutateurs. Un écran s'illumina tout-à-coup. Peut-être Fartuloon n'avait-il pas manipulé les commandes aussi aléatoirement que je le pensais.

La salle de consultation du Tato !

Farnathia reconnut son père et en eut le souffle coupé. Je m'en rendis compte car elle était appuyée contre moi et j'avais un bras passé autour de sa taille. Fartuloon manipula encore les contrôles, et dans des haut-parleurs invisibles résonna soudain la voix criarde de Sofgart l'aveugle. Quand je le vis à l'image, je crispai inconsciemment les poings.

Nous écoutâmes alors ce qui se disait :

— … provisoirement interrompues. Un jour, le Tarkihl sera rasé car c'est un repaire de criminels, et le Tato de Gortavor recevra un nouveau palais. Nous devons en finir avec toutes ces dangereuses antiquités !

— Je ne tolérerai jamais qu'on détruise le Tarkihl ! se révolta Armanck Declanter.

Nous entendîmes des murmures d'approbation parcourir l'assemblée des dignitaires de Gortavor réunis dans la salle.

— Ce monument a été bâti en des temps immémoriaux et constitue un héritage du passé de cette planète. Je ne suis pas sûr que l'empereur Orbanaschol l'admettrait lui non plus !

— As-tu oublié que ta fille a essayé de me tuer ? lui rappela Sofgart. Sais-tu que je pourrais t'en tenir responsable ?

— Malgré votre toute-puissance, Sofgart, vous ne pouvez faire cela ! Allez chercher vos « criminels », mais laissez ma fille et le Tarkihl en dehors de tout ça !

Le faciès décharné de l'aveugle irradiait la rage et l'amertume. Mais il trahissait aussi la déception et des traces de découragement.

— Mes hommes fouilleront le Tarkihl de fond en comble une autre fois. Il n'existe pas de meilleure cachette ! Néanmoins, les évadés ne peuvent rester indéfiniment dans les profondeurs. S'ils veulent survivre, il leur faudra tôt ou tard remonter à la surface. Et alors, nous les cueillerons ! Je ferai en sorte que chaque parcelle de cette planète soit surveillée par mes Kralasènes. Fartuloon et ses compagnons ne m'échapperont pas ! Ta fille non plus, Tato !

— Vous ne toucherez pas à un seul de ses cheveux, dit calmement Armanck Declanter.

— Les recherches sont en cours ! répliqua froidement l'aveugle.

Fartuloon éteignit l'appareil et se tourna vers nous.

— Comme nous pouvions nous en douter, il est impossible de lui faire endosser une réelle responsabilité, rassura-t-il Farnathia. Il n'arrivera rien à ton père, mon enfant. Et Sofgart n'ordonnera pas la destruction du Tarkihl, ce serait sa propre perte !

Griffe-de-Glace recula d'un pas et jeta un coup d'œil par-dessus son épaule.

— Il n'y a pas de sortie à cette salle. Ton introuvable *Seuil* commence à me mettre les nerfs à vif, Carabin ! S'il n'est pas là, où se cache-t-il ?

— Je pense que nous le découvrirons en empruntant l'autre passage. Je t'en conjure, fais preuve d'un peu de patience ! Avez-vous entendu ce qu'affirme l'aveugle ? Toute la planète est sous étroite surveillance. Si nous émergeons maintenant à la surface, que nous arrivera-t-il ?

Fartuloon observa notre réaction. Sofgart devait exercer une surveillance particulière sur l'astroport et le Tarkihl était totalement ceinturé par ses troupes.

Devant notre silence, il reprit :

— Vous avez certainement remarqué ma connaissance détaillée du Tarkihl, supérieure à celle de beaucoup de ses habitants. En prévision de ce moment, j'ai aménagé plusieurs repaires ailleurs sur la planète et je suis le seul à être au courant de leur existence. Ces cachettes regorgent de provisions, d'armes et d'équipements. Nous pourrons même y trouver des substances bioplastiques grâce auxquelles modifier notre apparence, ainsi que des hyperémetteurs. Et si nous parvenons à atteindre l'*Omirgos*... Enfin, bref, vous verrez tout cela quand nous aurons franchi le *Seuil*, ce dont je ne désespère pas !

Je ne savais pas très bien à quoi mon maître faisait allusion avec son *Omirgos*. La philosophie dagorienne décrivait la chose comme un cristal à mille vingt-quatre facettes, condensation matérielle de l'entité consciente du Zhy. Il s'agissait probablement là d'une sorte de désignation codée.

Nous nous hâtâmes de regagner la salle aux deux tunnels. Fartuloon ouvrait la marche et nous le suivions, tendus. Je me motivai par des pensées rassurantes.

Le Seuil *est le but de Fartuloon depuis le début de notre fuite. Nul doute à cela ! Aucun d'entre nous n'a la moindre idée de ce en quoi il consiste, mais s'il est mentionné dans le livre comme une voie d'évasion sûre et si jusqu'à présent tous les indices ont concordé... alors nous avons eu raison de faire confiance au Carabin. Il a pris la décision la plus adéquate.*

Nous longions maintenant des murs constitués du même simili-bronze que les secteurs supérieurs du Tarkihl. Certaines plaques diffusaient une luminosité suffisante pour que nous n'ayons plus besoin de nos lampes.

Nous débouchâmes finalement sur une immense salle qui me rappela tout d'abord un amphithéâtre. Elle ne ressemblait en rien à celles que nous avions précédemment visitées. Son volume intérieur était celui d'une sphère presque entière à laquelle aurait juste manqué une calotte polaire inférieure de faible épaisseur. Le sol en était donc peu étendu, formant un disque d'à peine trois mètres de rayon. Sa jonction à angle obtus avec la paroi lisse ne s'interrompait qu'au niveau du couloir d'accès, dont l'ouverture dessinait une sorte de niche. La voûte, elle, culminait à plus de dix mètres en son zénith. À égale distance sur le pourtour de la salle, à près d'un mètre du sol, s'alignaient de gros hémisphères saillants qu'on eût dit taillés dans du quartz et qui, à première vue, me firent penser à des projections holographiques. Une impression accrue par la présence, au cœur de ces demi-boules aussi hautes qu'un homme, de paysages colorés et en perpétuelle mouvance.

Comme des sas transparents, pensai-je. *Des sas béant à travers les dimensions. Ce ne sont pas de simples images ! Il y en a...*

Je parcourus toute la salle du regard.

Exactement douze exemplaires ! Douze, autant que de ces héros légendaires dont fait partie Tran-Atlan auquel je dois mon nom !

Fartuloon nous interpella.

— Arrêtez-vous ! Il me faut suivre les instructions !

Il se dirigea vers l'un des demi-globes et se mit à manipuler les commandes du panneau incliné surmontant la colonne cylindrique dressée face à lui. J'avais un peu de temps pour examiner plus attentivement les images. J'aperçus tout d'abord une jungle au bord d'un lac marécageux et chatoyant, dans lequel plusieurs sauriens aux proportions gigantesques erraient en quête de nourriture. Sur l'écran suivant, je remarquai un groupe de constructions en forme d'entonnoirs élancés, selon les canons classiques de l'architecture arkonide. Probablement un des mondes nodaux de notre Grand Empire. L'hémisphère d'après montrait une pléthore d'étoiles scintillant dans les ténèbres, comme je me souvenais d'en avoir vu grâce à l'holovidéo. L'image se déplaçait lentement, comme si la caméra était installée à bord d'un vaisseau spatial. Les autres scènes consistaient en planètes désertes, paysages cultivés, cités ultramodernes et hypertechnologiques ou au contraire en ruines désolées. Puis j'identifiai un décor qui m'était familier.

Fartuloon se tenait juste devant et s'activait à quelque chose que je ne parvenais pas à distinguer. Quoi qu'il en soit, l'image se fit peu à peu plus nette et finit par se stabiliser : *la bordure du Désert aux Arachnes !*

C'était de là que nous rentrions lorsque Fartuloon avait été arrêté. En général, on évitait cette zone comme la peste. Le réseau de câbles argentés qui s'étendait au-dessus de sa surface stérile constituait un péril mortel pour toute personne non avertie. Nous en avions déjà fait l'expérience.

L'image que nous voyions devait embrasser un secteur de deux kilomètres de diamètre, comme si elle avait été relayée par un satellite en orbite. Depuis que je connaissais l'existence de certains secrets du Tarkihl, je me demandais quels rapports ils pouvaient avoir avec le réseau de câbles argentés.

Mais pourquoi Fartuloon nous amène-t-il précisément face à la représentation de ce désert ?

Je perdis patience :

— Fartuloon ! Que signifient ces images ? Elles semblent si réelles ! Pourquoi ?

L'interpellé tourna légèrement la tête, puis posa un regard inexpressif sur Griffe-de-Glace et sur moi.

— Tu as raison, me répondit-il d'une voix rauque. Ce que vous voyez ici EST la réalité. Voilà ce qu'est le *Seuil* !

– C'est-à-dire, plus exactement ?

— Une station transmettrice d'un genre assez particulier. Elle fonctionne sans interruption depuis des millénaires. L'auteur du livre auquel j'ai plusieurs fois fait allusion descendait souvent ici mais il regagnait toujours le Tarkihl *par l'extérieur*, car il se posait sur Gortavor à bord d'un vaisseau spatial en provenance de *Thantur-Lok* !

Je le fixai comme s'il avait perdu la raison.

— Je ne comprends pas. Qu'entends-tu par là ?

— C'est tout simple, mon garçon, m'assura-t-il en soupirant devant mon incrédulité.

Il désigna alors la demi-sphère dans laquelle nous apercevions les bâtiments en forme d'entonnoirs.

— Il pénétrait *dans* cette image et surgissait alors sur Soral, l'un des cinq mondes initiatiques de l'*Ark Summia !*

*L'*Ark Summia *! Celui qui en atteint le troisième stade bénéficie en retour de l'activation de son cerveau-second !* Cette réflexion m'était automatiquement venue à l'esprit. *Le pourcentage d'échec est énorme – et même si j'arrive bientôt à l'âge adulte, cela restera peut-être à jamais pour moi un rêve inassouvi que je…*

Mes pensées s'apaisèrent. Je connaissais naturellement le principe d'un transmetteur de matière. On entrait dans une cabine, la grille se fermait et on se retrouvait à un endroit différent, dans une autre cabine syntonisée en mode réception. C'était simple ! En revanche, je n'avais encore jamais vu de transmetteur opérant par l'intermédiaire d'une projection holographique. Il me semblait vaguement me souvenir de concepts théoriques et de considérations dont m'avait une fois entretenu l'un des mes instructeurs scientifiques. Quelque chose de basé sur la géométrie quintidimensionnelle, un genre de téléportation paramécanique mettant en œuvre une sorte de faisceau d'impulsions qui transférait les objets *sans* avoir besoin de station réceptrice. De tels *transmetteurs fictifs* étaient décrits dans les archives scientifiques arkonides comme une possibilité spéculative, mais personne n'avait encore jamais réussi à mettre en application une telle technologie.

Griffe-de-Glace, qui s'était remis de sa surprise, chuchota :

— Fartuloon, si ceci est une station transmettrice et si nous pouvons choisir notre destination, pourquoi t'es-tu placé devant la… l'image qui nous mènerait droit dans le Désert aux Arachnes ? Nous risquons de tomber nez à nez avec des Kralasènes, si ce n'est pas avec des Zagoriens et des Ooths !

Fartuloon eut un hochement de tête désapprobateur et me toisa, les sourcils froncés.

— Tu as compris que nous pouvions utiliser ce système pour rallier différents sites de l'Empire, c'est déjà ça. Mais honnêtement, à quoi cela nous servirait-il, Griffe-de-Glace ? Surgir sans le moindre équipement en un endroit étranger serait une fuite sans issue. Nous nous trouverions aussitôt repérés et à la merci des sbires de Sofgart !

— Et tu estimes que Gortavor vaut mieux ? émit le Chrektor, sceptique. Ils savent que nous nous y cachons !

— Certainement, mais ils ne nous chercheront jamais là où nous allons. Tout le monde évite le Désert aux Arachnes car il a déjà coûté la vie à de nombreux Arkonides. Il n'apporte que le désespoir et la mort. Pense au réseau argenté ! Qu'est-il ? Personne ne le sait, bien qu'il existe des douzaines de théories.

Griffe-de-Glace frissonna.

— Et c'est là que tu projettes d'aller ? Avec nous ?

— Oui, c'est exactement cela. C'est pour nous le chemin le plus sûr.

— Gortavor ? répétai-je tout bas.

Fartuloon termina ses manipulations. L'image était presque tangible. L'atmosphère surchauffée du désert me fouettait les joues et j'avais l'impression que j'aurais pu saisir sans difficulté une poignée de sable rien qu'en tendant la main. L'hémisphère m'apparaissait comme une porte grande ouverte par laquelle la lumière venait illuminer notre halle. Je ne voyais pas le *Seuil* comme un transmetteur de matière, mais comme un moyen de faire un pas d'une longueur infinie…

— Oui, Gortavor ! Je vous ai déjà parlé des cachettes que je suis le seul à connaître. Elles se trouvent, pour la plupart, dans des secteurs inhabités où personne ne se rendra jamais. Pas même Sofgart l'aveugle et ses Kralasènes. Il ne possède pas suffisamment d'hommes pour tout surveiller !

Je ne l'écoutais qu'à moitié, car la vision de la demisphère me fascinait. Si j'avais obéi à mon impulsion, j'aurais immédiatement sauté au cœur de l'image. Elle agissait sur moi de manière presque hypnotique. Comme si elle se doutait de ce qui se passait en moi, Farnathia me retint par le bras.

Fartuloon continuait :

— Nous sommes certainement dans une ancienne station édifiée par les bâtisseurs du Tarkihl pour servir de jonction avec l'extérieur. Ce transmetteur de matière peut nous emmener partout, pourvu que nous connaissions les coordonnées galactiques de notre but. Je serais incapable de vous dire comment tout cela a été programmé ni de vous donner des détails sur le principe technique, mais de toute évidence la machine possède de nombreuses destinations préenregistrées. Ne craignez rien, il faut prendre les choses telles qu'elles viennent ! Et notre meilleure chance s'appelle Gortavor, aussi paradoxal que cela puisse paraître. Car c'est ici, et nulle part ailleurs, que nous trouverons l'*Omirgos* qui pourra nous transporter directement vers mes autres bases secrètes, sur d'autres mondes ! Exactement comme si j'avais tout prévu à l'avance !

Prévu ? Mais qu'a-t-il encore prévu de plus ? me demandai-je, irrité. *Ses mystères commencent à me taper sur les nerfs !*

— Connais-tu le secteur du Désert aux Arachnes où tu nous emmènes ? m'enquis-je d'une voix aussi neutre que possible.

— Bien sûr, Atlan, il s'étend non loin de l'un de mes repaires. Je suggère que vous vous prépariez à sauter. Griffe-de-Glace, la température va monter d'un seul coup quand tu traverseras le champ du transmetteur. Penses-tu que tu sauras le supporter ?

— Je n'ai pas le choix, si je ne veux pas rester moisir ici !

— Excellente remarque ! le complimenta Fartuloon en tournant brutalement une molette rouge. C'est tout droit. Suivez-moi dès que j'aurai disparu.

Farnathia crispa les doigts autour de mon bras lorsque le Carabin entra dans l'hémisphère transparent et se fondit dans l'image tridimensionnelle du désert. Toutefois, il ne se volatilisa pas vraiment. On eût dit qu'il avait soudain rapetissé et se tenait très loin de nous, au centre de la représentation holographique.

Je le reconnus distinctement quand il pivota vers nous et fit un signe de la main.

— À toi l'honneur ! invitai-je Griffe-de-Glace. Après tout, tu es devant nous !

— C'est toujours la même chose ! rouspéta-t-il.

Cependant, il n'hésita pas à avancer et se retrouva bientôt dans le sable aux côtés de mon père adoptif, grand comme mon pouce. Farnathia me regarda timidement et lâcha mon bras, mais je saisis doucement le sien et l'attirai vers moi. Nous ne ressentîmes rien en traversant l'image. Aucun choc de transition, rien.

Fartuloon et Griffe-de-Glace se dressaient devant nous, au milieu du désert inhospitalier. Je pouvais apercevoir, dans le lointain, l'ombre aplatie projetée par le Tarkihl sur la surface de Gortavor. Exception faite de ce détail, nous étions seuls et n'avions pas la moindre idée du chemin à prendre.

Fartuloon sembla deviner mes pensées.

— Nous pouvons quitter le Tarkihl en empruntant le *Seuil*, mais impossible de l'utiliser pour y revenir ! Ma base est un peu plus loin, nous y serons en sécurité. Cependant, nous devrons ensuite continuer notre route car cet endroit n'est qu'un dépôt dans lequel nous récupérerons juste de quoi nous équiper.

Griffe-de-Glace leva les yeux sur l'horizon du paysage désolé.

— Un dépôt ? Continuer ?

Pour la première fois, je crus lire comme de l'embarras sur le visage de mon père adoptif.

— Ne m'en veuillez pas pour ce petit mensonge, il était nécessaire ! Après avoir pris ce dont nous avons besoin, nous quitterons Gortavor à ma manière, pas à celle des bâtisseurs du Tarkihl. Il nous faudra rallier un autre de mes repaires secrets, mais ce n'est pas la porte à côté. Nous avons un long chemin à parcourir avant d'atteindre l'*Omirgos*. Cap sur le nord !

— Le nord ? sursauta le Chrektor.

Il n'avait soudain plus l'air aussi confiant.

— Vers les Contrées Pâles ?

— C'est en effet là-bas que nous allons, hélas, confirma le Carabin.

Notre compagnon n'était pas le seul à être effrayé : il en allait de même pour moi. J'avais entendu parler du climat du nord, de la glace et des tempêtes de neige.

Si tel est vraiment notre but, le Chrektor y aura pour de bon l'occasion d'éclater mille fois !

Mais ce fut en premier lieu à Farnathia que je pensai : nous n'étions pas équipés pour un tel voyage. J'en fis part à Fartuloon.

Il m'interrompit d'un geste et s'assit sur une dune de sable.

— Je vais vous expliquer mon plan. Il est simple !

Griffe-de-Glace en profita pour jeter un œil sur ses provisions.

— Tu veux nous faire voyager à pied jusque dans le Grand Nord ? Es-tu devenu complètement fou ?

Fartuloon avala une gorgée d'eau tirée d'un des bidons.

— Pour qui me prends-tu ? Nous utiliserons un glisseur. Nous sommes suffisamment éloignés du Tarkihl et du spatioport pour en emprunter un en toute sécurité. Pour le moment, reposez-vous afin de récupérer. Nous aurons besoin de toutes nos forces pour atteindre l'*Omirgos*. Entre-temps, l'aveugle et ses Kralasènes peuvent fouiller le Tarkihl tant qu'il leur plaira, ils ne nous y trouveront plus !

Vers le nord, les Contrées Pâles, à plus de cinq mille kilomètres de distance à vol d'oluzga... Après tout, nous venons d'échapper à une mort certaine. Pourquoi donc devrions-nous abandonner maintenant ? Si mon mentor *a réussi à nous amener jusqu'ici, il saura bien nous conduire jusqu'à sa base secrète qui renferme l'*Omirgos *et doit se trouver en profondeur sous les glaces éternelles.*

Avant de nous remettre en marche vers la retraite de Fartuloon, je me retournai une dernière fois. La silhouette du Tarkihl se découpait indistinctement sur l'horizon. Il commençait à faire nuit. Farnathia avançait près de moi, sa main dans la mienne. Quoi qu'il se passe à l'avenir, nous vivrions le futur ensemble. Face à nous, dans la direction du nord, c'était la liberté qui nous attendait.

CHAPITRE VIII

FARTULOON, L'ARRACHEUR D'ENTRAILLES

*Il s'inquiète des pensées qui me préoccupent. Et, comme de bien entendu, c'est autour de lui qu'elles gravitent. De lui et du fait que je dois le sauver d'Orbanaschol, ce meurtrier tapi dans le Palais de Cristal. Si nous n'atteignons pas l'*Omirgos*, qui plus est avant les Kralasènes, alors Orbanaschol fera tuer Atlan – de son vrai nom Mascaren, fils de son propre frère. L'unique danger qui le menace depuis qu'il s'est installé sur le trône impérial. C'est précisément ce que je veux empêcher. Rien qu'à l'aide de moyens tellement primitifs qu'ils ne méritent pas plus de considération qu'ils n'éveillent l'attention.*

Ce garçon étonnant était âgé de quatre années arkonides quand je me suis enfui avec lui. À l'instant présent, on dirait non seulement que notre fuite a été remarquée mais qu'elle est entrée dans une phase critique. Jusqu'à maintenant, Orbanaschol nous avait fait chercher, Atlan et moi, partout à travers la galaxie ; désormais, un de ses sbires nous a trouvés. Sofgart l'aveugle déploiera toutes ses compétences pour nous capturer. En réalité, nous n'avons besoin que d'une tonta d'avance pour rejoindre le Cristal – quelques centitontas à gagner sur chaque prago à venir. C'est tout ce que j'espère. Atlan surmontra les fatigues car il est presque aussi résistant. S'il avait mon âge et mon expérience, ce voyage serait un jeu d'enfant. Mais la jeune fille... eh bien, nous devons emmener Farnathia, il ne peut en être autrement. Elle sera un fardeau, tout comme le Chrektor et sa peur perpétuelle de perdre la vie. Jusqu'à présent, ils se sont bien comportés. Toutefois, le périple sera de jour en jour plus périlleux.

*
* *

Je me haïssais. J'étais trop jeune, pas assez rusé et très loin d'avoir vécu autant que Fartuloon. Tout naturellement, je ne cessais de me répéter que l'expérience de la vie ne s'achetait pas, qu'elle devait s'acquérir à force d'épreuves et de réflexion, mais cela ne pouvait pas me consoler. J'étais et je restais toujours l'ami immature du vieux et gros Carabin. Tous les jours, j'étais confronté avec le côté encore enfantin de ma personnalité, de sorte que je me haïssais tout comme je haïssais mes humeurs maussades. Depuis que nous avions quitté la bordure du Désert aux Arachnes et entrepris le long voyage vers la colonie avancée, Seuder-aux-Tentes-Blanches, mon état d'esprit ne s'était guère amélioré. Je jetai la clé parmi les autres outils et me redressai.

– C'est terminé, Atlan ? dit doucement Fartuloon.

Je haussai les épaules, de mauvaise grâce, et donnai un furieux coup de pied à l'un des pneus spéciaux équipant le véhicule.

— Aucune idée ! Soudain, je n'ai plus envie de rien. Tout me dégoûte.

Le soleil pâle miroitait sur le crâne chauve de Fartuloon. Sa barbe se hérissa : un signe certain que mes paroles l'avait mis en colère. Je me penchai à nouveau au-dessus de la caisse à outils de notre vieil engin déglingué pour récupérer la clé, par mesure de précaution. Fartuloon se planta devant moi. Je le dépassais de plus d'une tête mais sa silhouette trapue dans sa cuirasse cabossée, lustrée et étincelante m'inspirait un respect sans cesse renouvelé. Tout comme maintenant.

Fartuloon mit les poings sur ses hanches et m'apostropha en grondant :

— Par toutes les déesses rousses que j'ai connues, mon fils, tu commences à m'énerver !

J'examinai la liaison de renfort que j'avais effectuée en serrant l'écrou sans entrain. Dans la colonie, il n'y avait qu'un seul véhicule à vendre : celui-ci. Ce n'était techniquement plus qu'un tas de ferraille, bosselé et à moitié démoli par ses innombrables voyages à travers les Contrées Pâles dénuées de toute piste carrossable. Nous avions dû abandonner la veille le Vagabond que nous avions trouvé dans le dépôt secret de Fartuloon, caché en plein désert à dix kilomètres de Seuder-aux-Tentes-Blanches – un Vagabond que nous avions utilisé comme un glisseur – car un minuscule composant du répartiteur énergétique ne fonctionnait plus et dénicher une pièce de rechange relevait de la chimère. *Ce qui peut foirer finit toujours par le faire !* pensai-je avant de répondre avec raideur :

— Ce n'était pas mon intention !

— Et pourtant c'est arrivé ! Tu vas m'écouter maintenant, mon garçon !

Fartuloon posa sa lourde main sur la garde de Skarg, son épée dagorienne à lame courte et large.

— Écoute et mets-toi bien ça dans la tête ! Nous avons atteint le Grand Nord de ce monde, la lisière des Contrées Pâles. Nous ne sommes pas ici dans une très grosse ville, mais les Kralasènes de Sofgart l'aveugle nous poursuivent et auront tôt fait de repérer le glisseur. Toi, moi, Griffe-de-Glace et ta bien-aimée sommes dans le même pétrin. Au cas où ton manque d'enthousiasme conduirait le véhicule à tomber en panne, tu serais responsable de la mort de quatre personnes – dont la tienne dans le lot ! Peut-être cette idée saurait-elle dissiper un peu de ta mauvaise humeur, Atlan ?

Il me fixait d'un air si provocateur qu'il me semblait vouloir se battre.

— Pardonne-moi, dis-je. Je regrette. Je suis dans un état d'esprit étrange depuis le jour où nous avons dû nous enfuir. Je ne me reconnais plus, Fartuloon.

— Raison de plus pour refaire connaissance avec toi-même, rétorqua-t-il. Nous avons bien du mal à rassembler l'équipement nécessaire, alors tu n'as pas besoin de nous rendre la vie encore plus pénible !

Je déplorais de m'être laissé aller à mon immaturité. Naturellement, Fartuloon avait raison ! Il avait toujours raison !

— Excuse-moi, le priai-je. Quand allons-nous partir ?

Il esquissa un geste de la main. Pour lui, l'incident était clos. L'Arracheur d'Entrailles, mon ami, mon père adoptif, mon mentor, avait hâte de rejoindre son avant-poste du nord de Gortavor, qui renfermait l'énigmatique *Omirgos* susceptible de tous nous sauver. Mais, à l'en croire, le chemin qui y menait était parsemé de dangers menaçants. En plus, les Kralasènes seraient bientôt à nos trousses, je le savais parfaitement. Cependant, ces êtres m'inquiétaient beaucoup moins que l'homme grassouillet debout devant moi, dont les yeux enfoncés me scrutaient en même temps qu'ils regardaient le véhicule bon pour la ferraille.

— Demain, après-demain, qui sait ? répondit-il. Dans trente tontas de Gortavor, au plus tard.

— Combien de temps nous faudra-t-il pour arriver à ta base mystérieuse ?

— Cela dépendra du bon vouloir du destin. Il n'est pas toujours, comme tu as pu t'en rendre compte, de notre bord ou du côté de ce monceau de rouille !

Il donna au pneu un violent coup de pied qui ébranla

toute la carcasse. Il pensait sans doute avec désespoir au glisseur récupéré dans son dépôt.

*C'est donc avec cette épave qu'il nous faut parcourir la route menant à l'*Œil Brûlant *et même aller au-delà ? Le risque est déjà énorme de sortir cette chose de Seuder !*

— C'est bien vrai, dis-je. Où en est Griffe-de-Glace avec les vivres ?

— Il est presque prêt, déclara Fartuloon.

Nous nous trouvions dans une colonie comptant de trente à quarante maisons de bois blanchi posées dans de petits enclos. Elles avaient toutes sans exception la forme de cônes pentus aux dimensions diverses, d'où leur appellation de « tentes ». De la fumée montait en volutes de la plupart de leurs sommets pointus. Chaque terrain était délimité par une solide clôture en palis à soubassement de pierre, et l'ensemble ceinturait une place circulaire marquant le centre du village. Autour de chacun des logis, la petite cour bien abritée du vent pouvait être fermée pour protéger l'intimité. Toutes les entrées faisaient face à la place centrale traversée par une rue à l'état de saleté indescriptible. Nous étions arrivés par un côté de ce cercle et c'était par l'opposé que nous allions quitter les lieux, Seuder-aux-Tentes-Blanches, pour filer en direction du nord. À bord de cette monstruosité trépidante et feulante, si le hasard était généreux avec nous !

— Et… comment se sent Farnathia ? m'enquis-je.

— C'est une fille très courageuse et capable ! m'assura Fartuloon. Elle s'occupe de nos vêtements.

Notre route était fixée à l'avance : car aucun d'entre nous ne pouvait se risquer à faire demi-tour. Le Tato ne réussirait jamais à pardonner au Carabin d'avoir entraîné sa fille dans le tourbillon des événements. Aussi devions-nous nous enfuir vers la base mystérieuse en empruntant les sentiers d'un pays étrange. Pour ce voyage, nous étions encore très occupés à rassembler tous nos équipements. Leur quantité, leur qualité et leur fiabilité auraient une influence décisive sur le fait qu'en fin de compte les Kralasènes nous prendraient, ou que nous pourrions parvenir à quitter la planète Gortavor.

— Bon, dis-je en jetant un coup d'œil à la position du soleil. Je vais encore une fois m'occuper du moteur de ce tas de ferraille.

Soudain, Fartuloon eut un sourire amusé.

— Les probabilités statistiques montrent que toutes les pièces d'une machine ne peuvent pas tomber en panne simultanément, sauf en cas d'explosion. Peut-être qu'en réalité cette vénérable épave tiendra le choc quelque temps. Je me sens capable de changer des composants défectueux même pendant le trajet.

J'enfilai mes gants et les ajustai.

— Tu devrais maintenant rentrer pour aider Griffe-de-Glace. Moi, je vais essayer de redonner un peu de bon sens à cette caisse afin qu'elle daigne nous transporter.

À la lisière des Contrées Pâles, il semblait que se procurer même un seul litre d'eau soit déjà un sérieux problème. Ici, dans cette région polaire en majorité recouverte de neige et de glace, n'habitaient que les hommes les plus rudes et les moins exigeants – il y avait d'ailleurs très peu de femmes – de ce monde qui comptait parmi les planètes sauvages de la périphérie du Taï Ark'Tussan. Dans le village de Seuder-aux-Tentes-Blanches vivaient uniquement des chasseurs et des commerçants. Les premiers étaient sortis en expédition avec leurs traîneaux, les autres semblaient avoir écoulé toutes leurs marchandises.

Avec bien du mal et moyennant une forte somme d'argent, Fartuloon avait acheté ce véhicule qui paraissait dater de l'époque des premiers jours du Grand Empire arkonide. Le Carabin, dont la richesse bien connue de tout un chacun me réservait des surprises continuelles, nous avait procuré des habits en fourrure, des denrées alimentaires et quelques armes. C'était tout, il n'y avait rien d'autre. Notre tâche consistait à faire le tri des affaires rassemblées un peu au hasard. Le temps pressait et nous n'étions pas prêts à partir.

— Tu dois encore aller chercher la pommade antineige chez Sorlack, de l'autre côté de la place, me rappela Fartuloon.

— Dès que j'en aurai terminé ici !

Il acquiesça d'un signe de tête et disparut dans la maison. J'avais entendu raconter tant de choses mystérieuses sur les Contrées Pâles ! De nombreux Arkonides et beaucoup d'êtres venus d'autres mondes de l'Empire pour s'installer ici s'étaient volatilisés sans laisser de traces. Un constat évasif qui, étonnamment, valait aussi pour une multitude d'autres régions de Gortavor. Pour pouvoir survivre dans des colonies comme celle-ci, avec le froid glacial et des conditions d'existence plus que rudes, il fallait posséder un corps et un esprit d'une robustesse hors du commun.

Je contrôlais une fois de plus, avec soin, chacun des éléments du système propulsif du véhicule polaire à six roues. Je vérifiai le brûleur universel, la chaudière à vapeur et le balançage de la turbine qui entraînait le générateur. J'inspectai aussi les câbles un par un, la large chenille axiale hérissée de crampons et de griffes qui s'abaissait et se remontait par commande manuelle, le petit compartiment à bagages à travers lequel passait le conduit d'échappement, les sièges et les harnais de sécurité. Le réservoir à carburant fuyait ; je bouchai le trou en y enfonçant un morceau de bois taillé en pointe et j'assujettis le tout à l'aide d'un large ruban adhésif. Ensuite, je rangeai chacun des compartiments intérieurs et y entassai une partie de l'équipement tout en espérant que l'ensemble de mes réparations se révèlerait durable.

Au moment où je refermais la caisse à outils, la portière grinça et Farnathia descendit la courte échelle.

— Je t'ai fait du thé chaud, me dit-elle.

Dès son apparition, je me mis comme toujours à la regarder avec une passion fiévreuse. Elle était incroyablement belle, surtout maintenant dans son habit de fourrure collant au col épais et blanc qui entourait sa figure comme un liseré de neige fraîche. N'importe quel homme serait tombé fou amoureux d'elle en la voyant ainsi – moi, je l'étais déjà. Elle portait dans ses moufles épaisses un pot en terre cuite d'où montaient des volutes de vapeur aromatique. Je la débarrassai du récipient et lui pris les mains.

— Merci ! soufflai-je. Tu viens avec moi ?

— Pour aller chercher la pommade anti-neige ? demanda-t-elle.

Je fis signe que oui.

— Je viens, évidemment ! J'ai passé toute la journée assise sans bouger sur nos fourrures.

Je rangeai la clé et bus le thé chaud qui contenait un soupçon d'alcool. Je me retournai et, pour la première fois, il me sembla distinguer vraiment les environs dans la lumière du coucher de soleil. Une ambiance mélancolique s'installait. La région était très boisée, sans ondulations particulières du terrain. Mais Fartuloon nous avait parlé de montagnes et de glaciers, de steppes sans arbres et de permafrosts, de *spectres des neiges* et de vapeurs suffocantes. Disait-il la vérité ou voulait-il juste nous effrayer ? D'un autre côté, son avant-poste devait effectivement exister sinon il n'aurait pas couru le risque de s'engager dans une entreprise hasardeuse. Nous avions donc toutes les chances de quitter vivants la planète, quelle que soit la nature de cet *Omirgos* mystérieux. Je posai le pot vide sur le garde-boue et saisis la main de Farnathia.

— Griffe-de-Glace a peur ! gloussa-t-elle, au moment où je repoussai le lourd portail vers l'extérieur.

Seules deux ou trois autres palissades circulaires étaient ouvertes, dont celle qui comportait l'accès au magasin de Sorlack. Nous approchâmes de la boutique, nous faufilant entre des animaux de traîneau à moitié ensevelis sous la neige et des peaux étalées de grandes bêtes polaires. De la lumière tremblotait derrière les petites vitres presque entièrement recouvertes de givre. Nous avançâmes main dans la main dans la cour intérieure tapissée de neige crissante, le long d'un alignement de traîneaux dressés à la verticale et de petits tas de fourrures liées en paquets gelés, rigides comme des planches. J'écartai d'un geste brusque la porte qui béa vers le dehors.

— Fermez la porte ! Je ne chauffe pas toutes les Contrées Pâles ! cria la voix sombre de Sorlack du fond du magasin.

Nous nous glissâmes rapidement à l'intérieur et l'huis se referma en grinçant. Lorsque nos yeux se furent habitués à la demi-obscurité des lieux, nous vîmes six ou sept hommes debout près du comptoir encombré, en train de converser, de boire de l'alcool et de marchander leurs achats. Dès qu'ils aperçurent, derrière moi, le visage gracieux de ma compagne, leurs échanges bruyants cessèrent. Les clients se mirent à scruter Farnathia comme si elle avait été une créature fabuleuse.

— C'est Fartuloon qui m'envoie, annonçai-je.

Je me frayai un chemin parmi les rangées de tonneaux, les amoncellements de marchandises et les chasseurs tout en entraînant Farnathia sur mes talons, sans lui lâcher la main.

— Je suis venu chercher la pommade anti-neige, Sorlack, dis-je.

Ledit Sorlack était un Arkonide au cou de taureau, à la tenue négligée et à la face bestiale. Sans même se retourner, il attrapa derrière lui, sur une étagère de construction rustique, une sorte de caissette en planches légères et la posa sans ménagement sur le comptoir.

— Hé, fiston ! Écoute un peu ! m'apostropha un des hommes d'une voix asthmatique, sifflant entre ses dents.

Je lui répondis d'un signe de tête tout en demandant à Sorlack combien je lui devais. Sans paraître me voir, il m'indiqua le montant sans cesser de contempler fixement mon amie derrière moi. Un silence sinistre s'installa, rompu par le seul crépitement du bois qui brûlait dans la cheminée et les respirations lourdes des autres clients.

Je me rendais compte que c'était une erreur d'avoir emmené Farnathia. Je sortis l'argent de ma poche et le déposais près de la caissette.

— Je vous écoute ! fis-je à l'intention de celui qui m'avait parlé.

— Combien de temps allez-vous rester encore à Seuder ?

— Un jour ou deux, dis-je.

Nous fîmes demi-tour, prêts à repartir, pour découvrir que les hommes nous avaient encerclés. Aucun d'entre eux ne me regardait, tous dévisageaient ardemment Farnathia qui prenait de plus en plus peur.

— Je vous en prie, laissez-nous passer !

Je voulus m'avancer vers l'espace encore libre, près de la porte, mais les chasseurs ne s'écartèrent pas. Non loin de moi et un peu en retrait, j'entendis Farnathia jeter d'une voix haletante et étouffée :

— Retire tes mains !

J'enfouis la pommade dans la poche de mon manteau de fourrure et dégainai le long poignard accroché à ma ceinture. Je scrutai les deux hommes les plus proches, surveillant leurs regards.

— Hors de mon chemin ! Et lâchez la fille ! grondai-je.

Du coin de l'œil, je perçus un mouvement douteux. Je

pivotai brusquement, levai haut mon bras armé et esquissai une rapide attaque. Le trappeur qui avait agrippé Farnathia et tentait de lui arracher son capuchon poussa un cri. Ses poignets étaient à présent tailladés de profondes coupures ensanglantées. J'attirai Farnathia à moi et ma botte droite, se relevant violemment, cueillit un des deux hommes qui barraient le chemin vers la porte. Il s'effondra au sol en hurlant de douleur.

— Hors du passage ou je te tue, chasseur ! le menaçai-je, prêt à frapper de nouveau.

Le trappeur n'eut pas le temps de sortir son poignard. De l'épaule gauche, je le heurtai durement en pleine poitrine et j'ouvris la porte d'un coup de pied bien ajusté. Derrière nous retentirent des cris de fureur. Je refermai d'un autre coup de pied puis m'adossai contre le panneau de planches et de tasseaux, l'immobilisant pour un temps.

Farnathia s'éloigna de quelques pas en courant, revint vers moi et dit à voix basse, excitée :

— On y va ! Fartuloon nous aidera !

Je secouai obstinément la tête, surveillant les chiens de traîneau qui commençaient à s'agiter. Je donnai la pommade à Farnathia et lui ordonnai :

— Cours chercher le Carabin, raconte-lui ce qui se passe ! Dépêche-toi, je vais essayer de les contenir !

Tandis qu'elle filait en toute hâte, les semelles de ses bottes crissant dans la neige, et que les chiens se mettaient à hurler, un fragment de souvenirs de mon passé me traversa l'esprit. Une scène identique avait déjà eu lieu dans un bâtiment semblable à un palais, et brillant d'une splendeur cristalline. J'avais été poursuivi par une meute humaine et, finalement, je m'étais réfugié derrière une des nombreuses portes de ce palais. Des noms qui actuellement n'avaient aucune signification ressurgissaient comme des ombres : Gnozal VII… Arkonis… La grande Guerre des Méthaniens…

Le panneau de bois et mon dos tremblaient sous des coups furieux. Ma main se crispait nerveusement sur la poignée de mon arme à longue lame tranchante. Nous devions partir d'ici aussi vite que possible. Farnathia était une tentation permanente pour les rustres de cette contrée.

J'entendis Sorlack brailler :

— Écarte-toi de cette porte, blanc-bec !

— Il n'en est pas question. Le premier qui sort est un homme mort ! rétorquai-je.

— Nous ne te ferons aucun mal ! hurla un des chasseurs.

Les chiens s'arrachèrent à l'épaisse couche de neige et s'approchèrent. Je percevais, provenant de l'autre côté du cercle qui tenait lieu de place du village, des pas, des bruits et des voix. Était-ce Fartuloon ? Lentement, je m'éloignai de la porte, explorai rapidement les environs et fis un bond. L'instant d'après, j'avais en main plusieurs harpons bien pointus. Leurs longues courroies en cuir et leurs cordages en fibre synthétique traînaient sur la neige dure.

— Vous avez harcelé la fille ! Je vous avertis ! criai-je.

La porte s'ouvrit prudemment en grinçant. Sorlack passa la tête au-dehors et me regarda :

— Hé, jeune imbécile ! me dit-il d'un air agressif. Ce n'était qu'une plaisanterie et tu as presque tranché les poignets du trappeur !

— Pour moi, ce n'était pas une plaisanterie !

Bien campé sur mes jambes écartées, je les menaçais de mon bras armé d'un harpon, prêt à la détente. Mon haleine formait un nuage de vapeur autour de ma tête. La pointe acérée de l'outil de chasse était dirigée droit vers la tête de Sorlack. J'entendis du bruit derrière moi, des pas rapides et le souffle puissant de mon corpulent maître : Fartuloon accourait en toute hâte. Comme d'habitude, il arrivait tel un jeune guerrier élancé et entraîné au combat jusqu'à la moindre fibre de son corps. Très peu de gens savaient que ses bourrelets n'étaient pas des masses de graisse, mais des muscles volumineux et puissants.

Il se planta derrière moi et clama à haute voix :

— Que se passe-t-il ici ? Je ne tolèrerai pas que le sang coule !

Sorlack ouvrit tout grand la porte et dit avec consternation :

— Zhdopan, le sang a coulé. Ton fils a blessé un homme.

Je ne bougeai pas et, sans tressaillir, je continuai à brandir le harpon dans la direction de Sorlack.

— Ils ont harcelé Farnathia, expliquai-je à Fartuloon.

Sa voix se fit aussi mordante et dure qu'une stalactite.

— Est-ce bien vrai, Sorlack ?

D'autres silhouettes d'individus se profilaient comme des ombres derrière le commerçant massif, tandis que le soleil déclinait dans un ciel rougeoyant chargé de nuages de neige.

— Ce n'était qu'une plaisanterie, plaida-t-il. Tu sais bien comment nous sommes, brutaux, rustres mais cordiaux. Les chasseurs voulaient juste s'amuser un peu.

Au moment où Fartuloon me contournait prudemment, son long manteau de fourrure bâilla légèrement et sa cuirasse, telle une plaque de laiton brillant, lança quelques brefs éclairs. Usant d'un langage de sifflements, incompréhensible pour moi, il calma la meute de chiens qui s'éloignèrent en gémissant, la queue entre les pattes, pour disparaître dans un autre coin de la cour. À présent, la porte était grande ouverte et les autres trappeurs se regroupèrent dehors près du commerçant. Un vent glacial se leva, soufflant de l'ouest.

La main sur la garde de Skarg, Fartuloon reprit d'une voix sonore :

— C'était donc un malentendu. La petite n'est pas habituée à vos manières frustres et elle a été terrifiée. Le jeune homme, entraîné pour devenir un combattant rapide et implacable, a protégé Farnathia car il l'aime. Vos lois de l'hospitalité ont donc été mises à mal. Souhaitez-vous réparation ?

Sorlack répliqua avec vivacité :

— Non, pas moi. Il ne m'est rien arrivé. Mais un des chasseurs a les poignets tailladés.

Le Carabin s'approcha des hommes et me fit signe de rester en arrière. Puis il examina de près les coupures aux poignets de l'homme blessé, secoua la tête et dit d'un ton autoritaire :

— Atlan ! Retourne aider Griffe-de-Glace et Farnathia ! Je vais m'occuper des plaies. Sur cette planète, il y a trop de combats et de morts, aussi est-il indispensable de garder toute sa raison.

— C'est vrai ! grommela Sorlack. Tu as bien parlé ! Rentre, je ne veux pas chauffer la tempête avec ma cheminée !

Fartuloon me rejoignit et me posa la main sur l'épaule, pour me calmer. Je rangeai les harpons et partis vers la « tente blanche » que nous avions louée afin de nous apprêter et d'y préparer les équipements en vue de notre prochain départ. Une tâche bien à l'image des contrées qu'il nous fallait traverser pour nous enfuir ! Dure, ingrate et fastidieuse, implacable, un peu trop importante même pour nous quatre.

Un moment après, j'en reparlai avec le Chrektor et il en profita pour exprimer ses sentiments :

— Je sais que ce sera ma mort. Je gèlerai et me transformerai en glace. Alors, je me briserai en éclats tel une stalactite qui se détache. Mais de toute façon, c'est dit, je pars avec vous !

* * *

Nous étions en route depuis six tontas. Fartuloon avait pris place sur le siège du chauffeur et guidait le bruyant véhicule polaire sur un terrain sur lequel on pilotait plus par instinct qu'à vue. Je me tenais accroupi près du Carabin et observais la faible trace qu'un trappeur avait dû laisser. L'aiguille tremblotante de la boussole pointait généralement dans la direction que nous suivions.

— La peur de la mort ne connaît aucun luxe ! grommela Fartuloon et il tourna le volant que l'ancien propriétaire avait ficelé avec de la corde. Une vérité que tu expérimenteras toi aussi un jour, mon garçon !

— Je gèle ! se lamenta Griffe-de-Glace.

Je me retournai vers Farnathia et lui pris la main pendant quelques instants. La jeune fille ne semblait pas avoir peur, sa confiance en Fartuloon était plus grande que la mienne.

Nous n'avons même pas de carte ! songeai-je.

— Aucun luxe ? C'est un euphémisme ! dis-je au moment où les roues avant du véhicule grimpaient sur un rocher haut d'un mètre et où notre engin se cabrait comme un cheval fou.

La chenille axiale claqua rudement contre la pierre et projeta une gerbe d'étincelles avant que les roues retombent sur le sol.

— Cette vieille caisse est encore moins qu'un luxe, murmurai-je pour conclure.

Je desserrai mes mains qui s'étaient convulsivement cramponnées au siège doublé de fourrure, m'empêchant d'être éjecté en crevant le toit de métal de l'habitacle. À présent, nous nous trouvions dans le lit minuscule d'un ruisseau enseveli sous un mètre de neige. Des congères et des talus d'un blanc immaculé, sur lesquels s'entrecroisaient des traces d'animaux, défilaient de chaque côté. Tous les arbres étaient encapuchonnés de neige. Le soleil boréal, falot, luisait à peine sur les Contrées Pâles.

— Atlan, es-tu sûr que ce fossile roulant ne va pas exploser ?

Farnathia rabattit en arrière sa cagoule de fourrure et s'éloigna anxieusement du conduit rougeoyant qui reliait le brûleur à la chaudière à vapeur. Le petit hublot, de son côté de la cabine en forme de cercueil, était recouvert de cristaux de glace.

— Je n'en suis pas sûr mais, au moins, tout fonctionne encore !

Je me tournai vers elle et lui souris pour l'encourager. *Puisse le Carabin avoir exagéré, hier soir, en parlant des* spectres des neiges *! Ici, même une attaque apparemment inoffensive pourrait nous être fatale.* Plus la distance s'accroissait entre nous et Seuder-aux-Tentes-Blanches, plus ma tension nerveuse augmentait. Six tontas et plus pour un court trajet déjà inquiétant – et au moins encore vingt pragos d'un voyage comparable nous attendaient !

— Connais-tu bien la route à suivre, Fartuloon ? m'enquis-je.

— Oui, par cœur. Je pourrais même me diriger de nuit s'il le fallait. De plus, nous allons droit vers le nord. Veux-tu me remplacer ?

Je fis un signe de dénégation.

— Plus tard ! Es-tu satisfait de mes réparations de fortune ?

J'avais monté différentes pièces de rechange que nous avions achetées à des prix exorbitants. De l'huile légère était normalement injectée dans la chambre de combustion mais nous avions aussi emmagasiné du charbon brun – autrement dit une sorte de vieille tourbe – ainsi que de la graisse animale et du bois. Il y avait une gêne supplémentaire : le conduit long et étroit, à paroi épaisse, qui allait du brûleur à la chaudière et se situait entre les sièges. La vapeur sous haute pression actionnait une turbine couplée au générateur par un arbre rigide. Le générateur entraînait à son tour les moteurs indépendants logés dans les moyeux des roues et dans le bâti de transmission de la chenille axiale. Tout cela fonctionnait encore bien : les quelques cadrans et indicateurs placés entre Fartuloon et moi annonçaient toujours des valeurs aussi cohérentes que rassurantes.

Quand nous émergeâmes de la vallée plate dans une zone plus dégagée, l'aiguille de la boussole se mit à osciller pour pointer sur une direction différente. Devant nous, une nouvelle vallée bien plus large s'étendait vers le lointain ; ses versants étaient encore en pente douce mais là-bas, là où les neiges se confondaient avec le ciel gris clair, ils s'élevaient nettement plus abrupts et plus hauts.

— Nous allons tout droit ? demanda Griffe-de-Glace. J'espère ne pas devoir sortir !

Fartuloon sembla pressentir que le Chrektor était prêt à extérioriser derechef ses anxiétés ; c'était pour lui une façon temporaire de s'en débarrasser.

L'ancien gladiateur ne se détourna pas de son volant quand il s'adressa à notre compagnon transparent.

— Griffe-de-Glace ! l'apostropha-t-il.

— Qu'y a-t-il ? demanda la petite créature habituellement nue, mais exceptionnellement vêtue d'une épaisseur impressionnante de fourrures.

— Tu es assis assez loin du conduit du brûleur, tu n'as donc pas à craindre de fondre !

Le Chrektor souffla sur le hublot latéral recouvert de givre puis regarda à nouveau par le pare-brise frontal, qui était dégagé à l'intérieur comme à l'extérieur par un système de ventilateurs.

— Tu as raison ! Ce n'est pas à la chaleur que je pense. Je me sens parfaitement à l'aise, c'est vrai.

— Très bien ! Maintenant… écoute ! Nous avons une

réserve de carburant pour vingt pragos, des haches et des scies pour couper du bois de chauffage. Tu n'auras pas à sortir du véhicule. Donc tu ne gèleras pas. Du moins pas au point d'éclater en mille cristaux. Détends-toi et fais-nous confiance pour t'emmener dans un lieu où tu te sentiras encore mieux que maintenant !

Le Vagabond polaire – finalement, nous étions tous tombés d'accord sur cette désignation pratique – glissait sur la neige et la glace en accélérant continuellement. Ses larges roues aux sculptures proéminentes et imposantes s'enfonçaient dans la couche molle. La chenille axiale cliquetait et claquait, les galets délabrés produisaient un vacarme infernal. Au loin, un lac semblait s'étendre : la forme du relief et la disposition des pentes en indiquaient l'existence. Ailleurs que dans l'*Œil Brûlant*, il n'y avait dans cette région qu'environ cinquante pragos sans neige et sans glace dans l'année. Crissant et pétaradant, le véhicule se rapprochait maintenant d'un arbre solitaire qui se dressait au milieu de cette vaste plaine unie.

— Tu es mon ami ! assura le Chrektor. Je t'aiderai à atteindre ta station, Fartuloon.

Pour toute réponse, le vieux Carabin émit un grognement. Sans arrêt on voyait et croisait des traces d'animaux ; les unes petites et inoffensives, les autres géantes et inquiétantes – dues à des bêtes sûrement gigantesques ou peut-être à des *spectres des neiges*.

Après un court silence et sans transition, tout en tenant le volant d'une seule main, Fartuloon se mit à nous raconter un de ses souvenirs.

— Un jour, après une sanglante victoire dans l'arène, nous nous sommes attablés pour un repas de fête. Les plus belles danseuses de la ville nous divertissaient, tout comme les meilleurs musiciens. C'était à qui se surpasserait le plus pour nous émerveiller. Des cuisiniers en sueur rôtissaient, mijotaient et cuisaient sans cesse toutes sortes de mets délicats pour le plaisir de nos palais. Nous nous sentions comme des dieux. Les tables ployaient sous la nourriture et les vins. Soudain, je le revois comme si c'était aujourd'hui, les serveurs se figèrent. Les musiciens interrompirent leur concert endiablé. Les danseuses s'immobilisèrent et se transformèrent en statues vivantes à peine vêtues. Alors un rideau s'ouvrit et une jeune fille entra dans la salle. Elle était d'une beauté miraculeuse, ses yeux brillaient des feux impétueux d'un soleil éclatant…

— Là-bas, Fartuloon ! le coupai-je en me penchant et en pointant du doigt vers la gauche, près de sa tête.

La barbe frisottée du Carabin tremblota.

— Des *spectres des neiges* ! lâcha-t-il tout bas. Ils nous observent. Il n'y a encore aucun danger !

Nous nous mîmes à scruter les êtres étranges. Griffe-de-Glace et Farnathia se penchèrent par-dessus nos épaules pour regarder au-dehors. Cinq ou six créatures se tenaient debout sur un rocher isolé qui dominait la plaine comme une sorte de chaire. Elles portaient une fourrure jaune sale et ne se laissaient que vaguement distinguer sur l'arrière-plan enneigé. Elles avaient l'apparence de primates bipèdes, de bêtes simiesques géantes et sveltes au poil long et aux petites têtes rondes. Elles se serraient pour former un petit groupe et s'agitaient avec nervosité, de sorte qu'il était difficile de les identifier individuellement. Le sommet du rocher culminait à environ quarante mètres de hauteur et se trouvait à quelque cent mètres en avant du Vagabond polaire.

— Ce sont vraiment des *spectres des neiges* ! annonça Fartuloon d'une voix sombre. Je ne m'attendait pas à déjà les voir par ici !

Griffe-de-Glace geignit :

— Qu'entends-tu par là ?

Fartuloon actionna la soupape d'admission. Davantage de vapeur s'engouffra dans la turbine et accéléra sa rotation, ce qui augmenta la vitesse du véhicule. Le crissement et les frictions des vieux paliers provoquaient un bruit insupportable que nos oreilles avaient peine à endurer.

— Nous sommes dans les Contrées Pâles, dit Fartuloon. Dans environ dix pragos, nous aurons atteint l'*Œil Brûlant*. De là, nous nous dirigerons droit vers le pôle nord pour y rallier mon avant-poste. Entre l'*Œil Brûlant* et le pôle – plus précisément, entre le cercle sur lequel se situe l'*Œil* et le pôle lui-même – il y a rarement voire jamais de *spectres des neiges*. Ceux-ci rôdent habituellement entre ici et l'*Œil Brûlant*, juste en dessous de la latitude de celui-ci. Vous n'avez pas voulu me croire, hier soir, quand j'en ai parlé. Je voudrais tout de même ajouter que jamais je ne les avais vus aussi près de Seuder-aux-Tentes-Blanches.

Je me renseignai avec circonspection :

— Que peut-on entreprendre contre eux ?

Sans afficher le moindre signe de surprise et après un haussement d'épaules désabusé, le Carabin répondit :

— Le plus élémentaire : les tuer si on les rencontre en tête-à-tête !

Cela signifie qu'ils ne se montrent pas souvent au grand jour et ne s'approcheront jamais suffisamment de nous, de sorte que nos trois armes ne seront d'aucune utilité…

— Et… que pourraient-ils nous faire, Fartuloon ? demanda Farnathia.

Entre-temps, elle s'était renfoncée dans son siège et avait bouclé son harnais. Je ne quittais pas les silhouettes des yeux. L'une d'entre elles, depuis le sommet du rocher, nous montrait du doigt. Je pouvais m'imaginer ce à quoi nous devions ressembler à leurs yeux : une chose en forme de boîte, avec un long tuyau d'où sortait une fumée noire immédiatement balayée de côté par le vent, avec six roues hautes comme un homme qui laissaient en arrière une large trace et soulevaient un nuage de neige tourbillonnante. Au fond de cette vallée, nous devions avoir l'air petits et inoffensifs, de la dimension idéale pour inciter ces êtres à nous attaquer par surprise. Ils avaient la réputation d'être incroyablement sauvages et susceptibles, s'en prenant à tout ce qui bougeait, particulièrement les artefacts indéniablement façonnés par des mains arkonides.

— Rien si on peut les éviter ! répondit finalement Fartuloon.

Je le connaissais suffisamment bien pour savoir qu'il feignait cette grande confiance en soi et ce calme pour irradier littéralement une conviction imperturbable. En réalité, son excellent bon sens examinait déjà les possibilités d'un affrontement avec ces créatures des neiges.

— Peut-on éviter les confrontations ? hasarda Griffe-de-Glace d'une voix grinçante.

— Je l'ignore. De toute façon, nous devrons être sur nos gardes les pragos prochains ! Tiens, voici qu'ils s'en vont, Atlan !

— Oui, je vois !

Le groupe, que nous pouvions maintenant voir plus distinctement, se retirait avec lenteur et d'évidence à contrecœur.

— Je crois qu'il s'agit de descendants mutants des êtres qui ont jadis bâti le Tarkihl. J'ai déjà essayé, à de nombreuses occasions, de prendre contact avec eux.

— Et alors ? se renseigna Farnathia.

— Sans résultat. Sans aucune possibilité. Ils n'ont probablement pas saisi un mot de ce que je voulais. J'ai dû en tuer un ou deux.

— Te reconnaîtraient-ils ? voulut-elle encore savoir.

— Non, affirma Fartuloon. J'avais alors davantage de cheveux, et pas de barbe…

— Puis-je vous être utile ? Avez-vous faim ou soif ? demanda Farnathia comme pour changer de sujet, partant à l'arrière de la cabine où elle se mit à fouiller dans les paquets de provisions bien emballées.

On continuait de rouler à vive allure entre les versants dont les pentes s'accentuaient peu à peu.

— Oui, j'ai faim, acquiesça le Carabin en opinant du chef.

— Moi pas, déclarai-je.

Encore vingt pragos, à un ou deux près en plus ou en moins. Vingt pragos dans ces paysages enneigés et éblouissants qui endolorissaient les rétines. Non seulement les dangers des tempêtes de neige ou des animaux sauvages nous menaçaient, mais il fallait affronter ces étranges créatures des régions sub-polaires. Un coup de coude de Fartuloon me ramena à la réalité.

— Remplace-moi, Atlan, dit-il. Devant nous se trouve un lac. Nous ne roulerons encore pas aujourd'hui avec les phares allumés. Nous devons dénicher une caverne sûre, de l'autre côté du lac, pour nous dissimuler. Je vais te guider.

— Bien, répliquai-je.

Nous n'avions pas arrêté le véhicule pour descendre et échanger nos places, simplement ralenti l'allure pour passer l'un devant l'autre dans l'habitacle. Je m'installai dans le siège du conducteur et bouclai mon harnais de sécurité. Par comparaison avec le voyage accompli au cours des premières tontas, l'étape actuelle s'effectuait sur un sol uni comme une route. Mais cela allait changer, certainement même bientôt. Je réajustai le régime de la turbine, jetai un coup d'œil à la position du soleil et continuai à rouler. Après quelques centaines de tours de roue, je remarquai déjà que les trois autres passagers du Vagabond polaire et moi-même étions redevenus plus silencieux, bien moins loquaces. La perspective de devoir tenir environ vingt pragos encore dans l'angoisse semblait diminuer nos espoirs de réussir à nous échapper de Gortavor. L'*Omirgos* était notre planche de salut, mais dans ces conditions il paraissait très difficile à atteindre.

— Le lac est complètement gelé, marmonna indistinctement Fartuloon tout en mordant dans une tranche de viande.

J'eus un ricanement glacé et dis :

— Cela m'a l'air logique… Pas étonnant, vu le froid qu'il fait !

— Écoutez-moi ce gosse des rues ! grogna le Carabin. Ah ! J'aime ça ! C'est le comble, plaisanter quand on a le soleil couchant devant soi et les *spectres des neiges* qui jouent à cache-cache dans son dos ! Mais cette envie de plaisanter te passera au cours des vingt prochains pragos !

Il se mit à grimacer, visiblement pour se moquer de moi, au point quque ses yeux ne formaient plus que deux minces fentes. J'avais confiance en cet homme énigmatique qui arrivait toujours à sortir un nouveau truc de son chapeau avec la plus grande facilité, pour se tirer d'un mauvais pas quand d'autres auraient déjà abandonné. Je savais pertinemment à quelles disciplines mon maître s'était plié pour faire preuve de tant de possibilités et de ressources. J'étais son fils spirituel, son fils adoptif à tous les égards, un orphelin qu'il avait recueilli et élevé. Ce que j'avais appris, c'était grâce à lui. Ce qu'il ne m'avait pas enseigné lui-même, je l'avais découvert par ses amis qui étaient peut-être encore plus étranges que lui.

En ce moment, Fartuloon affichait une tension inhabituelle qui laissait deviner qu'il était préoccupé par plusieurs choses à la fois. Il surveillait tous mes gestes de chauffeur et simultanément le paysage devant nous. Il jetait souvent un coup d'œil dans le grand rétroviseur dont la glace incurvée était en permanence dégivrée par un jet d'air chaud. De toute évidence, il guettait des signes d'agression de la part des *spectres des neiges*. De plus, il mangeait et buvait avec le solide appétit d'un gourmet. Peut-être pensait-il aussi à d'autres problèmes mais cela, je ne pouvais l'affirmer. Le niveau de la plaine s'abaissait. Le sol, sous la glace et les congères, descendait en pente douce pour rejoindre la couche dure et lisse recouvrant le lac à quelque trente mètres plus bas. Par contraste avec le terrain récemment traversé, ce lac était un vaste miroir poli par le vent.

— Sois prudent, ou nous allons déraper ! Il faut se servir uniquement de la chenille et éviter les embardées ! grommela l'Arracheur d'Entrailles.

Il pense vraiment à tout, ce diable ! songeai-je, plein d'admiration pour lui. Une fois de plus, il avait raison.

Peu après, je me penchai vers la chaudière à vapeur mal isolée et relevai le levier de commande de la chenille axiale pour la décoller du sol. Le véhicule roulait maintenant sans problème sur ses six roues et il entama son périple sur le lac gelé.

— Tu t'es bien débrouillé ! maugréa Fartuloon.

Je lui répondis par un petit signe de tête.

Les roues adhéraient encore sur la glace et ne patinaient pas. Je devais adapter l'allure du Vagabond polaire pour pouvoir utiliser la chenille d'arkonite et conserver une progression régulière, sinon le danger de partir en toupie pouvait survenir. J'abaissai très lentement le levier, tandis que la vitesse résiduelle diminuait, et je basculai l'énergie motrice vers l'entraînement de la chenille. Quand j'entendis le raffût des crampons sur la glace se superposer au hurlement des paliers et des galets, je sus que j'avais effectué la manœuvre appropriée. J'abaissai lentement et complètement la chenille. Plusieurs secousses rudes ébranlèrent encore les mécanismes. La cheminée vomit une gerbe d'étincelles quand une charge de bois tomba brusquement et heurta le fond du cendrier. Alors la chenille adhéra en totalité à la glace et nous propulsa en avant.

— Où se trouve la caverne ? demandai-je à Fartuloon.

— En face de nous, à peu près dans la direction que nous suivons. Il y a un gros rocher qui ressemble à un poing brandi. L'entrée est ainsi camouflée et on y accède à reculons.

— Il ne manquait plus que ça ! dis-je en jetant un coup d'œil furtif dans les deux rétroviseurs.

Personne ne nous poursuivait, mais la trace que nous laissions derrière nous aurait été facile à déceler à tâtons par un aveugle ! Nous roulions à toute allure. Les roues ne laissaient aucune marque, c'était vrai ; après notre passage, sur la glace lisse comme un miroir, apparaissaient néanmoins deux rangées de trous à partir desquels de petites fissures rayonnaient dans tous les sens. Ces trous étaient dûs aux empreintes des crampons en acier, et les fissures aux sculptures des segments de la chenille. Les ombres s'allongeaient et le jour tirait à sa fin. Quand le fracas de l'explosion retentit à mes oreilles, je m'attendis instinctivement à être réduit en miettes.

La chaudière à vapeur ! Ce fut ce qui me traversa l'esprit ; mais j'entendis alors Farnathia hurler, le Chrektor pousser un cri aigu et Fartuloon jurer. Derrière nous, la glace s'était largement fendue.

*
* *

Il était difficile d'estimer l'importance de la faille mais, dès que les échos de la détonation assourdissante se furent dissipés, je remarquai dans les deux rétroviseurs que la crevasse se propageait et s'élargissait. Elle semblait s'étendre à perte de vue des deux côtés du véhicule.

— Vas-y, fonce ! Tout droit ! dit Fartuloon en haletant. Donne toute la puissance à la turbine ! Les *spectres des neiges* ont réussi d'une certaine manière à provoquer l'éclatement de la glace. En tout cas, ces craquelures vont rayonner très rapidement et étoiler la couche dure qui couvre le lac à la façon d'une toile d'arachne !

— Quelle vision d'enfer ! commentai-je, atterré.

Au plus profond de moi-même, mes nerfs se crispaient au point de craquer. Je sentais la moiteur froide de la transpiration sur ma figure et sous ma fourrure. Le Vagabond polaire fonçait en zigzaguant sur le lac.

— Ça marche ! s'exclama Fartuloon.

Il jeta un coup d'œil dans un rétroviseur puis dans l'autre, appuya son nez contre le pare-brise et épia les alentours. Sous nos pieds retentit un crépitement violent, suivi d'une détonation. Ce bruit sourd et cinglant se répercuta en échos entre les parois rocheuses distantes, tapissées de glace. Une seconde fissure béait à présent, parallèle à notre route et s'incurvant à cinquante mètres devant notre engin pour croiser son chemin.

— En avant ! Il faut franchir cette faille avant qu'elle ne s'élargisse ! cria le Carabin en arrachant une arme à son support. Le conduit du brûleur était ardent, presque blanc. L'échappement éjectait un nuage de fumée huileuse et noire qui s'étirait derrière nous au-dessus de la glace.

Je m'efforçai de maintenir le véhicule en ligne droite. Je devais m'occuper simultanément des commandes, de la direction des six roues motrices indépendantes et de la chenille glissante : il me fallait synchroniser la marche de tout l'ensemble.

La crevasse, large d'un mètre et demi, s'approchait inexorablement. À nouveau, la sueur perlait sur tout mon corps mais la main de Fartuloon pointait impitoyablement vers l'avant. La première paire de roues franchit le bord, s'affaissa lourdement dans le vide puis se redressa d'un bond sur les suspensions qui grincèrent en un gémissement retentissant, au moment où la chenille ébréchait l'arête de la plaque gelée. Les roues retombèrent sur la glace, le second train prit le même chemin et releva brutalement la cabine d'un mètre de haut, puis il se tassa sur ses ressorts et les crampons mordirent enfin sur le bord opposé, torturé de la crevasse.

Tout en grimpant et en oscillant, le véhicule essayait de sortir de l'eau. Je basculai toute la puissance sur l'entraînement de la chenille et laissai les roues tourner à vide. Nous pivotâmes trois fois sur nous-mêmes puis les crampons finirent par s'accrocher comme ils purent, nous projetant franchement en avant, hors de la brèche béante. Je réussis instinctivement à stabiliser le cours du Vagabond polaire et nous nous mîmes à nouveau en marche. Nous roulions tout droit vers l'autre rive du lac, où commençait à apparaître indistinctement le rocher salvateur pareil à un poing brandi, à travers les voiles de brouillard ou de neige fouettée par le vent. Le soleil disparaissait derrière le haut contrefort d'une des montagnes proches de la berge.

— Tu as manœuvré avec adresse ! Pourtant, tu n'as pas encore fait preuve de réelle maîtrise, commenta Fartuloon.

Son ton était celui de l'instructeur, sans aucune pitié pour les faiblesses d'un élève. Mais qui devais-je haïr ? Lui-même parce qu'il était sévère envers moi, ou moi-même parce que je n'avais ni son âge ni son expérience ? Je n'eus pas l'occasion d'y réfléchir car un troisième bruit fracassant ébranla alors la quiétude du crépuscule.

— Là-bas, à droite ! indiqua le Carabin.

Je n'arrivai pas à discerner quoi que ce soit ; il fallait admettre que même l'acuité de sa vue était supérieure à celle d'un homme plus jeune. Il savait probablement sur quels signes distinctifs il devait se baser pour remarquer des choses à peine discernables.

— Tu pourrais bien me relayer ! lui proposai-je d'un air offensé, un moment après.

— Je n'en ai pas l'intention, dit-il. Farnathia ne

m'admire pas, moi, même quand je conduis de façon magistrale !

— Mais Atlan t'admire, lui ! grinça Griffe-de-Glace.

La simple perspective d'un plongeon dans l'eau glacée du lac l'avait choqué. Il était prêt à donner libre cours à ses craintes.

Au bout de quelques instants pendant lesquels je réglai l'allure de notre course et mis le cap sur l'objectif visé, Fartuloon déclara avec un flegme surprenant :

— Espérons que la tempête de neige aura cessé demain au lever du soleil. Conduire sans visibilité peut se révéler être une sérieuse difficulté.

— Une tempête de neige ? *Quelle* tempête ? questionna Farnathia, haletante, depuis l'arrière de l'habitacle.

— Celle qui, dans quelques centitontas, va sévir dès le début de la nuit. Pour nous, c'est un avantage car elle va couvrir nos traces. Au moins leur majorité, sinon les Kralasènes ne sauraient pas où nous chercher !

Fartuloon partit d'un grand et sonore éclat de rire tel que ceux qui, d'après ses affirmations, avaient assis sa renommée et sa réputation dans les tavernes, les caravansérails et les arènes du Grand Empire.

Nous atteignîmes le fameux rocher au moment où la dernière lueur du jour s'éteignait dans le ciel. Les Contrées Pâles accueillaient la nuit avec les mugissements de la tempête imminente.

— Atlan !

— Oui, Fartuloon ?

— Prends les deux projecteurs à main et un fusil, puis ouvre la trappe arrière. Je vais reculer notre engin à l'intérieur de la caverne. Si un *Scandher* en sort, tire d'abord et pose-moi les questions ensuite.

Je détachai mon harnais de sécurité.

— Qu'est-ce qu'un *Scandher* ? demandai-je en sautant dans la neige, épaisse d'un mètre au bord du lac.

— Tu le sauras quand tu en verras un ! trancha le barbu d'un ton sec.

Je déroulai le long câble d'alimentation des projecteurs portatifs et avançai en m'enfonçant dans la couche blanche jusqu'au-dessus des genoux, avec mon arme en bandoulière. Les deux faisceaux lumineux dansaient devant moi et éclairaient les alentours. Les troncs d'arbres et les rochers épars couverts de neige engendraient de longues ombres noires étirées.

— Tout droit ! brailla Fartuloon depuis la cabine.

Il manœuvrait le véhicule avec lenteur et prudence. La chenille axiale et les roues damèrent la surface meuble. Je continuai à opérer comme il me l'avait demandé.

Des tas de neige chutèrent des branches alourdies sur mes épaules. Une trentaine de pas plus loin, la lumière caressait maintenant l'entrée de la caverne.

— Tout va bien ! lançai-je en essayant de dominer les gémissements de la turbine et les plaintes crissantes des engrenages de transmission. Le Vagabond polaire reculait presque au pas et venait à ma rencontre. J'avançai encore vers la bouche d'ombre. Au-dessus de nous et de la voûte, les parois du rocher montaient à la verticale et dessinaient vraiment les contours d'un poing dressé très haut. De longues stalactites de glace pendaient du plafond de pierre et dardaient leurs fines aiguilles au-dessus du toit mince de notre engin. S'il prenait à un de ces javelots transparents l'idée de se décrocher… Je réagis et m'écriai :

— Fartuloon ! Halte !

Les roues imposantes s'immobilisèrent en protestant. Le Carabin pencha le buste par le hublot au moment où le tuyau d'échappement vomissait un nuage noir de flammes, d'étincelles et de fumée parmi les arbres blancs.

— Qu'est-ce qui se passe, Atlan ?

Je lui désignai le haut de l'entrée, à l'aide du rayon lumineux d'un des projecteurs. Le pinceau d'un blanc de chaux se reflétait en mille chatoiements sur les stalactites longues d'un bon mètre.

— Si les *spectres des neiges*… commençai-je.

— Très bien ! Abats cette herse en puissance avec ton fusil, mais éloigne-toi suffisamment des points de chute !

— Je vais essayer !

Je reculai de quelques pas ; hélas, on nous avait manifestement devancés. Soudain, plusieurs javelots de glace se mirent à tinter comme des cloches. L'un d'entre eux oscilla, se rompit et chuta à pic en sifflant. Il s'enfonça avec un feulement rageur dans la neige et se brisa. De très haut, vers le sommet du rocher, des éclats de rire perçants retentirent. Je me penchai, plantai les poignées des deux projecteurs dans le tapis épais et levai mon arme. Le premier coup partit en cinglant l'air. La balle atteignit à sa base la plus grosse et la plus longue des stalactites. La chose se brisa, vola en morceaux et provoqua la destruction d'autres formations voisines, de sorte qu'une véritable grêle de fragments de glace s'abattit. Aux deux extrémités de la longue galerie, cependant, les épieux transparents se détachèrent eux aussi sans pour autant avoir été mitraillés.

— Les *spectres des neiges* ! Cherche à les éclairer avec les projecteurs ! cria le Carabin.

Je refis feu deux fois jusqu'à ce qu'un large sillon s'ouvrît parmi les stalactites qui pendaient encore de la voûte du tunnel. Puis je bondis dans la neige épaisse pour revenir m'emparer d'un projecteur et le braquer vers le haut. Je pus alors apercevoir, à flanc de rocher, une vague silhouette qui gesticula un bref instant et disparut. L'écho d'un coup de fusil résonna à nouveau, la machinerie du Vagabond polaire réduisit peu à peu son tintamarre et le silence se réinstalla lentement.

— Ils se sont volatilisés ! m'exclamai-je.

— Pas pour toujours ! rétorqua Fartuloon. Je vais avancer plus loin et garer notre engin !

Tout en essayant de calmer mes nerfs exposés à rude épreuve, j'allai chercher les deux projecteurs, remis mon arme en bandoulière, enjambai les stalactites détruites et, tout en m'enfonçant dans la neige, je me dirigeai vers l'entrée noire de la caverne. Mon mentor me suivait au pas avec le Vagabond. Nous parvînmes jusqu'au seuil, il roula encore sur quelques mètres et c'est alors que le tuyau d'échappement racla le plafond…

— Halte !

J'éclairai tous les recoins de la caverne, aussi loin que les projecteurs pouvaient porter. Ici aussi, il y avait beaucoup de traces par terre : des feuilles mortes, de longues aiguilles brunes, des excréments d'animaux et plusieurs petits squelettes jonchaient le sol. Ce fut avec hésitation que je m'aventurai à l'intérieur, mais aucune présence de bêtes sauvages susceptibles de nous agresser ne se trahissait. Je m'arrêtai en remarquant que la vaste grotte n'allait pas plus loin.

— Il n'y a pas de *Scandher*, Atlan ? demanda Fartuloon tout en aidant Farnathia à descendre de la cabine.

J'aurais juré que sa voix était empreinte de déception !

— Je le regrette moi-même plus que tout ! répliquai-je sur un ton mordant.

Nous nous trouvions maintenant tous les trois sur le seuil de l'anfractuosité naturelle. Fartuloon avait déjà réduit le régime de la chaudière de sorte que le système ne nous fournissait plus que de la chaleur et un peu d'énergie. Je rangeai les projecteurs mais gardai mon arme à la main. En entendant le hurlement et le sifflement du vent s'amplifier à l'entrée de la caverne pour faire naître un véritable concert d'orgues, je devinai que nous allions passer là une nuit bien courte. Les premiers voiles de neige apparurent puis les flocons se mirent à tomber dru parmi les arbres.

— Quelles sont tes intentions ? demandai-je à Fartuloon.

Il frappa du poing sa cuirasse cabossée et dit :

— Nous allons manger. Farnathia va s'en occuper. N'est-ce pas ?

La jeune fille se pencha sur mon épaule. Sur son visage se lisaient les stigmates évidents d'une fatigue inhabituelle. J'en étais navré, mais je n'y pouvais rien changer. Nous étions juste capables de tempérer ses peines. Elle annonça spontanément :

— Je propose même de faire chauffer du thé !

— Excellent ! Nous resterons ici jusqu'au matin, décréta le Carabin d'une voix bougonne. Je monterai la garde le premier. Puis ce sera ton tour, Atlan. Projecteur, fusil et poignard à portée de main, d'accord ?

J'acquiesçai.

— J'ai bien compris. Les *spectres des neiges* rôdent-ils aussi la nuit ?

Nous aidâmes Farnathia à réintégrer l'intérieur de la cabine. Griffe-de-Glace s'installa sous une montagne de fourrures et nous fixa l'un après l'autre en ouvrant de grands yeux. On n'apercevait plus de lui que sa figure transparente. Manifestement, il n'avait pas trop chaud sous les peaux protectrices et ne craignait pas de fondre... Ou tout au moins ne s'imaginait-il pas la chose comme possible.

— Il n'y a pas de règle générale, me rappela Fartuloon, quand on traverse les Contrées Pâles. Nous aurons encore plusieurs épreuves à surmonter sur notre chemin vers mon avant-poste. Adjover et la Vallée de Kermant ne sont que des étapes.

J'attendis jusqu'à ce que plus personne ne puisse nous entendre et j'ajoutai :

— Tu connais bien la route, Fartuloon ?

— Oui, parfaitement bien. Je connais tous les chemins qui mènent à la station. Après tout, un homme aussi gros et vieux que moi se doit d'avoir quelques certitudes parmi toutes les vicissitudes aléatoires de la vie !

J'eus un rire dépourvu d'humour.

— Pourvu que nous atteignions la base en toute sécurité ! Là, alors, je t'approuverai entièrement et j'applaudirai des deux mains !

Mon maître contourna lentement le véhicule stationné de manière stratégiquement favorable. En partie seulement enfermé dans la caverne mais protégé malgré tout de la tempête mordante et des congères, il était paré à démarrer en très peu de temps et à reprendre la route, pour peu que la chaudière soit maintenue sous pression suffisante. Le brûleur devait donc être alimenté en continu par celui qui était de garde.

— J'applaudirai moi aussi ! renchérit Fartuloon.

Il termina son inspection et confirma d'un signe de tête que tout allait bien. Les indices semblaient relativement favorables, tout au moins selon ses critères en matière de sécurité. Il réintégra la cabine.

— Rentrons pour nous restaurer !

Il faisait douillettement chaud. Le plafonnier et la liseuse prévue pour la consultation des cartes répandaient la clarté juste nécessaire. Nous pûmes manger et boire à notre guise. Nos produits alimentaires n'étaient pas variés, mais néanmoins substantiels et nourrissants. Le thé additionné de jus de fruit acidulé et arrosé d'un doigt d'alcool fort réchauffa nos membres de l'intérieur.

— Tu as deux tontas pour dormir, dit enfin Fartuloon.

Il rajusta son épée, boutonna son manteau, vérifia son fusil et enroula sur son épaule une bonne longueur du câble de la lampe.

– À vous autres, je vous recommande la même chose.

Rabattez les sièges vers l'arrière, ainsi vous pourrez vous allonger !

Il éteignit la liseuse. Un instant plus tard, nous entendions ses pas s'éloigner.

— Ce n'est pas aussi dangereux que je le pensais, murmura le Chrektor en baissant sa capuche jusqu'aux yeux.

Après que j'eus déplié et réglé nos sièges, Farnathia me tapota le front.

— Donne-moi ta main, Atlan, chuchota-t-elle. Comme ça, je vais m'endormir plus vite et ne rêverai pas de choses insensées.

Nous nous enfonçâmes très rapidement dans le sommeil.

Il me sembla cependant qu'à peine quelques millitontas s'étaient écoulées lorsque je sentis Fartuloon me secouer l'épaule. Je clignai des yeux et contemplai son visage fatigué. Des cristaux de glace dégelaient dans sa barbe noire frisottée.

— C'est l'heure ! Rien à signaler ! grommela-t-il.

Je retirai mes doigts de la main de Farnathia et fis en silence les gestes prévus pour me préparer. Je fus rapidement dehors. Je n'avais entendu ni le gémissement de la tempête ni aucun autre bruit. Et j'avais bien dormi deux tontas durant. Le vent glacial me soufflait sur la figure et je commençai lentement ma ronde dans les traces usées par les passages répétés du Carabin, seul dans ce coin de nature vierge, près du seuil de la caverne, au pied du rocher en forme de poing dressé.

Remarquant que les étoiles pâlissaient entre les nombreuses écharpes de nuages qui défilaient, je revins régler le brûleur à une puissance plus élevée. J'allai chercher du bois, de la graisse animale et du charbon brun dans la petite soute d'accès extérieur puis je les introduisis dans le foyer. Pas moyen d'éviter les grincements et le bruit de ferraille que produisit la grille du cendrier quand je secouai celui-ci au-dehors. Je jetai les cendres chaudes dans la neige qui se mit à siffler. Tout allait pour le mieux – relativement.

Nous reprîmes notre périple aux premières lueurs du jour.

CHAPITRE IX

FARTULOON, L'ARRACHEUR D'ENTRAILLES

En temps arkonide, encore environ cinq pragos de voyage jusqu'à Adjover, cette colonie de sinistre réputation. Mais auparavant, il faut traverser le Val des Vapeurs. Nous allons bientôt réussir, espérons-le ! Au-delà d'Adjover, il nous faudra poursuivre notre chemin sans ce valeureux Vagabond polaire, en particulier pour franchir les glaciers. Jusqu'à présent, aucune nouvelle des Kralasènes de Sofgart l'aveugle. Le gamin a un comportement vraiment admirable : avec ses dix-sept ans arkonides, il est bien plus capable que tous les autres de son rang. Des pragos encore pour atteindre le Val des Vapeurs... Mais je ne leur raconterai rien à l'avance et les placerai tous les trois devant le fait accompli, pour ainsi dire. Ce sera préférable pour eux. Plus long sera le trajet, plus les dangers augmenteront. Je suis content d'avoir Atlan auprès de moi. Si nous atteignons l'avant-poste en temps voulu, tous les mérites lui en seront attribués.

*
* *

Pour le moment, nous longions la rive du lac en direction du nord-est. Nous arrivâmes bientôt dans une contrée où, en l'espace de quelques centitontas, le paysage se transforma plusieurs fois. Fartuloon s'était assis au volant et fonçait droit devant en sollicitant presque le

Vagabond polaire à son maximum de puissance. Nous traversâmes tout d'abord une petite plaine parfaitement plate recouverte de neige, où on apercevait des configurations bizarres en forme de récifs et de dunes créées par la pression et les tourbillons du vent.

Puis vint une alternance rapide de vallées et de collines, dont nous dûmes gravir certaines. Le terrain était passablement à découvert ; nous ne vîmes ni entendîmes aucun *spectre des neiges*. Finalement, vers la mi-prago, nous arrivâmes au pied d'une des dernières montagnes précédant le pôle.

— Nous avons le choix, annonça Fartuloon d'un ton sec.

— Quel choix ? Celui de geler ou de se liquéfier ? haleta Griffe-de-Glace depuis l'arrière.

— Le choix de faire un grand détour, ou celui de prendre un chemin plus court mais plus dangereux !

Le Carabin semblait pour ainsi dire guetter ma réponse.

Un sentiment indéfinissable d'incertitude s'empara de moi. Son idée promettait davantage de sécurité en ce qui concernait notre avance, mais il apparaissait aussi nettement plus parsemé d'embûches.

— Je suis pour le plus court chemin, tranchai-je. Il vaut mieux affronter les dangers auxquels on s'attend plutôt qu'une mort à laquelle on ne s'attend pas.

— Bien ! Je vois que l'éducation que je t'ai donnée commence à porter ses fruits, répondit Fartuloon.

Nous poursuivîmes notre route le long des versants montagneux dont les pentes devenaient de plus en plus abruptes, cap au nord en direction de la colonie si mal réputée. Le parcours était agréable et nous progressions bien. Farnathia surveillait nos arrières, une arme entre les mains. Griffe-de-Glace semblait maintenant se sentir bien mieux qu'au cours des tontas précédentes : il gesticulait de ses bras d'enfant, racontait ses impressions et ses souvenirs. Nous partagions tous la même bonne humeur, comme si nous étions déjà tout près de la base secrète du Carabin. Et pourtant, la sensation d'une mort omniprésente nous hantait.

— Vois-tu quelque chose, Farnatha ? me renseignai-je.

— Non, rien, à part nos traces ! répondit-elle.

Elle se comportait admirablement bien, l'adorable Farnathia ! Et pourtant, elle avait été élevée dans du coton, là-bas dans le Tarkihl, pour se trouver maintenant précipitée dans des aventures présentant des risques mortels ; j'en étais pour partie responsable.

— Les *spectres des neiges* semblent nous avoir perdus de vue et oubliés, dis-je au bout d'un moment.

J'y repensais tout à coup car le bruit produit par notre Vagabond polaire était tellement puissant qu'on eût cru entendre le tonnerre au cours d'un orage d'hiver.

— Je m'attends à des attaques de leur part avant que nous ayons atteint l'*Omirgos*, déclara Fartuloon tout en scrutant les alentours.

Nous ne pouvions pas définir la nature du sol sur lequel nous nous déplacions. Un seul constat : le terrain était ferme et relativement plat.

— Nous cumulons les expériences, déclara Fartuloon après environ une demi-tonta. Jamais personne ne peut savoir à l'avance ce à quoi elles nous seront utiles.

Je mordis la tranche de jambon froid que Farnathia m'avait fait passer.

— Les gens bien avisés choisissent eux-mêmes leurs expériences, énonçai-je. Je jetai un coup d'œil au-dehors sur la plaine, qui était probablement une vallée fluviale marécageuse ou une de ces tourbières monotones caractéristiques des Contrées Pâles. Et précisément ceux qu'ils veulent vivre. Mais il ne semble pas que nous fassions partie de ces gens intelligents !

— Pour le moment, nous sommes des fugitifs ! assura Fartuloon.

Survint alors ce à quoi, même inconsciemment, nous nous étions attendus depuis le départ. Cela commença par une sorte de coup de tonnerre lointain.

Mon mentor se mit à jurer, à tourner le volant dans tous les sens comme un sauvage et à hurler, en proie à une agitation frénétique :

— Une avalanche !

*
* *

Avant que notre véhicule déboîte vers la gauche, je pus regarder encore un moment par la vitre latérale. J'observai mieux le versant abrupt que nous avions longé pendant une tonta. Il formait une surface unie, blanche et triangulaire. Quelque chose d'à peine visible bougeait sur la crête au-dessus de la pente. Il est vrai que personne n'aurait pu distinguer à l'œil nu ce que c'était, mais l'évidence s'imposait d'elle-même : des *spectres des neiges* !

Le véhicule heurta un obstacle, cahota un peu plus à gauche puis reprit son droit chemin. Fartuloon joua sur le régulateur et ouvrit complètement l'admission pour exploiter le maximum de puissance. Le concert de gémissements des paliers et des galets trop sollicités, vibrant à outrance, recommença.

— Espérons retrouver assez rapidement notre sécurité ! dit le Carabin en obliquant un peu vers la droite pour éviter un petit bois constitué uniquement d'arbres dénudés. À l'extrémité de la crête du versant, contre le ciel gris, se profilait une nébulosité de neige légère. Il se forma un nuage arrondi qui adopta l'allure d'un rouleau en l'espace de quelques millitontas. Je fixai mon regard dans le rétroviseur et je m'agrippai désespérément. Le véhicule se remettait à faire de larges bonds en l'air, la chenille tournait à vide et endommageait un peu plus les roulements à chaque saut.

— Plus vite ! cria le Chrektor d'une voix stridente. Plus vite, Fartuloon !

— Me prends-tu pour un oluzga ? répondit ce dernier avec un calme tout apparent.

Pour l'instant, le nuage grossissait et se déplaçait lentement vers le bas de la pente. Puis il accéléra et son volume s'accrût encore. D'autres masses blanches commencèrent à se mouvoir et s'agglomérer les unes aux autres. Même la neige au pied du versant se ruait maintenant à notre rencontre. C'était comme un raz de marée gigantesque qui tentait de submerger un minuscule bateau.

— Plus vite ! s'égosilla Griffe-de-Glace. Nous allons être ensevelis et étouffés !

— Que pouvons-nous faire ? hurlai-je à Fartuloon.

— Rien ! fut son constat laconique.

Nous poursuivîmes notre route à toute allure. La vague poudreuse s'élargissait à présent derrière nous et se précipitait vers le véhicule. Les forces brutales de la nature, que les *spectres des neiges* avaient déchaînées, laminèrent le petit bois comme fétus de paille. Quelques énormes boules blanches, compactes et dures, nous atteignirent et heurtèrent avec fracas l'arrière cabossé du Vagabond polaire. Les choses prenaient très vilaine allure mais nous n'y prêtions guère attention.

La dernière vague de l'avalanche nous rattrapa alors. Un puissant coup de poing nous frappa par-derrière et nous propulsa en avant. Nous fûmes soulevés comme une plume par la masse de neige qui s'engouffrait sous les roues et la chenille axiale. Nous glissions de plus en plus vite, emportés vers nous ne savions quoi. Le Chrektor criait tel une bête prise de panique. Farnathia se cramponnait fermement et m'enfonçait ses doigts dans l'épaule. Devant nous, le paysage sembla changer et s'approcher de nous à toute allure, comme dans un cauchemar en accéléré.

— C'est fini ! m'entendis-je gémir.

Deux longues langues de neige poudreuse, à peine agglomérée, nous dépassèrent par la droite et la gauche avant de s'apaiser. Notre course effrénée ralentit. Les roues recommencèrent à tourner et nous émergeâmes hors de l'enfer tourbillonnant.

— Nous sommes saufs, constata Fartuloon, très calme, avant de virer à nouveau vers la droite.

La pression dans la chaudière avait baissé et s'était lentement remise à grimper.

Au début de l'après-midi, nous étions tous épuisés mais bien loin à présent de la pente désormais vierge de neige. Nous poursuivions notre route par le chemin le plus court. Fartuloon nous indiqua une hauteur, à bonne distance devant nous.

— Il faut aller jusqu'à cette colline. Une fois là-haut, nous allons nous octroyer une pause.

Il faut reconnaître que c'était vraiment un miracle si notre véhicule roulait encore et ne s'était pas disloqué depuis longtemps. Nous atteignîmes effectivement la colline, mais notre tension ne retomba pas tant que nous n'en eûmes pas gagné la crête. Nous ressentions une fatigue indicible. Le Carabin se renversa dans son siège et ferma les yeux.

— À quoi pensais-tu ? demandai-je quand il rouvrit les paupières pour me regarder avec un sourire provocateur.

— À ce foutu thé que Farnathia est en train de nous préparer, déclara-t-il. Et à ces prochains pragos que nous devons passer dans les Contrées Pâles.

— Où se trouve l'*Œil Brûlant* ? s'enquit Griffe-de-Glace.

Le Carabin pointa droit devant et lâcha, laconique :

— Par-delà les collines, en direction du nord !

Je réchauffai mes doigts autour de la grosse tasse chaude. Que savais-je au sujet de l'*Œil Brûlant* ? Bien peu de choses ! C'était une petite région circulaire, aux pourtours dentelés dominant d'assez haut la zone centrale, un cirque de quelque dix kilomètres de diamètre avec en son milieu un lac de magma incandescent. Les laves visqueuses bouillonnaient et sifflaient sans cesse. Depuis au moins cent sept ans arkonides, il n'était jamais tombé le moindre flocon à l'intérieur de la dépression et il y régnait seulement un épais brouillard. De sorte qu'à la périphérie de cet « œil du monde », la neige et la glace ne pouvaient tenir. Impossible pour nous d'éviter cet endroit : nous devions nous arrêter à Adjover pour reconstituer nos réserves et compléter notre équipement. Je n'étais pas tant inquiet à cause de cet étrange phénomène naturel que par crainte du danger rôdant dans la colonie anarchique.

Je vidai ma tasse de thé en rêvant à des jours meilleurs.

— Tu penses à Adjover ? demanda mon maître.

— Oui.

— Nous serons accueillis là-bas avec une grande hostilité. C'est toujours comme ça !

— Parce que c'est nous, ou pour d'autres raisons ?

— Tous les étrangers sont reçus avec animosité. Ceux d'Adjover sont des bannis, des gens sans foi ni loi.

J'approuvai d'un signe de tête ; j'avais déjà entendu cela plusieurs fois.

Ces hommes, là-bas, étaient la lie de la planète. Tout comme la mousse déborde d'un chaudron et se répand autour, laissant à l'intérieur un liquide épuré, ces individus avaient été expulsés et rejetés par la civilisation. On ne les rencontrait même pas dans les bas-quartiers jouxtant les spatioports de Gortavor : cela signifiait bien des choses, sur un monde aussi marginal !

— Je comprends.

— Ils n'ont pas assez de femmes ! nous confia Fartuloon avec un air de conspirateur.

— Ça veut dire…

Je m'interrompis. Oui, la vue d'une fille suffisait à les rendre fous. J'allais donc devoir veiller à ce que Farnathia ne bouge pas d'un iota. Je devrais porter en permanence une arme chargée, au cas où nous aurions à nous déplacer ensemble en ce lieu. Je déglutis avec difficulté.

— D'accord, Atlan ? Tu as saisi ?

— Oui.

Nous mangeâmes et bûmes à satiété, avant d'inspecter notre véhicule. Manifestement, cet assemblage audacieux allait résister encore un moment. Mais plus nous roulions, plus la probabilité augmentait que l'engin nous lâche pour de bon. Fartuloon avait-il lu dans mes pensées ? Il dit en effet :

— Sur un plan statistique, chaque kilomètre parcouru accroît les sollicitations du Vagabond et le rapproche du seuil de rupture. Plus longtemps nous serons en chemin, plus nous devrons nous familiariser avec l'idée de devoir marcher à pied pendant les derniers pragos de la promenade !

— Si la chaudière explose, nous allons sauter en l'air ! prophétisa Griffe-de-Glace.

Son humour révélait souvent les aberrations macabres de son esprit.

Le Carabin secoua la tête :

— Une marche à pied sera de la détente, comparée à la terreur et à la violence qui règnent à Adjover. Je vous demande, à tous les trois, de ne pas oublier cela un seul instant. Maintenant, en route !

— Je vais conduire, décidai-je, et nous échangeâmes nos places.

Peu de temps plus tard, j'avais les yeux rivés sur l'aiguille de la boussole qui, tel un doigt d'acier, pointait toujours en direction de notre but.

Laissant la colline loin en arrière, nous arrivâmes

dans une région qui, malgré la clarté assez lumineuse de l'après-midi, avait tout l'air d'être un repaire de *spectres des neiges*.

*
* *

— Mes amis, déclara Fartuloon avec un sérieux inhabituel, nous nous trouvons dans un domaine d'immense solitude. En principe, les Contrées Pâles ne sont pas dangereuses. Les réalités de la nature sont des épreuves mortelles uniquement pour les imbéciles et les aveugles. Mais trois périls différents nous guettent dans l'immédiat. Vous pouvez me croire : je connais aussi bien cette planète que nombre d'autres sur lesquelles j'ai jadis traîné ma carcasse. Ces dangers s'appellent les *spectres des neiges*, le Val des Vapeurs et Adjover. Une fois ces étapes franchies, nous ne lutterons plus que contre la nature, notre fatigue personnelle et contre notre efficacité déficiente. C'est cela que je tenais à vous dire.

Davant nous s'étendait une plaine polaire des plus typiques : une zone de permafrost, ainsi que le Carabin l'avait souligné. Le Vagabond roulait à vitesse raisonnable. Je pensais garantir une durée de vie plus longue à notre véhicule en adoptant une allure modérée ; que ce soit juste ou erroné, le proche avenir nous le préciserait sans plus tarder.

Les Kralasènes, les mercenaires à la solde du tyran arkonide, étaient probablement à nos trousses malgré nos mesures de précaution. C'était sûrement vrai, même si nous n'avions pas la moindre information à leur sujet. Mais aucun de nous quatre n'en doutait : nous envisagions implicitement les pires possibilités. La question essentielle était de savoir l'importance de l'avance dont nous disposions sur les dogues de l'Empereur. Y avait-il lieu d'être relativement optimistes ? Ils ignoraient dans quelle direction nous nous dirigions, et nos traces avaient été effacées depuis que nous avions quitté le dépôt secret du Désert aux Arachnes. Malgré tout...

— Nous te remercions pour ces précisions, Fartuloon, fis-je tout en examinant chaque détail du parcours qui se déroulait en avant du pare-brise. À présent, que peux-tu me dire sur ce repaire de spectres ?

Mon mentor haussa ses larges épaules arrondies et grommela d'un air chagrin :

— J'aurais bien voulu te révéler quelque chose à son sujet, mais je ne sais rien ! De toute façon, prends garde aux embuscades que ces êtres peuvent nous tendre !

— Tu as raison !

La plaine s'étirait jusqu'à un horizon indistinct. Un horizon où les yeux n'étaient pas en mesure de distinguer le ciel du sol.

Le terrain, totalement plat, était recouvert d'une couche de neige d'épaisseur régulière d'environ un mètre. Au-dessus de ce tapis immaculé se dressaient des arbres, des rochers et d'étranges collines coniques. Tout cela donnait l'impression d'avoir été peint par un artiste fantasque. La couleur de fond était le blanc, les troncs habillés d'une croûte de glace scintillaient de reflets gris, les rochers et les collines rayonnaient d'un autre gris bizarre et irréel. J'écoutai les ordres de Fartuloon et conduisis en zigzag à travers cette désolation, toujours vers le Nord, à la rencontre de l'*Œil Brûlant* et du pôle.

Les spectres des neiges... murmurai-je à mi-voix. Des créatures semi-intelligentes... A priori les descendants lointains des êtres énigmatiques qui avaient jadis bâti une civilisation évoluée sur Gortavor. Ils avaient dégénéré au fil des siècles et des millénaires, régressant à l'état animal. Pour des raisons inexplicables, ils s'attaquaient avec fureur à tout être se déplaçant dans leur espace vital.

Je contournai un arbre qui se dressait hors de la neige comme l'épine dorsale d'un squelette. Puis je fis manœuvrer le Vagabond sifflant et cliquetant autour d'une des collines coniques. La surface blanche, devant nous, était complètement lisse. *Trop lisse*… Ces mots me traversèrent brusquement l'esprit. Il manquait les rides caractéristiques dues au vent. J'empoignai le volant à pleines mains, changeai de direction et opérai un demi-cercle.

— Un pressentiment ? Un instant de suspicion ? demanda le Carabin.

— Tout juste ! C'est bien ça !

— Les *spectres des neiges* se sont remarquablement tenus à distance au cours des dernières tontas, constata Griffe-de-Glace.

— J'espère qu'ils continueront de le faire ! renchérit Farnathia.

Je la surveillais sans interruption, autant que mon temps et mes tâches le permettaient. C'était une jeune fille non seulement belle mais d'une vive intelligence : dans ces situations très inhabituelles pour elle, elle se comportait comme quelqu'un dont l'existence avait toujours été émaillée de tels dangers. Elle était à l'unisson de notre groupe – et je l'aimais.

— Je le souhaite mais sans y croire, dis-je à contrecœur, et je me concentrai derechef sur l'itinéraire.

Notre engin cahotait maintenant sur ses suspensions grinçantes, sous les chocs violents dus aux accidents d'un terrain inconnu. Les arbres dénudés et les sommets des collines étincelaient tous azimuts.

— Par les Sombres She'Huhan !

— Qu'est-ce qui ne va pas, mon garçon ? maugréa Fartuloon.

— J'ai une impression très désagréable. Les *spectres des neiges* sont-ils à même de nous tendre un piège par ici ?

Mon maître astiquait une partie de son armure pectorale avec la manche en fourrure de son manteau.

— Oui et non, se hasarda-t-il enfin. Ils risquent de nous attaquer ; or, je ne peux pas me faire à l'idée qu'ils sont assez intelligents pour avoir le sens de l'anticipation.

Je répliquai durement :

— Malgré ça, je reste vigilant !

— Ce n'est pas seulement ton bon droit, riposta Fartuloon, mais aussi l'essentiel de notre assurance sur la vie !

Je contournai les arbres, les collines et les tas de terre. Avec beaucoup de méfiance, je promenais mon regard sur le décor qui s'étalait devant nous. Et tout à coup j'ouvris une soupape, immobilisant net le Vagabond.

— Je ne vais pas plus loin ! m'exclamai-je, l'air farouche.

Fartuloon me dévisagea, perplexe :

— Tu me surprends, mon garçon !

— C'est au moins ça ! Devant nous, en travers de notre route, je pressens qu'il y a un fossé profond. Nous allons tomber dedans si nous continuons à rouler !

Fartuloon cessa d'astiquer sa cuirasse – ce qui ne fournissait d'ailleurs qu'un piètre résultat – et dit tout simplement :

— Je vais descendre.

Il ouvrit la portière d'un geste brusque, s'arrêta un instant dans l'encadrement d'acier puis sauta dans la neige. Je redémarrai l'engin et le Carabin se mit à courir au-devant. Un peu plus loin, il coupa une branche relativement droite en passant près d'un arbre à la ramure fortement pendante. Je le suivis. Il enfonçait la branche dans la neige et me faisait signe d'avancer. Je progressais à allure très réduite. Un temps précieux défila tandis que nous cherchions à localiser un fossé sous la couverture neigeuse blanche, peu profonde et lisse comme un plancher. Farnathia et Griffe-de-Glace se penchaient en avant pour regarder par le pare-brise.

— Tu crois qu'ils nous ont tendu un piège ? chuchota la jeune fille.

— Oui. Je le pressens si distinctement que je peux dire qu'il est tout proche ! répondis-je tout en continuant à rouler.

Fartuloon courait maintenant dans la neige épaisse, précédant le véhicule, toujours droit dans la direction du nord. Sa perche montait et descendait sans cesse. Il haussa les épaules, se retourna et afficha sa perplexité par un geste éloquent. Le sol était aussi dur et solide que jusqu'à présent. J'ouvris le hublot et m'écriai :

— Fartuloon ! Droit devant, à cent pas d'ici ! Je le vois distinctement !

— Je vais faire attention ! Reste derrière moi !

— À tes ordres !

Quelques centitontas s'écoulèrent, comme étirées et ralenties par l'influence pernicieuse d'un être surnaturel. Les roues et la chenille nous propulsaient en avant, entre les arbres et les collines. Mon maître nous marquait la trace à suivre et progressait toujours sur un sol plat, de toute évidence sûr. Ma tension nerveuse s'accroissait. Un mauvais présage me soufflait qu'il y avait un piège quelque part en ce lieu. Je n'avais aucune idée de la forme sous laquelle il se révélerait, de la manière dont il fonctionnerait et des conséquences auxquelles il fallait s'attendre. Juste une intuition, rien de plus. Mais aussi rien de moins. Je sentais ma peau se couvrir de sueur et mes nerfs se contracter. Rien ne se produisait. Nous continuions à avancer doucement, tout droit.

Soudain, Fartuloon leva la main.

— Halte !

Je souris en mon for intérieur. C'était donc bien ça ! Ma prémonition ne m'avait pas trompé. La branche était profondément enfoncée dans la neige. Le Carabin se retourna et me fit à nouveau signe d'arrêter. Je stoppai le véhicule, me penchai par la fenêtre latérale et demandai à haute voix :

— Il y a vraiment quelque chose ? Un fossé ?

Il cria en guise de réponse :

— Non ! C'est bien pire, Atlan. Une faille tellurique !

Je fronçai les sourcils et appuyai sur la pédale de frein. Une faille présentait infiniment plus de difficultés qu'un simple fossé. Nous ne disposions vraiment d'aucun outil ni équipement pour pouvoir franchir une crevasse. Il semblait que notre fuite fût arrivée ici à son terme. J'ouvris la porte et sautai au-dehors. Vingt grandes enjambées et je rejoignis Fartuloon. Une plaine sinistre s'étendait tout autour de nous. Le summum de la désolation et de l'ennui était atteint. Je fixai mon mentor droit dans son regard jaune. Il tendit la main devant nous et déclara :

— Les choses se présentent mal !

— Comment pouvons-nous surmonter ce danger ?

Sa réponse me surprit :

— Je ne le sais pas. J'ai beau sonder, je ne touche pas le fond. Le Vagabond pourrait tomber de plusieurs mètres. Il va probablement falloir faire un détour.

C'était bien ce à quoi nous nous étions attendus pendant des pragos entiers, sans vraiment nous l'avouer et sans en tenir compte. Devant nous béait un fossé très profond ou une faille, un obstacle infranchissable qui nous entravait dans notre fuite. Et sur nos talons, à n'en pas douter, arrivaient les Kralasènes…

*
* *

Quelle est la largeur de la crevasse ? Sa profondeur ? Quelles sont nos possibilités d'en venir à bout ?

— Que peut-on faire, Fartuloon ? Jusqu'à présent, tu as toujours trouvé une solution à tous les problèmes !

— Cette fois-ci aussi, mon garçon, mais je dois réfléchir !

— Il n'y a que deux possibilités. Soit on franchit la faille, soit on la contourne.

— Tu l'as dit !

Au milieu de cette contrée déserte, nous étions là, à nous creuser la tête. Les destins individuels de quatre personnes différentes dépendaient de l'issue qui allait nous apparaître. Echangeant un regard, nous pûmes presque comparer notre agitation intérieure. Il était possible que Griffe-de-Glace et Farnathia ne soient pas très conscients de l'importance de ce nouveau danger. Pour Fartuloon et moi, il se traduisait par une perspective claire : notre imagination nous faisait déjà entrevoir les Kralasènes accourant sur nos traces à peine estompées. Le Carabin eut un sourire amusé :

— Risquons le tout pour le tout ! Le plus court chemin, mais le plus périlleux !

— On peut essayer. Mais soit notre véhicule tient le coup, soit il nous lâche.

Nous nous dévisageâmes comme deux conspirateurs.

— Ce carrosse impérial a jusqu'à présent bien résisté. Un suprême effort ne lui sera pas fatal, dit Fartuloon, tout à fait optimiste.

— À quelle distance se trouve le Val des Vapeurs ?

— À cinq pragos encore, Atlan. Et à pied, bien plus loin, déclara mon maître avec un rire retentissant.

J'étais en proie à un dilemme, déchiré entre la retenue et la réflexion d'une part, le bon sens, le scepticisme, la hardiesse et la témérité d'autre part. J'ajoutai donc :

— Si tu prends le volant, mon ami et mentor, je crois que nous arriverons à nous tirer d'affaire.

Il esquissa un petit signe :

— J'ai bien compris !

Nous retournâmes au Vagabond polaire et nous accordâmes une pause, reconstituant nos forces avec du thé chaud. Puis le Carabin ouvrit l'admission et démarra. Un cauchemar en trois dimensions commença alors. Pour le moment, nous roulions droit devant nous. Soudain, pourtant, l'avant du véhicule se pencha et s'inclina de plus en plus. Les sculptures des roues et les crampons de la chenille d'acier mordaient de plus en plus dans la neige et dans le sol invisible en dessous.

— Il y a des choses dont je ne puis percer le mystère, avoua Fartuloon tout en tapotant les cadrans du tableau de bord.

— Tu parles évidemment de cette faille gigantesque, de ce fossé immense ?

— Tu as raison, Atlan.

Nous gardions tous le silence face à cette situation qui nous fascinait. Notre véhicule dévalait la pente selon un angle très incliné et cette descente nous rendait tout simplement fous. Alors que nous nous agrippions à toutes les proéminences et poignées accessibles, tandis que les moteurs et les roulements hurlaient plus qu'ils ne chantaient leurs complaintes horribles, le nez du Vagabond se redressa à nouveau. Nous nous trouvions dans une couche neigeuse épaisse, roulant sur un sol inconnu. Personne ne parlait, personne ne réagissait. Centimètre après centimètre, les griffes de la chenille et les aspérités des pneus fouillaient la neige et mordaient la glace. Lentement, l'avant de notre engin se releva de plus en plus.

— Je crois que nous allons nous en sortir une fois encore, murmura Fartuloon, et il augmenta la puissance mécanique des six moteurs qui entraînaient les moyeux des roues imposantes.

Nous escaladions à petite vitesse mais régulièrement la montée, malgré des glissades répétées. Il me semblait que nous étions en train de nous déplacer au fond et sur les versants d'un fossé qui, en des temps anciens où il régnait autre chose qu'un hiver permanent, avait dû servir à assécher une contrée marécageuse. Les sculptures des pneus avaient du mal à trouver prise. Dans un raclement fracassant, les crampons de la chenille s'accrochaient à la paroi et nous tiraient littéralement hors de la crevasse. Souvent, il nous arrivait de glisser et de perdre du terrain. Une étrange ambiance nous enveloppait, c'était comme si nous étions ivres ou si nous n'avions plus tout notre entendement. À travers le pare-brise, nous ne voyions rien d'autre que la neige et le ciel qui brillait d'un gris blafard au-dessus de nous.

— Je pense qu'on va réussir ! dit le Carabin.

Le brûleur feulait tel un démon enragé. La pression de vapeur, dans la chaudière, faisait hurler et gémir la turbine. Les roues et la chenille griffaient le sol gelé. Comme au ralenti, le Vagabond monta encore un peu puis se stabilisa à l'horizontale sur la plaine sans accident.

— Nous en sommes venus à bout, conclut Fartuloon juste après que nous fûmes sortis de la crevasse.

— Toute la sueur transpirée pendant cette épreuve nous aurait permis de dégeler la moitié de notre route vers l'*Œil Brûlant* ! s'écria Griffe-de-Glace. Et maintenant, Carabin, il faut chercher un gîte pour la nuit !

Mon maître augmenta lentement la vitesse du véhicule, se retourna sur son siège en direction du Chrektor et le dévisagea en ricanant :

— Je préfère le régime le plus lent, mais le plus sûr. Plus longtemps nous serons capables d'utiliser le Vagabond polaire, plus ce sera bénéfique pour nous.

Notre allure s'accrut pourtant. Ce prago-là, nous avions laissé une trace large qui ne pouvait pas passer inaperçue. Il ne planait ni la menace d'une tempête, ni celle d'une chute abondante de neige, aussi les Kralasènes sauraient-ils fort bien suivre notre chemin à travers l'ancien marais parmi les arbres isolés, les rochers et les collines. Fartuloon, Griffe-de-Glace et moi, nous arriverions à nous défendre. Éventuellement, nous pourrions même opposer aux dogues de l'Empereur une nette supériorité en cas de confrontation. Mais Farnathia mourrait, elle, si les hommes de main de Sofgart l'aveugle parvenaient à nous rattraper.

La vitesse du véhicule retomba à son ancien régime. Nous roulions constamment vers le nord, cap sur le Val des Vapeurs et la colonie d'Adjover. Mais quand y parviendrions-nous ? Par quelle route, après quelles autres aventures ? Nul parmi nous ne le savait. Fartuloon croyait-il vraiment pouvoir rallier sa base secrète avant les sbires de Sofgart ?

Je m'adressai à lui à haute voix pour que Farnathia et Griffe-de-Glace puissent eux aussi entendre :

— Mon ami et maître !

— J'écoute.

— Où et comment allons-nous passer la nuit ?

— Quelque part, mais j'ignore encore où ! Nous avons le temps, jusqu'au crépuscule.

— C'est vrai. Cependant, trois des personnes assises ici dans la cabine n'ont jamais traversé les Contrées Pâles !

Fartuloon eut un rire rauque :

— Dans cette région, il y a peu de cachettes. C'est aussi valable, par bonheur, pour les *spectres des neiges*.

Une fois de plus, je crus me souvenir d'une situation identique : soudain, par la pensée, je me retrouvai assis dans un véhicule silencieux, tout à fait à l'opposé de cette carcasse trépidante et infecte, planant sans heurt au-dessus d'une surface qui semblait infinie. Un doux soleil inondait de lumière un paysage dénué de relief. Dans le lointain se profilaient de grands bâtiments en forme d'entonnoirs. Et je me dirigeais vers une de ces véritables chaînes de montagnes artificielles.

— Je ne m'étonnerais pas si... me hasardai-je.

Fartuloon me lança un regard inquiet et dit d'un ton sévère :

— Tu t'es remis à rêver !

— Je me rappelle certains faits, murmurai-je, sentant que les images étrangères commençaient à s'estomper.

— Allons donc ! ironisa Fartuloon en frappant sa cuirasse qui émit un son assourdi. Des souvenirs ! Ce ne sont que les rêves immatures d'un adolescent !

Nous étions à nouveau au milieu de l'étendue déserte, sinistre et blanche des Contrées Pâles. Près de nous, une ombre géante et imprécise se déplaçait sur la neige. Les derniers rayons du soleil tombaient presque à l'horizontale par le hublot, engendrant une lumière étrange, pénétrante et rouge doré dans laquelle tout paraissait se nimber de magie. Fartuloon, le Carabin, ressemblait au personnage central d'un ancien drame arkonide inspiré par les Douze Héros.

— Nous allons passer la nuit au cœur de cette étendue déserte, maugréai-je d'un air réprobateur. Ici, en plein milieu de cette toundra enneigée, uniforme et lisse comme la main !

Mon maître se mit à rire et secoua la tête :

— Ce soir, nous allons poursuivre notre chemin ! Grâce aux faisceaux des projecteurs !

— Je ne crois pas que je vais apprécier ça ! s'écria Griffe-de-Glace depuis l'arrière où il s'occupait du dîner avec Farnathia.

— Ça te plaira encore moins quand un Kralasène détachera ta tête transparente de ton corps de verre ! rétorqua Fartuloon. Atlan et moi, nous allons nous relayer au volant toutes les deux tontas. Cela accroîtra notre avance.

Le véhicule continua de vibrer bruyamment tout en poursuivant sa route en direction du nord. Il faisait de plus en plus sombre. Nous tous, le Carabin y compris, commencions à nous soucier beaucoup de la nuit à venir. Mais jusqu'à l'avant-poste polaire, il y aurait encore nombre de nuits semblables et d'autres raisons de nous inquiéter.

*
* *

Nous roulions depuis cinq pragos, soit presque neuf jours gortavoriens – qui duraient chacun 11,41 tontas. Le seul côté miraculeux de ce périple était que le Vagabond résistait toujours. Ses bruits intrinsèques gagnaient en intensité d'un demi-prago à l'autre et un des moteurs indépendants finit par tomber en panne. Nous continuâmes à avancer avec seulement cinq roues tractrices. Griffe-de-Glace souffrait et dormait, en alternance. Nos dernières tentatives de conversations normales s'espacèrent aussi peu à peu.

Fartuloon dut reprendre le volant à notre arrivée dans le Val des Vapeurs. Il guida l'engin hurlant et gémissant à travers des nuages denses qui jaillissaient de crevasses soudain entrouvertes et nous enveloppaient aussi vite.

Les larges roues brassaient les flaques boueuses sur lesquelles des bulles multicolores éclataient en gargouillant et en lâchant des vapeurs malodorantes qui s'insinuaient dans l'habitacle. Nous traversâmes cette vallée sans mot dire, toussant, les yeux larmoyants, la bouche et le nez tant bien que mal protégés par nos manches en fourrure. Il régna vite une chaleur insupportable ; aussitôt, Griffe-de-Glace exprima sa peur de fondre et de mourir.

Le véhicule gravit d'anciennes terrasses de travertin, agencées en escalier et rendues glissantes par l'eau brûlante, tout en traînant dans son sillage un nuage de fumée d'un noir de jais. La chenille s'accrochait au calcaire bien sec, de ses crampons polis par l'usure, détruisant des concrétions colorées aux structures baroques.

— Ici… commença Fartuloon avant un accès de toux convulsive, il n'y a… pas de *spectres des neiges* !

— Piètre consolation ! répondis-je en m'étranglant moi aussi.

Les petits remparts entourant les mares géantes se disloquaient avec fracas lorsque nous roulions dessus. De la boue et de l'eau jaillissaient de tous côtés, projetés par les pneus massifs. Il n'y avait pas le moindre souffle de vent ; l'énorme chape de vapeur brumeuse et de gaz denses qui écrasait ce coin de vallée nous enveloppait en étouffant tous les sons. Nous avions à nouveau coupé au plus court. Notre avance présumée devait s'élever à un peu plus de quelques tontas, sinon nous aurions déjà repéré le véhicule des Kralasènes lancés sur nos traces. Le Vagabond transperça littéralement le mur de brouillard dense. Fartuloon augmenta la vitesse dès notre sortie du val encaissé, alors que nous attaquions une pente descendante recouverte d'une couche meuble de cendres, de graviers et de pierres ponces granuleuses.

Notre engin prit un puissant élan et se mit à filer à travers une autre plaine. Nous ouvrîmes la fenêtre d'un geste brusque, bien que l'air glacial nous mordît au visage. Le conduit du brûleur passa à nouveau de sa teinte sombre à un beau rouge incandescent.

— Là-bas, à l'horizon… Vous le voyez ? nous demanda Fartuloon.

D'un jet de vapeur, il nettoya le pare-brise. Nous pûmes distinguer, par-delà l'immense étendue plate, que le terrain s'élevait en pente douce dans la direction du nord, droit devant nous. En ce point de l'horizon montait une colonne presque verticale de plus de dix kilomètres de diamètre, jusqu'à une altitude indéfinie où la fumée ou la vapeur qui la constituait se fondait avec la couverture de nuées brumeuses. Derrière le brouillard, le soleil géant de Gortavor brillait d'une lumière blafarde. Un tableau qui, en soi, offrait un spectacle à serrer le cœur.

— Je vois ! Est-ce Adjover ?

Le Carabin fit lentement un geste affirmatif.

— Nous avons encore une grande zone enneigée devant nous. À la limite de l'*Œil Brûlant* se trouve Adjover, dit-il.

Nous pûmes peu à peu apercevoir de plus en plus de détails. Depuis que nous avions franchi la démarcation entre le versant du Val des Vapeurs et la plaine, les roues et la chenille s'enfonçaient dans la neige dont l'épaisseur augmentait constamment. Jusqu'à proximité d'Adjover, le sol gelé restait tapissé d'un manteau blanc ; ensuite commençait la zone vierge de glace qui entourait l'*Œil Brûlant*. L'emplacement de ce cratère se révélait bien par la présence de la colonne de vapeur ascendante qui vacillait très peu car il n'y avait pas le moindre souffle de vent.

Le visage de Farnathia exprimait à lui seul ce que nous ressentions tous : la solitude, une mélancolie démoralisante, l'anticipation de la terreur et de la violence dans la colonie maudite où nous devions absolument faire escale.

Devant moi, un témoin d'alerte se mit brusquement à clignoter.

— Fartuloon ! Vite, ferme l'admission !

Trop tard ! Un roulement supplémentaire s'était soudain bloqué dans un gémissement d'agonie. Un second moteur tomba donc en panne, celui qui entraînait la dernière roue de droite. Fartuloon réagit instantanément mais le cliquetis du commutateur ne résonna à nos oreilles que comme une certitude complémentaire.

— Rien qu'avec la chenille, nous pourrons nous débrouiller, nous rassura-t-il. Et nous avons encore assez de réserves.

Il continua à conduire à vitesse constante. L'ensemble de la machinerie du véhicule frôlait la limite de son efficacité. Nous ne roulions plus qu'avec quatre moteurs ;

par bonheur, la chenille tenait toujours bon. Plus nous montions et nous approchions du cratère, plus les sommets et les vallées du dernier massif précédant le pôle nord émergeaient du brouillard. Un matin resplendissant, étincelant de soleil, nous accueillit au moment où nous arrivâmes à la frontière de la zone glacée.

— Nous devons aborder Adjover avec beaucoup de prudence. Trop d'hommes sont morts ici parce qu'ils n'ont pas respecté les sommations, nous avertit Fartuloon.

— Je ne vois rien qui ressemble à une colonie, dit Griffe-de-Glace.

— Derrière le mamelon s'ouvre une vallée située juste avant le bord du cratère. La colonie est installée là-bas, assez bien protégée des tempêtes. On ne la remarque vraiment qu'après en avoir franchi les portes.

— Je comprends.

Farnathia, très amaigrie, avait perdu quelque peu de sa beauté. Mais plusieurs nuits de sommeil et une alimentation saine la rendraient à nouveau radieuse, telle que je l'avais toujours connue et aimée. Le moral de Griffe-de-Glace était au plus bas, aussi toutes ses anxiétés resurgissaient-elles. Moi-même j'étais fatigué, exténué. Le manque de repos réparateur, la nourriture peu variée et la tension nerveuse continuelle, tout ceci ajouté aux attaques et à la poursuite dont nous étions victimes, nous avaient épuisés. Je me rendis encore mieux compte de notre état en remarquant les rides profondes autour de la bouche de mon vieux mentor. Un coup d'œil furtif dans le rétroviseur me révéla que je ne valais guère mieux.

— Sera-t-il aussi pénible que tu le dis de séjourner à Adjover, la colonie des hommes sans foi ni loi ? demandai-je tandis que le véhicule haletant amorçait presque en vrille le dernier lacet de la route du col qui ne méritait pas ce nom.

— Très pénible, mais seulement jusqu'à l'instant où

nous serons acceptés. Le chef est un tyran que nous devrons intimider ! annonça Fartuloon avec un ricanement.

Il semblait se réjouir d'avance de l'explication qu'il aurait avec ce despote local. Quant à nous, ce n'était pas le cas. Bien au contraire. Avant même de l'avoir vu, nous haïssions déjà cet endroit de tout notre être…

FIN DU PREMIER VOLUME

PETIT GLOSSAIRE ARKONIDE

Arbaraïth : légendaire contrée aux obélisques de cristal, menacée par des créatures bestiales ; elle disparaît le jour de l'Ascension du héros Tran-Atlan. Souvent mentionnée comme la vraie patrie originelle des Arkonides.

arbtan : homme d'équipage (astrosoldat ou sous-officier).

Arkanta : titre de la grande prêtresse d'Hocatarr, le Monde des Morts ; elle est aussi invoquée sous les noms de Sainteté et Vénérée Grande Mère.

Arkonides : peuple qui s'est développé sur la troisième planète de l'étoile Arkonis et descend d'émigrants akonides qui ont quitté leur patrie, le Système Bleu (Arbaraïth ?), environ dix-huit mille ans avant J.-C. À noter que les Akonides ont pour ancêtres les Lémuriens de la *Première Humanité* terrienne. Les Arkonides ont fondé dans l'amas globulaire de Thantur-Lok leur propre sphère d'influence interstellaire appelée le Grand Empire. De haute taille (1,80 à 2 mètres), le crâne toutefois un peu plus allongé, ils ont une morphologie identique à celle des humains originaires de la Terre. L'adaptation aux conditions d'environnement de leur nouvel habitat a conduit, chez les colons des premiers temps, à l'acquisition de caractéristiques albinoïdes comme par exemple les cheveux de teinte blond très clair ou presque blanche (gris argent dans des cas isolés), la peau très pâle et les pupilles rouges ou rouge doré ainsi que les sécrétions lacrymales abondantes en cas d'émotions vives. Néanmoins, l'idée reçue selon laquelle tous les Arkonides sont des albinos est relativement erronée : si la carnation pâle est avant tout l'apanage de l'aristocratie et de la noblesse qui la cultivent avec soin, des épidermes plus colorés se rencontrent fréquemment. La blancheur des cheveux est considérée, quant à elle, comme la plus apte à réfléchir au mieux la forte intensité des rayons solaires d'Arkonis. La principale différence anatomique avec les

Terriens se situe d'une part au niveau du torse (les Arkonides n'ont pas de côtes mais des plaques thoraciques), d'autre part au niveau de l'encéphale qui est doté d'un secteur supplémentaire (la mémoire éidétique ou photographique).
Parmi les peuples de la Voie Lactée qui maîtrisent le voyage dans l'espace, ceux qui descendent des Arkonides sont véritablement légion. Les principaux sont les Francs-Passeurs (dont dérivent les Lourds et les Arras), les Ekhonides, les Zalitains, les Solténiens, les Utikiens, les Azgoniens et les Eysaliens.

Arkonis I : planète résidentielle des Arkonides, aussi appelée le Monde de Cristal ou Gos'Ranton. Diamètre 12 980 km, pesanteur 1,05 g. Elle offre l'apparence d'un seul et immense parc naturel. On n'y trouve ni ville ni agglomération au sens usuel mais seulement des constructions très dispersées, plus ou moins élégantes et élancées, dont le type architectural caractéristique est la forme en entonnoir ou en champignon. Les mers, forêts et montagnes d'Arkonis I ont été remodelées selon les goûts d'un peuple épris d'esthétique et de culture. De majestueuses voies de circulation parcourent la surface planétaire, les liaisons rapides s'effectuent par un réseau tubulaire souterrain de transport. Le Taï Than ou Grand Conseil y siège sur la Colline des Sages (Thek-Laktran). On y trouve également le Palais de Cristal, résidence de l'Empereur.

Arkonis II : monde de l'économie et du commerce, aussi appelé Mehan'Ranton, plus petit qu'Arkonis I. Pesanteur 0,7 g. La planète est entièrement industrialisée et dotée d'énormes complexes souterrains de production. À sa surface, on trouve de grandes cités et les sièges des entreprises les plus importantes de la partie explorée de la Galaxie. Environ quatre cents peuples étrangers y ont des comptoirs commerciaux, toutes les races connues s'y rencontrent, les célèbres artères bordées de magasins et de silos d'entreposage sont parcourues depuis des millénaires par une foule hétéroclite et bigarrée.

Arkonis III : monde-arsenal du Grand Empire arkonide, aussi appelé Gor'Ranton. Diamètre 13 520 km, pesanteur 1,3 g. Arkonis III, gigantesque port d'attache des escadres de combat de l'Empire, abrite toute l'industrie lourde de construction et de radoub ainsi que toutes les installations de soutien logistique de la flotte de guerre. Les centres de recherche et développement s'étendent tels d'immenses villes entrecoupées d'astroports et de leurs dépôts géants annexes. On y trouve aussi les quartiers résidentiels des équipages et tout ce qui est nécessaire à leur subsistance de même qu'à leurs loisirs. À sa surface, entièrement recouverte d'une couche de plastobéton, d'arkonite et de matériaux synthétiques, seules les mers subsistent de la nature originelle et nombre de visiteurs décrivent Arkonis III comme un véritable cauchemar écologique. D'énormes convertisseurs sont nécessaires pour régénérer l'atmosphère et entretenir des conditions de vie supportables.

Arkonis : grosse étoile blanche située presque au centre exact de l'amas globulaire Thantur-Lok. Son système comporte 27 planètes dont les deuxième, troisième et quatrième (rebaptisées Arkonis I, II et III) ont été artificiellement placées sur la même orbite à 620 millions de kilomètres du soleil et la décrivent à la même vitesse, disposées selon les sommets d'un triangle équilatéral. Cette singularité est dénommée Tiga'Ranton, les Trois-Planètes.

arkonite : aussi appelé acier d'Arkonis, alliage obtenu par densification structurale de l'acier ordinaire et essentiellement employé pour la construction de navires spatiaux. L'arkonite, en comparaison avec un acier hautes performances usuel, possède un point de fusion plus élevé, une résistance à la rupture très supérieure et des caractéristiques mécaniques notablement améliorées.

arkonoïde : à morphologie extérieure de type arkonide.

Ark Summia : nom de l'épreuve initiatique élitaire en usage dans le Grand Empire, divisée en trois niveaux ou degrés. Les deux premiers portent avant tout sur des examens théoriques et se concluent par l'accession au titre de Laktrote (maître) puis Taï Laktrote (grand maître). La commission de Faehrl (Petit Cercle) n'autorise la participation aux épreuves finales (aptitude à la détermination personnelle, mise en pratique dans des conditions extrêmes du savoir acquis) qu'à de rares Hertasones de chaque promotion, dont ceux qui franchissent le troisième degré sont encore moins nombreux. Celui-ci consiste en l'éveil du cerveau-second dans les cliniques d'activation paraphysique des Écoles de Faehrl. Au sein du Grand Empire, il n'existe que cinq mondes-épreuves pour l'Ark Summia : le plus ancien est Iprasa, le plus important Largamenia, les autres sont Goshbar, Soral et Alassa.

athor : désigne en général un chef, une personne habilitée à donner des ordres ou à commander de par sa position hiérarchique. Se décline suivant le préfixe (voir Has'athor, amiral).

Begam : rang le plus élevé pour un officier. Seul l'Empereur se situe au-dessus. Voir Taï Moas.

Berlen Than : littéralement, Conseil des Douze. Assemblée gouvernementale du Grand Conseil ou Taï Than.

bmerasath : pierre semi-précieuse à l'éclat bleu, fréquemment de taille considérable, que l'on trouve uniquement sur quelques rares planètes. La table de conférences du Conseil des Douze (Berlen Than), au Palais de Cristal, a été taillée dans une bmeserath.

breheb-toor ! : attention, silence ! (interjection).

calendrier arkonide : une année sidérale arkonide correspond à la révolution complète des Trois-Planètes autour de leur soleil, soit donc 365,22 jours arkonides (pragos) durant chacun exactement 28,37 heures terriennes. L'année calendaire comportant par convention 365 pragos, une année bissextile augmentée de 11 pragos s'intercale tous les 50 ans. Chacun de ces 11 jours supplémentaires porte le nom d'un des douze héros arkonides mythiques, l'ensemble est baptisé Pragos de Vretatou en l'honneur du douzième héros. L'année arkonide se divise en dix mois appelés périodes, de chacun 36 pragos ; les cinq derniers pragos, les Katanes de Capit, précèdent le passage au nouvel an et sont des jours de fête dont l'origine remonte à des rites ancestraux liés à la célébration des divinités de la fécondité, un sens qui s'est peu à peu perdu avec le temps. Les dix périodes sont, dans l'ordre : l'eyilon, la hara, le tarman, le dryhan, le messon, le tedar, l'ansoor, la prikur, la coroma, le tartor. Correspondances : 0,846 année arkonide = 1 année terrienne ; 1 année arkonide = 1,182 année terrienne.

Celkar : monde de justice du Grand Empire ; une des 5 planètes de l'étoile Monhor, située à 102,14 années-lumière d'Arkonis.

Cerkol : littéralement, flocon de neige. Désigne l'amas globulaire voisin de Thantur-Lok, à environ 4 820 années-lumière d'Arkonis (diamètre 85 années-lumière, 330 000 masses solaires) aussi appelé secteur de surveillance Orbys-Nukara. L'amas compte peu de planètes, parmi lesquelles les principales sont Largamenia et Goshbar (mondes-épreuves de l'Ark Summia), Bak Jimbany et Tuglan. Les catalogues astronomiques terriens recensent Cerkon sous le nom de M 92 ou NGC 6341.

années-lumière d'Arkonis. Ce monde-jungle aux formes de vie primitives vit mourir accidentellement l'empereur Gnozal VII.

essoya : roturier arkonide. Nom dérivé de celui d'un fruit feuillu non parvenu à maturité, donc de couleur verte.

Faehrl (École) : école d'élite dont l'enseignement permet de gravir les trois degrés de l'Ark Summia et qui, pour les Hertasones ayant réussi toute l'initiation, prodigue au final le traitement d'activation du cerveau-second.

fama : la vie, en arkonide.

Famal Gosner ! : formule de salut analogue à « Portez-vous bien ! »

garrabo : jeu impérial de stratégie, analogue arkonide du jeu d'échecs terrien. Très répandu et apprécié, il est même enseigné dans les académies galactonautiques. Concepts dérivés : coup de garrabo, figure de garrabo.

gor : lutte, combat, guerre.

Gor'Ranton : le Monde de la Guerre, désignation d'Arkonis III.

Gortavor : littéralement, le Combat de Tavor. Seconde des 8 planètes de l'étoile de Gortavor, ainsi baptisée en mémoire de l'explorateur Tavor qui catalogua ce système solaire en l'an 9326 *da Ark* et périt au contact du réseau de câbles argentés s'étendant au-dessus du Désert aux Arachnes. Gortavor ne possède pas de satellite naturel. Diamètre 16 467 km, pesanteur 1,03 g, durée de révolution 617,77 jours de chacun 11,41 tontas (16,2 heures terriennes), inclinaison de l'axe polaire 14°, moyenne des températures 31 °C. Le continent principal est dénommé Taïgor.

Gortavor (étoile de) : étoile de type G1V située dans la partie principale de la Voie Lactée, à 25 753 années-lumière d'Arkonis. Elle possède 8 planètes (dont 4 géantes glacées) dotées au total de 34 lunes, ainsi qu'une ceinture d'astéroïdes qui orbite entre Gortavor I et II.

gos : immaculé, sans tache, pur au sens cristallin.

Gos'athor : le Prince de Cristal.

Gos'Khasurn : littéralement, calice de cristal. Désigne le Palais de Cristal.

Gos'Laktrote : littéralement, maître de cristal. En charge de la sécurité de l'Empereur, le Gos'Laktrote est aussi appelé maître surveillant des suites privées du Zhdopanthi.

Gos'Ranton : le Monde de Cristal, désignation d'Arkonis I.

Grand Conseil : voir Taï Than.

Grand Peuple (ou Ancien Peuple) : voir Lémuriens.

Griffe-de-Glace : voir Chrektors.

Has'athor : amiral ; par extension, amiral de quatrième classe (rang le plus bas). L'insigne caractéristique est le sheonis (un soleil).

Hertaso (pluriel Hertasones) : candidat à l'initiation de l'Ark Summia.

–i : suffixe de coordination et de liaison, correspondant à « et », dérivé de la conjonction *ian* qui s'utilise à la place de la virgule.

–ii : redoublement du suffixe **–i** de coordination et de liaison, utilisé en général comme marque du pluriel pour les noms de personnes (exemple : *Zhy-Famii*, pluriel de *Zhy-Fam*).

Île Solitaire : dénomination arkonide de la Voie Lactée.

Iprasa : littéralement, errance, vagabondage. Nom donné à la planète Arkonis VI.

Kanth-Yrrh : technique de défense dagorienne qui se base sur la force de l'adversaire.

katsugo : 1 – épée d'exercice, faite de bois ; 2 – combat à l'épée dans lequel se mesurent les chevaliers arkonides ou Dagoristes, comparable au *kendo* japonais.

Kaymuurtes : combats quasi sacrés à caractère éliminatoire qui se déroulent tous les trois ans arkonides dans des arènes spécifiques.

Keon'athor : amiral de troisième classe ou amiral de la flotte. L'insigne caractéristique est le len'sheonis (deux soleils).

Kergone : êtres intelligents pseudo-amphibiens de la planète Kergon, à morphologie vaguement arkonoïde. Leurs corps recouverts d'écailles sombres rappellent de loin ceux de tortues géantes.

khasurn : littéralement, calice. Le terme désigne le lotus géant arkonide. Sens dérivé : l'ensemble de la noblesse arkonide ou un groupe lui appartenant (clan, maison, famille).

Khasurn-Laktrote : littéralement, maître du calice. Personnage auquel la noblesse a conféré les pleins pouvoirs pour tous les sujets la concernant, le Khasurn-Laktrote est notamment en charge de l'attribution des titres et quartiers. De par sa fonction, il assure aussi le rôle de porte-parole des nobles siégeant au Taï Than.

Kur : gouverneur ou administrateur d'un secteur de l'Empire (plusieurs systèmes solaires).

lakan : escadre formée de dix navires.

Laktrote : désignation d'un individu reconnu supérieur, maître (voir Ark Summia) ou sage. Nom dérivé : Laktran (voir Thek-Laktran, la Colline des Sages). Selon les cas, peut aussi s'appliquer à un docteur ou un professeur.

Larga : étoile de type K0V proche du centre de l'amas globulaire Cerkol, à 4 837 années-lumière d'Arkonis. Larga possède 5 planètes (dont 2 géantes glacées) dotées au total de 16 lunes, ainsi qu'une ceinture d'astéroïdes qui orbite entre Larga IV et V.

Largamenia : seconde planète de l'étoile Larga. Diamètre 12 145 km, pesanteur 1,05 g, durée de révolution 314,18 jours de chacun 15,49 tontas (soit 22 heures terrienne), inclinaison de l'axe polaire 26°, moyenne des températures 13 °C. La première pierre de la colonie de Tifto a été posée en l'an 2550 *da Ark* par l'empereur Quertamagin IV. Naissance de la capitale, Tiftorum, vers 3460 *da Ark* puis fondation en 4050 *da Ark* de la troisième École Faehrl (après Iprasa et Goshbar). Au cours des millénaires suivants, Largamenia devient le plus important des cinq mondes-épreuves de l'Ark Summia.

Lémuriens : peuple dit de la *Première Humanité*, originaire de la Terre jadis baptisée Lémur, chassé en majorité vers la nébuleuse d'Andromède vers 50000 avant J.-C. Le « Grand Peuple » ou « Ancien Peuple » n'est connu qu'à travers des légendes ou grâce à quelques artefacts.

len : deux, en arkonide.

lerc : unité de l'échelle de mesure du degré d'intelligence.

Lok : le but, l'objectif, en arkonide.

Luccott : terme arkonide désignant un radiant à impulsions de forte puissance.

Maahks : la dénomination « Méthaniens » donnée par les Arkonides aux Maahks et à leurs races apparentées est erronée. Ces êtres dont la taille peut atteindre 2,20 mètres et la carrure 1,50 mètre respirent avant tout de l'hydrogène (avec une très faible proportion de méthane) et rejettent de l'ammoniac qui reste à l'état gazeux dans les conditions de température (70 à 100 °C) et de pression régnant sur les planètes peuplées par les Maahks. Ceux-ci sont nés et se sont développés dans la Nébuleuse d'Andromède il y a plus de 50 000 ans, avant d'en être expulsés par les Lémuriens chassés de la Voie Lactée et – ironie du destin – de venir s'implanter dans celle-ci. Leur expansion à l'intérieur de notre Galaxie les conduit plus tard à des contacts conflictuels réitérés avec les Arkonides, comme à l'époque de la jeunesse d'Atlan. Les historiens désigneront ultérieurement l'alternance de phases froides et chaudes de ces affrontements sous le nom générique de « Guerre des Méthaniens ».

maître intendant : membre du Berlen Than en charge des finances, de l'économie, des impôts, de la surveillance d'un secteur de l'Empire et de sa logistique civile.

Mannax : un des deux codes rassemblant les règles des Dagoristes en matière de combats et de duels.

Manolians : êtres intelligents de la planète Manol, nains dotés de quatre bras et d'un épiderme de couleur verte.

Maréchal de Cristal : correspond approximativement à la position de maréchal du palais, plus haut fonctionnaire à la cour impériale donc, de par sa position, supérieur hiérarchique de tous les maîtres de cérémonie. Il assure aussi l'éducation du Prince de Cristal du moment (voir Gos'athor).

Mascant : amiral de première classe, amiral d'Empire (rang le plus élevé). Insigne caractéristique : tiga'sheonis (trois soleils) avec distinction spéciale.

mehan : commerce.

Mehandor : commerçant, marchand. Désignation arkonide des nomades Francs-Passeurs (ou Marchands Galactiques).

Mehan'Ranton : le Monde du Commerce, désignation d'Arkonis II.

merkon : dixième de chronner (unité monétaire).

Méthaniens : voir Maahks.

Mirkandol : littéralement, « le lieu de la rencontre ».

moas : un, en arkonide.

Naat : cinquième planète d'Arkonis.

Naator : le plus gros des satellites naturels d'Arkonis V est considéré comme la « première lune » du système d'Arkonis, du fait que ni les Trois-Planètes ni Zhym'ranton, le monde de type mercurien le plus proche de l'étoile tutélaire, n'en possèdent.

naatoris : insigne militaire le plus bas, littéralement « porteur de lune » (dérivé de Naator). Suivi hiérarchiquement de len'naatoris et de tiga'naatoris.

Naats : êtres à morphologie arkonoïde vivant principalement sur Naat, Naator et les autres lunes d'Arkonis V. D'une taille de trois mètres, dotés de jambes courtes aussi massives que des colonnes, les Naats ont des bras démesurément longs et des têtes sphériques portant trois yeux, une bouche très étroite ainsi qu'un nez réduit à sa plus simple expression. L'épiderme est brun très foncé, imberbe. En général, les Naats marchent à quatre pattes. Depuis des millénaires, les membres de ce peuple auxiliaire des Arkonides sont souvent à peine plus estimés que des esclaves mais constituent les plus précieux effectifs de la garde personnelle de l'Empereur. Malgré leur haut degré d'intelligence, les Naats sont considérés comme de simples bêtes stupides par bon nombre d'aristocrates arrogants.

Omir-Gos ou Omirgos : condensation matérielle de l'entité consciente du Zhy, un cristal Omirgos se reconnaît à ses 1 024 facettes et à sa luminescence dorée. Fartuloon, « le dernier Calurien », père adoptif et mentor du jeune Atlan, utilise ouvertement diverses formes dérivées d'Omirgos pour des applications purement techniques ou paramécaniques, comme par exemple le moyen de fuir la planète Gortavor.

orbton : désignation pour les officiers à partir de simple naatoris.

Pal'athor : commandant de navire de seconde classe (jusqu'à 500 mètres de diamètre). En général, l'insigne caractéristique est le len'rantonis (deux planètes).

période : mois arkonide. Une période comporte 36 pragos (voir calendrier arkonide).

prago : jour arkonide. Un prago se divise en 20 tontas.

ranton : planète, monde.

rantonis : insigne militaire médian, littéralement « porteur de planète » (dérivé de ranton). Suivi hiérarchiquement de len'rantonis et tiga'rantonis.

Satron : formule abrégée pour « Same Arkon trona », littéralement, « Écoutez parler Arkonis ». Désigne la langue véhiculaire du Grand Empire qui comporte trois variantes spécifiques : le Satron de base ou intergalacte classique, le Satron-I ou intergalacte standard (en usage depuis 6050 avant J.-C., année de la cession du monopole commercial de l'Empire aux Francs-Passeurs), l'Arkona-I ou langue de cour (essentiellement employée sur Arkonis I).

secteur logique : voir cerveau-second.

Sekt'athor : commandant de navire de troisième classe (jusqu'à trois cents mètres de diamètre). En général, l'insigne caractéristique est le rantonis (une planète).

Sentenza : organisation arkonide analogue à l'ancienne mafia terrienne.

she : arkonide pour étoile, soleil.

She'Huhan : divinités des étoiles (12 dieux et 12 déesses).

sheonis : insigne militaire supérieur, littéralement « porteur de soleil » (dérivé de she). Suivi hiérarchiquement de len'sheonis et tiga'sheonis.

Siima-Ley : techniques de prise dans l'art martial de Dagor.

skalito : centième de chronner (unité monétaire).

Skorgon : littéralement, « celui qui se cache sous un voile ».

Spentsch : second code rassemblant les règles des Dagoristes en matière de combats et de duels.

taï : grand.

Taï Ark'Tussan : Grand Empire Arkonide, usuellement dénommé Grand Empire. Comprend, outre les amas globulaires Thantur-Lok et Cerkol, de vastes secteurs de la galaxie appelée l'Île Solitaire (la Voie Lactée). Le nombre de planètes colonisées par les Arkonides est de plusieurs dizaines de milliers.

Taïgor : littéralement, Grand Combat. Continent principal de la planète Gortavor.

Taï-Laktrote : grand maître.

Taï Moas : littéralement Grand Premier, au sens de Première Éminence de l'Empire, désigne l'Empereur en tant que commandeur ou Begam suprême des flottes spatiales. Taï Moas, tout comme Zhdopanthi, est exclusivement réservé à l'Empereur.

Taï Than : Grand Conseil comptant au total 128 membres. Il comprend des sous-conseils comme le Conseil des Douze, le Conseil des Médecins.

Taï Zhy Fam : Grande Mère du Feu.

Tato : gouverneur planétaire (pouvant administrer jusqu'à un système solaire entier).

Than : Conseil.

Thantan : rang le plus haut pour un officier de la Garde, juste en dessous de l'amiral. Insigne caractéristique : tiga'rantonis (trois planètes). Dans la flotte spatiale, le titre correspondant est le Vere'athor.

Thantur-Lok : littéralement, « l'objectif, le but de Thantur », baptisé d'après le nom de Thantur (à l'origine Talur), amiral de la flotte spatiale. Cet amas globulaire sphérique de 99 années-lumière de diamètre comporte environ 100 000 étoiles. Sa désignation dans les catalogues astronomiques terriens est M 13 ou NGC 6205 (dans la constellation d'Hercule).

Tharg'athor : commandant de navire de sixième classe (moins de cent mètres de diamètre). En général, l'insigne caractéristique est le naatoris (une lune).

thark : discobole de forme étoilée, spécifique aux Dagoristes.

Thek : colline, sommet. Noms dérivés : Thek-Laktran, Thek'athor.

Thek'athor : amiral d'état-major, littéralement « commandeur au sommet ». Insigne caractéristique : tiga'sheonis (trois soleils).

Thek-Laktran : la Colline des Sages.

Thek'pama : fonctionnaire d'état-major central, en poste au Thektran.

Thektran : état-major central de la flotte spatiale arkonide, sur Arkonis III.

thi : très haut, suprême. Par exemple Thi-Laktrote (maître suprême), Zhdopanthi (Très Haut, Très Noble, désigne l'Empereur).

Thi-Laktrote : maître suprême.

Thi Than : Conseil Suprême, sorte de parlement populaire élu au suffrage universel (à la différence du Taï Than).

thos : littéralement, glace. Dérivation phonémique de **gos**.

Thos'athor : littéralement, chef de glace. Sens exact : jeune noble à potentialités latentes (d'où l'analogie avec la glace). Par extension, désigne les aspirants à des grades d'officiers.

Tiga'Ranton : les Trois-Planètes. Désigne l'ensemble synchrone formé par Arkonis I, II et III. **tiga** : trois, en arkonide.

tonta : nom féminin désignant l'unité de temps arkonide. Une tonta vaut 1,42 heure terrienne standard (85,2 minutes, soit 5112 secondes). Elle se divise en déci-, centi-, millitontas. Rappelons qu'une millitonta représente donc 5,112 secondes terriennes.

Tu-Gol-Cel (TGC) : acronyme arkonide pour **Tussan Goldan Celis**, « les Yeux Invisibles de l'Empereur ». Désigne la police politique secrète de l'Empereur.

Tu-Ra-Cel (TRC) : acronyme arkonide pour **Tussan Ranton Celis**, « les Yeux Planétaires de l'Empire ». Désigne la police secrète de l'Empereur.

Tussan : empire (stellaire), royaume (stellaire), en arkonide.

Verc'athor : commandant de navire de cinquième classe (jusqu'à cent mètres de diamètre). En général, l'insigne caractéristique est le len'naatoris (deux lunes).

Vere'athor : commandant de navire de première classe. En général, l'insigne caractéristique est le tiga'rantonis (trois planètes).

Voolynésans : êtres plasmoïdiques intelligents peuplant la planète Voolynès, capables dans une certaine mesure de générer des pseudopodes pouvant prendre les conformations les plus diverses.

Zhdopan : littéralement, Haut(e), Noble. L'épithète vocative exprime la considération que l'on doit à tous les nobles et personnages moyennement haut placés. Par extension, s'applique à tous les nobles de troisième classe (équivalent terrien : baron).

Zhdopanda : littéralement, Très Haut(e), Très Noble. L'épithète vocative exprime la considération que l'on doit à tous les nobles et personnages très haut placés. Par extension, s'applique à tous les nobles de première classe (équivalents terriens : duc et prince).

Zhdopandel : littéralement, Haut(e), Noble. L'épithète vocative exprime la considération que l'on doit à tous les nobles et personnages haut placés. Par extension, s'applique à tous les nobles de deuxième classe (équivalent terrien : comte).

Zhdopanthi : Son Altesse suprême, Sa Noblesse suprême, désigne l'Empereur.

Zhoyt : planète sur laquelle Atlan, Fartuloon et Griffe-de-Glace surgissent après avoir fui Gortavor grâce à un cristal Omirgos. Zhoyt se situe à 10 367 années-lumière de Gortavor et à 21 872 années-lumière d'Arkonis. C'est sur ce monde qu'Atlan, sous l'identité de Macolon, sera préparé pour prendre part aux épreuves de l'Ark Summia sur Largamenia.

Zhy : concept central de la philosophie dagorienne, comparable au *satori* dans le *zen* terrien. Désigne la lumière transcendentale, le feu suprasensoriel de la détermination absolue.

Zhy-Fam : vestale au sens général ; selon le contexte, Mère du Feu ou Fille du Feu.

Zhym : le feu.

Zhym'Ranton : le Monde du Feu, première planète de l'étoile Arkonis (ne pas confondre avec Arkonis I).

L'AUTEUR

Né en 1961 à Andernach an Rhein, Rainer Castor se passionne très tôt pour la Science-Fiction avec un intérêt particulier pour les séries PERRY RHODAN et ATLAN. Vers le milieu des années 80, il devient le collaborateur de Hans Kneifel, l'auteur de l'équipe PERRY RHODAN qui s'est spécialisé dans les aventures de l'immortel Arkonide Atlan à travers l'Histoire de la Terre. Rainer Castor publie son premier roman de poche PERRY RHODAN en 1996, puis il intègre le groupe de rédaction de la série et fournit son premier épisode en 1999. Il écrit en parallèle d'autres types d'ouvrages, dont des romans historiques.

Rainer Castor se caractérise autant par ses connaissances scientifiques que par son expertise au sujet des Arkonides, de leur civilisation, de leur culture et de leur lointain passé – comme en témoigne le glossaire spécifique en fin de ce volume. Rien d'étonnant à ce qu'il ait donc pris en charge avec enthousiasme le remaniement des « Aventures de Jeunesse d'Atlan », parues entre 1973 et 1977 dans le cadre de la série-sœur de PERRY RHODAN, ce qui nous vaut depuis octobre 2000 la nouvelle édition servant de base à la présente collection.

L'ILLUSTRATEUR

Né en 1956 à Paris, Alain Chevalier « tombe dans la marmite de la S.F. » vers l'âge de neuf ans avec les B.D. d'Edgar P. Jacobs et les romans du Fleuve Noir Anticipation, puis découvre un peu plus tard PERRY RHODAN dont il devient un passionné et un collectionneur. Responsable commercial jusqu'en 1992, il passe ensuite à la conception-rédaction publicitaire puis à la production audiovisuelle. En parallèle, ayant très tôt commencé par la construction de maquettes de vaisseaux spatiaux avec des matériaux de récupération et par la rédaction de petits scénarii de mise en scène de ces engins pour des fanzines, il en vient peu à peu à l'illustration S.F. en amateur, pour les mêmes fanzines, et franchit à présent le stade décisif avec la réalisation des couvertures pour la nouvelle série ATLAN – concrétisation d'un vieux rêve et consécration d'un talent remarquable !

Né en 1934 [illegible]

[illegible]

[illegible] des « Aventures de Jeunesse » [illegible] 1971 et 1977 dans le cadre de la [illegible] FLEUVE NOIR [illegible]

[illegible]

Né en 1934 à Paris [illegible]

[illegible]

PLONGEZ À TRAVERS L'ESPACE ET LE TEMPS !

DÉCOUVREZ UN AUTRE UNIVERS-CULTE DE LA SCIENCE-FICTION !

Retrouvez Atlan d'Arkonis dans un lointain futur aux côtés de **PERRY RHODAN**, héros de la plus grande saga de Science-Fiction du monde !

Vous y vivrez le futur d'une humanité unie, ses confrontations à d'autres peuples stellaires et à des puissances d'ordre supérieur, ses incursions jusqu'à des galaxies inconnues par-delà des gouffres d'espace et de temps ! Action et mystère, dépaysement et aventure, humour et exotisme mais aussi réflexion sur la place de l'Homme dans le cosmos – toutes les facettes de **PERRY RHODAN** vont vous captiver !

PERRY RHODAN,
une série des Éditions FLEUVE NOIR

Renseignements complémentaires :
Fan Club BASIS
c/o Claude LAMY
16, Grande Rue
58400 La Charité-sur-Loire

Site Internet : http://www.perry-rhodan.fr.st

Achevé d'imprimer sur les presses de

BUSSIÈRE

GROUPE CPI

à Saint-Amand-Montrond (Cher)
en avril 2002

FLEUVE NOIR
12, avenue d'Italie
75627 Paris Cedex 13
Tél. : 01-44-16-05-00

— N° d'imp. 21949. —
Dépôt légal : avril 2002.

Imprimé en France